Tod im Gefühl

von Tabata Grim

ISBN 978373433987

1. Auflage 2014
Herstellung und Verlag:
BoD- Books on Demand GmbH
In de Tarpen 42
22848 Norderstedt
© 2014 by Tabata Grim
Lektorat: Jennifer Wagner
Grafikdesign: Gabriele Benz

Dieses Buch ist all denjenigen gewidmet, die verletzt wurden, obwohl sie liebten.
Denen, die zu träumen gewagt haben und enttäuscht wurden.
Und all denjenigen, die sich gerade in einer aussichtslosen Situation befinden.
Es gibt immer einen Ausweg.
Nichts ist je hoffnungslos ...

Es ist Unsinn
Sagt die Vernunft
Es ist was es ist
Sagt die Liebe

Es ist Unglück
Sagt die Berechnung
Es ist nichts als Schmerz
Sagt die Angst
Es ist aussichtslos
Sagt die Einsicht
Es ist was es ist
Sagt die Liebe

Es ist lächerlich
Sagt der Stolz
Es ist leichtsinnig
Sagt die Vorsicht
Es ist unmöglich
Sagt die Erfahrung
Es ist was es ist
Sagt die Liebe

© aus »Es ist was es ist«, Verlag Klaus Wagenbach, Berlin
1983

KAPITEL 1 – ATEMLOS

Ihre Augen waren weit aufgerissen, ihre Hände feucht und verklebt vom Schweiß. Auch von ihrer Stirn kullerten langsam kleine Schweißperlen die Schläfen und Wangen hinunter bis zum Kinn. Ihr Herz schlug bis zum Hals und die Angst, die sie fühlte, wurde noch viel größer, als sie immer noch keinen Puls spürte. Über den leblosen Körper des Mannes gebeugt, der zu sterben schien, massierte sie sein Herz zum wiederholten Male. Wieder und wieder.

»Eins, zwei, drei, vier – eins, zwei, drei, vier. Komm schon! EINS, ZWEI, DREI, VIER, LOS! Bitte!«, flehte Emily. Die Panik nahm mehr und mehr Platz in ihr ein. Ihre Handballen waren fest auf seinem Brustkorb fixiert. Ihre Arme schmerzten sie schon vom vielen Drücken, doch sie durfte noch nicht aufgeben. Ihr Kollege hatte längst die Elektroden von der Brust des Mannes genommen und den Defibrillator ausgeschaltet, da er wusste, dass alles Kämpfen nichts mehr nützen würde. Der Mann war bereits tot. Doch Emily wollte sich mit dieser Tatsache nicht abfinden. Wie wild hämmerte sie auf seinen Brustkorb ein. Noch einen Versuch, beschloss sie.

»Lass es gut sein, Emily. Er ist tot«, sagte Marvin, nahm ihre Hand und zog sie weg von der Leiche. Ihre Hartnäckigkeit war ihm vertraut. Nur schwer konnte sie es akzeptieren, wenn ihr jemand unter der Hand wegstarb. Krampfhaft zog sich ihr Magen zusammen. Der verstorbene Thomas Wales hatte einen Herzinfarkt erlitten und war von einen Passanten auf dem Boden liegend in einer kleinen Fußgängerzone in der Trap Avenue gefunden worden. Daraufhin hatte dieser sofort einen Rettungswagen gerufen. So schnell wie nur irgend möglich waren die beiden Sanitäter dorthin gefahren. Obwohl sie alles in ihrer Macht Stehende getan hatte, quälte Emily immer noch die Frage »Was wäre gewesen, wenn ...«

»Wir haben wirklich alles versucht. Seine Pumpe wollte einfach nicht mehr«, meinte ihr Kollege. Tröstend legte er einen Arm um ihre Schulter.

»Wenn wir nur zwei Minuten eher dagewesen wären ...«, schnaubte sie und fuhr sich betroffen durchs Haar. Natürlich hatte sie in den letzten drei Jahren ihrer Arbeit, in denen sie nun schon als Rettungssanitäterin tätig war, sehr viele Sterbefälle miterleben müssen. Sie wusste auch, dass es schlecht für das Gemüt war, all diese tragischen Schicksale zu nahe an sich heranzulassen, doch Emily konnte oft nicht anders. Freud und Leid lagen in ihrer Berufung nun einmal nah beieinander, wobei das Leid einleuchtenderweise oft überwog. So war es nun einmal. Dafür war es aber auch ein unbeschreibliches Gefühl des Glücks einem Menschen das Leben zu retten, dafür zu sorgen, dass sein Herz weiterschlug, zu spüren, wie sich sein Atem wieder normalisierte, wie das Leben, das ihm vor Kurzem noch gedroht hatte zu entweichen, wieder zurück in seinen Körper floss. Es waren diese Momente, die ihr zum Lebensinhalt geworden waren. Sie nahm es als ihr Schicksal, ihre Bestimmung an. Noch vor etwa fünf Jahren hätte sie es nie für möglich gehalten einmal eine Sanitäter-Uniform zu tragen, in der Lage zu sein einen Menschen wiederzubeleben, geschweige denn einen Luftröhrenschnitt zu setzen ...

Sie würde es dennoch nie schaffen die Schatten der Vergangenheit vollständig abzuschütteln. Zu tief und zu schmerzvoll waren diese Wunden. In vielen Nächten träumte sie noch von dem grausamen Erlebnis, bei dem sie ihre Mom und ihren Dad in einem Verkehrsunfall verloren hatte. Emily war erst 16 Jahre alt gewesen. Damals war die Familie Walsh nach Colorado gefahren, um dort Ferien zu machen. Im Auto war es stickig und heiß gewesen, da die Klimaanlage nicht funktioniert hatte. Im Radio hatten sie und ihre Eltern gerade »Manic Monday« von den Bangles gehört und fröhlich mitgeträllert. Plötzlich war ihr Auto von einem anderen Wagen von der Fahrbahn gedrängt worden, sie waren frontal durch eine Leitplanke geschossen und hatten sich dann mehrere Male überschlagen, bevor das Fahrzeug zum Stillstand gekommen war. Ihre Eltern waren sofort tot gewesen. Wie durch ein Wunder hatte Emily überlebt und war mit einigen Schnittwunden, Prellungen und Knochenbrüchen ins Krankenhaus eingeliefert worden.

Nie könnte sie auch nur ein winziges Detail dieses schrecklichen Tages, des schrecklichsten ihres Lebens, vergessen. Sie trug immer ein Medaillon bei sich, in dem sich in jeder Herzhälfte ein Bild von Mary und George befand, den beiden wichtigsten und prägendsten Menschen, die es in ihrem Leben gegeben hatte. In jeder Erzählung erwachten sie aufs Neue zum Leben. Es war schmerzlich, doch es tat auch gut.

Emily war nach dem Vorfall zu ihrer Großmutter gezogen, der einzigen Verwandten der Walsh-Familie. Wenn es ihre Grandma nicht gegeben hätte, wäre Emily zweifelsohne in einem Heim gelandet. Sie war dankbar, dass ihr diese Erfahrung erspart geblieben war. Sie würde aber auch nie behaupten, dass der Rest ihrer Kindheit unbeschwert verlaufen sei. Wie wäre das bei dieser klaffenden Lücke, die ihre Großmutter oder ihre Freunde niemals hätten füllen können, auch möglich gewesen?

Trotz allem hatte Emily sich zu einer schönen und klugen jungen Frau entwickelt. Mit einem Notendurchschnitt von 1,2 in ihrem Schulabschluss hatten ihr sämtliche Universitäten offen gestanden. Doch zum Erstaunen ihrer Großmutter war Emily nach Wearville gezogen, einer großen Nachbarstadt ihres Heimatortes Summingen, um dort Sanitäterin zu werden. Nach dem Tod ihrer Eltern war in ihr mehr und mehr das Bedürfnis herangewachsen, verunglückten Menschen helfen zu wollen, einer solchen Situation niemals wieder so schwach und hilflos gegenüberstehen zu müssen wie einst, sondern genau zu wissen, was zu tun war, wenn es darauf ankam. Ja, ein Leben zu retten war das Schönste, was sie sich vorstellen konnte. In diesen Augenblicken schien ihre ganze Welt im Gleichgewicht zu sein. Es war ein befriedigendes und beruhigendes Gefühl.

Die Leute aus ihrer Nachbarschaft schauten die kleine Walsh-Tochter immer nur mit mitleidigen Blicken an. Sie wurde von den Bekannten und Nachbarn in der Ortschaft, Leuten, die sie ihr ganzes Leben kannten, nach diesen Unfall nur noch wie ein rohes Ei behandelt. Das machte sie geradezu krank. Sogar in der Schule wurde sie von ihren Mitschülern anders wahrgenommen. Man mied sie, keiner wusste so genau, wie man mit Emily Walsh umgehen sollte. Ihre einzige Freundin war Becky. Beide gingen in dieselbe Klasse und kannten sich schon seit frühen Kindertagen. Emily verbrachte viel Zeit mit ihrer besten Freundin. Sie war in dieser schlimmen Phase für sie da. Oft war Becky die Einzige, die es schaffte, ein Lächeln auf Emilys Gesicht zu zaubern. Sie verstanden sich ganz einfach ohne Worte. Auf all die anderen legte sie nicht sonderlich viel Wert. Sie verübelte keinem ihrer Mitschüler das unsichere Verhalten. Sie wussten es einfach nicht besser. Mit der Zeit schienen sich die Dinge in der Schule auch wieder halbwegs zu normalisieren, doch sie wusste, was hinter ihrem Rücken in Summingen auch nach ihrem Schulabschluss über sie geredet wurde: »Die Walsh ist ja wie eine Masochistin. Noch vor ein paar Jahren hat sie ihre Eltern bei diesem grausigen Unfall verloren und jetzt will sie sich solchen Situationen tagtäglich aussetzen. Dieses Trauma kann sie unmöglich überwunden haben. Die Kleine ist ja verrückt!«

Dennoch war Grandma Elise stolz auf ihre Enkeltochter, sehr stolz sogar. Mit jedem Gespräch über ihre Enkelin gingen Bewunderung und Respekt einher. Jedes zweite Wochenende besuchte Emily sie, rief jeden zweiten Tag bei ihr an. Ihre Grandma war alles, was Emily an Familie geblieben war und diese verstand so gut, dass ihre Enkelin raus musste aus dieser für sie so trostlosen Kleinstadt, hinein in eine größere Stadt mit anderen Menschen, dorthin, wo nicht jeder zweite ihren Namen kannte. Eine Veränderung war das, was sie gebraucht hatte.

Aber so weit lag Wearville nun auch nicht von Summingen entfernt, gut eine dreiviertel Stunde Autofahrt. Sie liebte ihre Großmutter für ihre herzerfrischend ehrliche Art und ihren trockenen Humor. Wenn nur jede 84-Jährige so lässig und agil wäre, wie Elise es war ....

»Ist alles ok bei dir?«, ertönte Marvins warme Stimme und riss Emily aus ihren Gedanken. Prüfend schaute er seine Kollegin an. Beide saßen wieder in ihrem Rettungswagen und fuhren die Ellestreet entlang. Er saß am Steuer und seine Kollegin auf dem Beifahrersitz.

»Ja, mir geht's gut«, antwortete Emily.

»Hey, hast du Lust nach Feierabend mit Claire, den Kindern und mir zu Abend zu essen? Claire macht heute Abend ihr berühmtes Roastbeef. Sie würde sich sicher freuen, dich zu sehen. Außerdem wollen Kiara und Jeremia mal wieder mit ihrer Tante Emily spielen. Du hast dich lange nicht mehr bei uns blicken lassen,

Kleines«, sagte er keck und warf erneut einen schnellen Blick auf Emily, ehe er sich wieder auf die viel befahrene Straße konzentrierte. Eine Spur von Sarkasmus schwang in seinen Worten mit. Emily wusste genau, was er mit der Anspielung auf seine Kinder meinte. Ganz besonders Jeremia war ein sehr lebhaftes Kind. Sie hatte oft Mühe, seinen dynamischen Kissenschlachten standzuhalten, ganz zu schweigen von seinen Ball-Spielen, bei denen er stets neue Regeln erfand, die ihm, wie er selbst erklärte, Abwechslung verschafften. Nicht oft kam es dabei vor, dass der Ball auf ihrem Rücken oder auf ihrem Kopf landete. Er war ein sehr aufgewecktes Kind – für ihren Geschmack fast schon etwas zu aufgeweckt. Mit seinen acht Jahren war Jeremia den andern Kindern seines Alters an Wissen und Intelligenz weit überlegen. Sie hatte nicht schlecht gestaunt, als er ihr einmal eine Geschichte vorlas, die er für eine Hausaufgabe selbst verfassen musste. Er benutzte so viele Wörter, von denen Emily glaubte, dass kein Achtjähriger sie kennen konnte. Es war auch die Art, wie er sie benutzte, denn er kannte deren Bedeutung und wusste mit ihnen umzugehen.

Ganz anders und viel ruhiger war da seine jüngere Schwester Kiara. Emily mochte sie sehr. Sie war ein sehr liebes und einfühlsames Mädchen. Sie hatte beide Hayden-Kids ins Herz geschlossen, genau wie Marvins Frau Claire, die im Laufe der Jahre eine sehr gute und vertraute Freundin für sie geworden war.

»Heute nicht, Marvin. Ich werde heute Abend früh schlafen gehen, da ich letzte Nacht so gut wie kein Auge zugetan habe«, antwortete sie und schenkte ihrem Kollegen ein kleines Lächeln. »Trotzdem danke!«, warf sie schnell hinterher.

Sie war froh Marvin als Partner zu haben. Er hatte sie ausgebildet. Genau genommen war er auch ihr Vorgesetzter, machte das allerdings nie in irgendeiner Form zum Thema. Er war mehr als zufrieden mit ihrer Arbeit. Emily war eine gewissenhafte und verlässliche Kollegin mit viel Engagement und Herzblut und etwas anderes ließ ihr Beruf auch gar nicht zu. Beide vertrauten einander blind, sie waren seit Jahren ein eingespieltes Team. Marvin war im Laufe der Zeit ein sehr guter Freund für Emily geworden. Sie wusste, dass sie mit ihrem Kollegen über alles sprechen konnte. Er gab ihr nach einem langen und stressigen Tag Halt, er war ihr Rettungsanker in dunklen Stunden. Beide verband eine tiefe und aufrichtige Freundschaft. Im Gegensatz zu ihr konnte Marvin bereits auf eine fünfzehnjährige Berufserfahrung zurückblicken, wobei er optisch kaum älter wirkte als sie. Schon bei seinem Vater war es so gewesen. Außerdem war das der Vorteil seiner afrikanischen Wurzeln: »Wir altern nicht so schnell wie ihr Weißen«, hatte er oft kess zu einigen erstaunten Personen gesagt, die ihm seine 37 Jahre nicht abnehmen wollten.

»Schon in Ordnung, Kleines. Heute war wahrlich ein sehr anstrengender Tag«, sagte Marvin verständnisvoll.

Ja, das war er bestimmt, dachte Emily. Warum starben ihr in letzter Zeit mehr Menschen unter der Hand weg, als sie rettete? So machtlos hatte sie sich schon lange nicht gefühlt. Und diese Angst, die sie heute gespürt hatte ... Warum war sie so stark, dass sie sie fast lähmte? Es wirkte geradezu unprofessionell. Als ob sie gerade erst ihre Ausbildung abgeschlossen hätte. Nur gut, dass dieser lange Tag bald enden würde.

In ihrer kleinen Dachgeschosswohnung angekommen, legte sie wie gewohnt als erstes ihren Haustürschlüssel auf die kleine Kommode, die sich rechts neben ihrer Wohnungstür befand. Ihre Jacke warf sie lässig an den Garderobenstock, wo sie an einem der Haken hängenblieb. Nun brauchte sie dringend eine Tasse Tee. Es war ein kalter Oktoberabend und sie fröstelte. Nachdem sie das Wasser für den Tee aufgesetzt hatte, sprang Emily schnell unter die Dusche. Sie ließ sich von den wohlig warmen Duschstrahlen verwöhnen und schäumte ihren Körper ausgiebig mit einem aromatischen Duschgel ein, das nach Minze und Jasmin roch. Sie genoss dieses belebende und erfrischende Gefühl für einen kleinen Augenblick und nachdem auch die letzte Schaumkrone aus ihrem Haar gewichen war, wickelte sie sich in ein Handtuch ein. In Gedanken ließ sie den heutigen Arbeitstag noch einmal revuepassieren, während sie ihr langes platinblondes Haar föhnte. Sie dachte an all die Menschen, die sie heute hatte retten können und an diejenigen, für die jede Hilfe zu spät gekommen war.

Besonders an den Mann, der seinem Herzinfarkt zum Opfer gefallen war, musste Emily immerzu denken. Thomas Wales hatte er geheißen. Etwas war heute anders gewesen. Sie konnte es sich selbst nicht erklären und sie wusste auch nicht genau, was es war. Doch zum ersten Mal hatte sie eine Macht gefühlt, etwas wahrgenommen, das stärker schien als sie und jeder Mensch. Es klang verrückt, aber das waren ihre Empfindungen gewesen, während sie krampfhaft versucht hatte diesen Mann wiederzubeleben. Dabei war sie ein vollkommen rational denkender Mensch, überzeugte Atheistin. Aberglaube und Schicksal waren in ihren Augen bloß Schnickschnack. Sie saß bereits in der Küche und trank eine Tasse angenehm duftenden Hagebuttentee. Dieser wärmte auch die letzte Faser ihres Körpers. Nachdem sie den Becher geleert und ihre Zähne geputzt hatte, war es an der Zeit schlafen zu gehen.

In letzter Zeit litt sie wieder unter Alpträumen. Diese Art von Träumen, in denen sie den Verkehrsunfall mit ihren Eltern noch einmal durchleben musste. Sehr oft träumte sie jedoch auch von Opfern, die sie nicht retten konnte. Emily wünschte sich einfach nur eine erholsame, alptraumfreie Nacht, denn sie hatte eine Portion gesunden und entspannenden Schlaf dringend nötig. Erschöpft ließ sie sich in ihr Bett sinken und hoffte, dass sie in dieser Nacht verschont bleiben würde.

KAPITEL 2 – TOTENHAUCH

»Wollen wir, Thomas?«, erklang eine tiefe, unheilvolle Stimme, die ihn zusammenzucken ließ. Erschrocken und verwirrt drehte Thomas Wales sich um. Ein Mann, in komplett schwarze Kleidung gehüllt, blickte ihn mit ernster Miene an. Er wusste nicht genau, was dieser von ihm wollte, woher er so plötzlich kam. Genauso wenig konnte er sich daran erinnern, was zuvor geschehen war. Wo genau befand er sich überhaupt?

Verunsichert schaute er sich um. Alles um ihn herum nahm er nur verschwommen wahr, als ob er in ein verschmiertes, milchiges Glas blicken würde, so getrübt war seine Sicht. Nicht einmal Konturen ließen sich erschließen. Das einzige, was er klar und deutlich vor sich sah, war dieser Mann. Stimmte vielleicht irgendetwas mit seinen Augen nicht? Warum erkannte er diesen Mann, aber alles andere nicht? Die Eiseskälte, die von den Augen des Fremden ausging, war beängstigend.

»Wer sind Sie und was wollen Sie von mir?«, brachte Thomas nun zaghaft heraus. Diese düstere Erscheinung wirkte mehr als einschüchternd auf ihn. Der Fremde trat einen Schritt näher an ihn heran. Die unverhohlene Leere in seinem Blick schien Thomas zu durchbohren. Hastig trat er einen Schritt zurück und fuhr sich nervös durchs Haar. Jetzt schloss er die Augen. Wenn er sie gleich wieder öffnen würde, würde er sicherlich feststellen, dass alles nur ein böser Traum gewesen war und diese bedrohliche Erscheinung würde verschwunden sein.

Zu seinem Bedauern musste er feststellen, dass es leider nicht funktionierte. Immer noch lagen die Blicke des Fremden auf ihm, so als erwarte er etwas Bestimmtes. Sein Gesichtsausdruck ließ allerdings nichts erahnen. Das machte Thomas noch nervöser.

Erneut trat der Fremde einen Schritt auf ihn zu.

»Ich bin der Tod. Deine Zeit ist gekommen, Thomas«, entgegnete Adrien entschlossen auf die gestellte Frage.

Thomas packte die nackte Angst, während sich ein Schauer über seinen gesamten Körper legte. »Das kann nur ein schlechter Scherz sein. Ich bin nicht tot«, stammelte er.

Ungerührt sah Adrien zu, als Thomas begann seinen Körper akribisch abzutasten, so als suche er nach der Wahrheit seiner Worte. Ganz klar spürte er seinen Körper. Sein Brustkorb hob und senkte sich, selbst das Zwicken, als er sich in den Arm kniff, war eindeutig zu vernehmen.

»Ich bin nicht tot«, wiederholte er siegessicher und zwang sich dem Starren des Fremden standzuhalten, der ihm immer noch unsägliche Angst bereitete.

Adrien verdrehte teilnahmslos die Augen und fasste sich in sein haselnussbraunes Haar. Zur Genüge kannte er diesen Prozess. Hin und wieder kam es vor, dass Verstorbene sich mit ihrem Tod nicht abfinden wollten. Einige von ihnen meinten ihren Körper zu spüren, ihre menschliche Wärme zu fühlen. Die Seele einer verstorbenen Frau hatte Adrien gegenüber einmal behauptet, ihren Herzschlag gewiss noch wahrzunehmen. Das alles war nur Täuschung. Sie nahmen oft nur das wahr, was sie unbedingt wahrnehmen wollten – auch wenn viele uneinsichtigen Seelen, die die Wahrheit nicht akzeptieren konnten, schon versucht hatten vor Adrien zu flüchten, hatte er doch keine einzige entkommen lassen. Es war seine Aufgabe die Seelen der Verstorbenen ins Jenseits zu führen, denen er zuvor, gemäß der Bestimmung, das Leben nehmen musste. Er war einer von vielen Todesboten. Sie hatten viele Namen, wurden als Sensenmann, schwarzer Mann oder einfach nur als der Tod bezeichnet.

Mit steinerner Miene betrachtete er Thomas einen Augenblick lang. Er würde es wie sonst auch machen, beschloss er. Andere hätten es wohl als Holzhammer-Methode bezeichnet. Der Todesbote hatte weder Zeit noch Lust auf lange Verzögerungen. Also hob er seine Hand und ließ sie über die Augen des Mannes gleiten. Mit einem Mal hob sich der Schleier, der Thomas zuvor noch die Sicht versperrt hatte. Mit gutem Grund war das so gewesen: Vor sich sah er seinen eigenen

Leichnam auf eine Trage gebettet. Jemand deckte gerade eine schwarze Plane darüber. Bei diesem schockierenden Anblick geriet er ins Stocken und taumelte erschrocken zurück.

Das konnte doch alles nicht wahr sein! War sein Leben wirklich schon zu Ende? Sollte das wirklich schon alles gewesen sein? Er hatte doch noch so viel vor. So viele Dinge wollte er mit seiner Frau noch erleben, sobald er es endlich geschafft hatte in seinem Beruf kürzer zu treten. Nun war es zu spät.

»Nein! NEIN!«, schrie er. »Es ist noch zu früh für mich, ich kann noch nicht gehen. Bitte, hab Erbarmen! Ich kann noch nicht weg von hier!« Noch nicht einmal von seiner Frau konnte Thomas sich verabschieden. Ob sie wusste, wie sehr er sie liebte? »Bitte, lass mich zu meiner Frau. Ich muss sie noch ein letztes Mal sehen!«, flehte er. Eine ungeheure Angst kroch in ihm hoch und dieser Schmerz und diese Leere waren einfach nicht zu ertragen.

»Nein, das ist ausgeschlossen«, erwiderte Adrien gänzlich ungerührt.

»Warum?« Die Verzweiflung, die Thomas übermannte, zog sich wie eine Schlinge um seinen Hals.

»Wir müssen jetzt aufbrechen«, drängte der Todesbote. »Du hast mir schon viel zu viel Zeit gestohlen. Es gibt noch andere Seelen, die ich holen muss.« Es konnte doch wirklich nicht sein, dass er immer noch hier stand und sich von einer gefühlsduseligen Seele aufhalten ließ. Die Zeit drängte und er hatte gleich noch einen wichtigen Termin. Ohne einen Funken Mitgefühl im Leib, zog er den Mann mit sich.

»Halt! Warte! Wohin bringst du mich?«

Adrien gab ihm keine Antwort darauf.

»Ist es schön dort?«

Wieder sagte er nichts. Genug Zeit hatte diese ärmliche Seele ihn schon gekostet. Natürlich hätte er antworten können, dass er ihn ins Jenseits brachte, an einen Ort der ewigen Glückseligkeit, wo er all seine Lieben wiedersehen würde. Er selbst war noch nie dort gewesen. Er brachte die Seelen lediglich bis vor das Himmelstor, nicht weiter. Todesboten war der Eintritt ins Himmelreich strengstens untersagt, was Adrien auch nicht sonderlich störte. Genauso wenig scherten ihn die Angst und die Unsicherheit dieser menschlichen Seele. Es war ihm schlicht und ergreifend egal. Emotionen, wie die Menschen es nannten, kannte er nicht. Er wusste nicht einmal genau, was das war. Er war nun einmal ein kaltes Wesen.

Nachdem Adrien seinen Auftrag ausgeführt hatte, musste er sich beeilen. Nicholas, sein Boss, hatte ein Treffen einberufen. Jeder Todesbote musste seine neue Todesliste abholen, da die alten so gut wie abgearbeitet waren. Nicholas war das Oberhaupt der Todesboten und erstellte für jeden seiner Gefährten diese Listen, die ihm vom Rat des Schicksals auferlegt wurden. Er entschied über den Tod der Menschen, darüber, wie und auf welche Art sie sterben mussten. Er war sozusagen der schicksalhafte Tod. Er und seine Gefährten, wie er sie nannte, waren allesamt todbringende schwarze Engel, die weder Mitleid noch Verständnis kannten. Jeder von ihnen war bildschön – zweifellos. Doch auf ihren makellosen Gesichtern würde sich nie eine Regung abzeichnen. Ihre Mienen waren unergründlich, gleichgültig und ließen höchstens auf Kaltblütigkeit schließen. Ihre Augen schienen leer zu sein, ohne jeglichen Glanz. Keiner von ihnen war in der Lage Gefühle zu empfinden oder auszudrücken. Ihr ganzes Dasein, das sich seit Anbeginn der Menschheit über Jahrtausende erstreckte, galt einzig und allein dem Zweck, menschliches Leben auszulöschen.

Adrien sah Nessofin, wie auch Asalon und Ebrafit, im Korridor vor Nicholas' Räumlichkeiten stehen; sie warteten darauf die Liste abholen zu können. Sie alle waren Gefährten, die im selben Bezirk arbeiteten. In einem Stadtteil waren meist vier bis fünf Todesboten tätig, die allesamt von Nicholas eingeteilt worden waren. Alles hatte sein System und seine Ordnung. Der Ort, an dem sich ihr Boss aufhielt und wo die Gefährten sich einfinden konnten, war eine kleine Zwischendimension, in die nur Wesen ihresgleichen eintreten konnten. Schlicht und ergreifend wurde dieser dementsprechend Gefährtenturm genannt. Ein flüchtiger Blickaustausch zwischen Adrien und den andern entstand, ehe er sich an die kühle gesprenkelte Wand lehnte, die den Korridor begrenzte.

Es herrschte Stillschweigen. Keiner der Gefährten schenkte seinem Gegenüber besondere Aufmerksamkeit. Unterhaltungen fanden selten statt. Adrien konnte nicht verstehen, warum sein Boss keine festen Termine vergab. So wäre ihm wenigstens diese Warterei erspart geblieben. So eine Übergabe ging zwar relativ zügig vonstatten, dennoch konnte man solche Treffen gezielter abstimmen, fand er. Lässig verschränkte er die Arme hinter seinem Rücken und sah zu, wie sich Nicholas' Tür öffnete, Merodis heraustrat und Embrafit als nächstes hereingebeten wurde.

Irgendetwas war an diesem Tag anders gewesen. Sein letzter Auftrag ließ ihn nicht mehr los. Diese Sanitäterin, die krampfhaft versucht hatte, Thomas Wales vor dem Herzinfarkt zu retten, den er ihm zuvor verpasst hatte, hatte ihm direkt in die Augen gesehen. Zuerst war Adrien verwirrt gewesen. Noch nie hatte ein menschliches Wesen ihn so direkt angesehen. So etwas war in all den Tausenden von Jahren seines Daseins noch nie vorgekommen. Sie konnte ihn auch nicht wirklich gesehen haben. Kein Sterblicher war in der Lage einen Todesboten zu sehen. Oder etwa doch?

»Adrien, du bist als nächstes dran«, machte ihm

Embrafit deutlich, der gerade aus der Tür trat. Rasch schüttelte er den Gedanken, der ihn gerade noch beschäftigt hatte, von sich und trat geradewegs ein.

Ein großer weiß getafelter Raum erstreckte sich vor ihm. Sein Chef saß vor einem großen marmorierten Tisch und erwartete ihn schon.

»Adrien«, sein Laut war nicht mehr als ein Flüstern. Mit seiner knochigen langen Hand strich er sich eine schwarze Haarsträhne aus dem Gesicht und überreichte dem Ankömmling seine Liste. Seine Macht und seine Überlegenheit waren in jeder Geste deutlich zu erkennen und duldeten keinen Widerspruch.

Adrien rollte das beschriebene Pergamentpapier zusammen und steckte es ein, nickte bestätigend in Nicholas' Richtung und ging wieder hinaus.

»Nessofin« ‚rief er Adrien zu. Der Gefährte wollte gerade in das Büro seines Chefs eintreten, als er unerwartet von einer Hand gestoppt wurde.

»Worum geht es?«, fragte er überrascht.

»Ich muss dich sprechen. Sei nach der Übergabe auf dem Parkhausdach des Mallcenters.«

Nessofin wusste genau, von welchem Parkhausdach Adrien sprach. Es befand sich in einem ihrer gemeinsamen Bezirke. Dieser Platz bot einen guten Ausblick auf die Menschen, die an diesem Ort hin- und hertingelten. Oft kamen Todesboten dorthin. Immer noch ein wenig überrascht willigte er ein.

Einige Minuten vergingen, ehe sie sich auf dem Parkhausdach trafen. Nessofins pechschwarzes, lockiges Haar wehte im Wind. Fragend wandte er sich Adrien zu. »Worum geht es, Gefährte?«

Nessofins dunkle Augen musterten Adrien prüfend. Adrien musste mit jemandem über dieses Erlebnis heute sprechen. Es würde ihm sonst keine Ruhe mehr lassen. Das kannte er von sich gar nicht. Da allein Nessofin sich noch in Reichweite befand, entschied er sich für ihn als Gesprächspartner.

»Mir ist heute etwas Eigenartiges passiert«, begann er. »Ich ließ einen Mann an einem Herzinfarkt sterben und dann war da diese Frau, eine Sanitäterin, die versucht hat ihn wiederzubeleben. Ich hätte schwören können, dass sie mir direkt in die Augen gesehen hat, so als ob sie mich sehen könnte.«

»Das ist unmöglich«, warf sein Gefährte ein, »kein

Sterblicher ist je in der Lage unseresgleichen zu sehen", erklärte Nessofin entschieden. »Einst holte ich die Seele eines Mädchens. Es war sehr lange krank. Ihr Vater hatte Tag und Nacht an ihrem Bett gewacht. Als ich sie dann holte, für einen Moment nur, sah es für mich so aus, als ob er mich hätte sehen können. Doch als ich genauer hinschaute, war mir klar, dass er nur durch mich hindurch, ins Leere, blickte. Es ist ausgeschlossen«, stellte er fest.

»Du hast wohl recht«, sah Adrien ein.

Langsam ging die Sonne unter und tauchte die Stadt in ein zauberhaftes Licht, das sich auf die Hochhäuser und Straßen legte.

»Ich muss mich um meinen nächsten Auftrag kümmern, Gefährte, und das solltest du auch tun.« Mit nur einem Blinzeln löste Nessofin sich in schwarzen Rauch auf, der sich langsam im Wind verteilte. Dann war auch Adrien fort.

KAPITEL 3 – FREUNDINNEN

Die restliche Arbeitswoche verging wie im Flug. Unfallopfer, Opfer von Schlägereien oder auch Suizid und übermäßiger Drogenkonsum standen auf der Tagesordnung. Die Sterbefälle während Emilys Schicht nahmen zusehends ab. So konnte es weitergehen. Gerade bog sie mit ihrem Ford in eine kleine Seitenstraße der Parker Street ein. Heute war ihr freier Sonntag, den sie bis eben bei ihrer Großmutter verbracht hatte. Wie üblich, wenn Emily zum Mittagessen kam, hatte Elise die Lieblingsspeise ihrer Enkelin zubereitet. Gut, dass sie immer mehr als nur zu viel kochte. So packte sie ihr noch eine Portion des leckeren Kartoffelgratins in eine Frischhaltebox. Auch von ihrem frisch gebackenen Erdbeerkuchen nahm sie ein Stück mit.

Es war bereits vier Uhr durch und sie musste sich nun beeilen, denn sie war mit ihrer besten Freundin verabredet und wollte nicht zu spät kommen. Sie hatte sowieso schon ein schlechtes Gewissen, denn es war schon vier Wochen her, seit sie Becky das letzte Mal gesehen hatte. Damals waren sie mit Claire und Marvin, die Emily in letzter Minute ins Boot geholt hatte, bowlen gegangen. Es war ein sehr lustiger Abend gewesen. Während die drei ein Team gebildet hatten, hatte Beckys Team aus ihrem Kumpel Jake und ihrem Bruder Simon bestanden. Der einzige Wermutstropfen an diesem Abend waren die ständigen Verkuppelungsversuche ihrer Freundin gewesen. Aus irgendeinem Grund hatte Becky es sich zur Aufgabe gemacht ihrem Glück ein wenig auf die Sprünge zu helfen – ebenso wie dem ihres Bruders. Nach ihrer letzten gescheiterten Beziehung vor einem Jahr hatte Emily kein einziges Date mehr gehabt, aber Simon war nun wirklich nicht ihr Typ. Auch wenn er schon seit ihrer Kindheit ein Auge auf sie geworfen hatte, fand sie ihn schon immer eine Spur zu flachsig und unreif. Obwohl Simon drei Jahre älter war als die beiden, lebte er nach wie vor bei seinen Eltern – in seinem kaum veränderten Jugendzimmer. Bei den Erinnerungen an diesen Anblick musste Emily innerlich schmunzeln. Das letzte Mal, vor drei Jahren, als sie einen Blick hineingeworfen hatte, war es mit unzähligen Star-Wars-Postern und ein oder zwei Pin-Up-Kalendern behangen gewesen. Nein, sie brauchte einen Mann, der mit beiden Beinen fest im Leben stand, keinen großen Jungen – auch wenn sein Herz noch so gut war.

Wo blieb sie denn nur? Gerade parkte sie ihren Wagen vor dem Eingangsbereich von Petes Pub. Dort waren die beiden verabredet. Es war seit ewigen Zeiten ihr Stammlokal. Schon sehr viele Abende hatten die beiden jungen Frauen hier verbracht und eine Unmenge amüsanter Erinnerungen waren mit diesem Pub verknüpft.

»Schon zehn nach ... Dass sie auch nie pünktlich sein kann!«, dachte Emily. Sie stieg aus dem Auto und blickte sich noch einmal fragend um. Es war ein herrlicher Nachmittag im Oktober. Die Sonne schenkte dem gesamten Stadtviertel einen besonderen Glanz, indem sie alles in ihren goldenen Schein einhüllte und schimmern ließ. Die Luft roch frisch und mild. Auch ein blumiger Duft war zu vernehmen. All das erinnerte Emily an Frühling. Sie steckte ihren Autoschlüssel in ihre Handtasche, als eine ruckartige Bewegung sie zusammenzucken ließ. Zwei Hände legten sich auf ihre Schulter.

»Hallo«, flüsterte eine Stimme ihr ins Ohr. Es war Becky.

»Du meine Güte, hast du mich erschreckt«, prustete die Erschrockene heraus, während sie sich ihrer Freundin zuwandte.

Deutlich amüsiert musterte Becky sie. Wieder einmal trug Emily ihre beigefarbene Bluse, die für Beckys Geschmack einfach viel zu bieder war, und dazu eine alte Jeans. Ihre Freundin zog eine Augenbraue hoch. »Süße, was soll denn dieser, verzeih meine Ausdrucksweise, langweilige Aufzug? Ich dachte, wir gehen heute Abend auf die Piste und suchen dir einen netten Mann oder du flirtest wenigstens ein bisschen mit ein paar geeigneten Kandidaten!« Verständnislos schüttelte sie den Kopf. »Weißt du, so ein bisschen flirten ist sehr gut fürs Ego. Du musst langsam wieder damit anfangen«, fuhr sie fort.

Emily verdrehte die Augen. Sie würde einfach nicht aufgeben. Sie würde nicht eher Ruhe geben, bis sie ihr einen handfesten Beweis dafür erbringen würde, dass sie eine Verabredung hatte. Emily musterte nun Beckys Outfit und sie musste zugeben, dass das, was ihre Freundin da anhatte, alles andere als bieder wirkte, im Gegenteil: Sie trug ein hautenges Shirt, das ihre wohlgeformten Konturen zum Vorschein kommen ließ.

Ihr Rock aus schwarzem Leder war für Emilys Geschmack eine Spur zu knapp. Ihre Wimpern waren üppig und schwungvoll getuscht, ihre Lippen verführerisch rot bemalt, ihre langen schwarzen Haare waren zu einem Zopf zusammengebunden, den sie lässig über ihre Schulter gelegt trug. Sie sah wirklich wie der Inbegriff eines jeden Männertraumes aus. Auch ihre Wildlederstiefel sahen toll aus. Sie hatten an beiden Seiten ein geschnörkeltes Muster, das Emily irgendwie ansprach. Dagegen wirkten ihre einfachen Turnschuhe nichtssagend. Die Unterschiedlichkeit der beiden Frauen machte sich also bereits in ihrem Kleidungsstil bemerkbar; Becky wirkte manchmal wie ein Paradiesvogel, trug oft Neontöne, enge Leggins und Röcke, vorzugsweise tief ausgeschnittene Kleider, Emily hielt sich hingegen eher an lässige Blusen, sportliche Shirts und niemals würde sie ohne ihre geliebte Jeans aus dem Haus gehen. Makeup trug sie eher selten.

»Ich gehe nicht mit dir weg, um mir einen Kerl zu angeln, um es mal mit deinen Worten zu sagen.« Emilys Tonfall war verärgert. So lieb sie ihre Freundin auch hatte, wenn sie sich in etwas verbissen hatte, konnte sie wirklich nerven. »Wir beide wollten uns einen netten Abend bei Pete´s machen. Nur darum ging es!«, stellte sie in einem nun deutlich versöhnlicheren Ton klar. Emily wollte wirklich nicht streiten. Beckys ständige Kritik an ihrer Kleidung sowie ihre Verkupplungsversuche verdeutlichten ihr, dass ihre Freundin sich sorgte. Becky hatte nicht nur einmal zu bedenken gegeben, dass sie in Wearville nur ihre Arbeit kannte und kaum ein Privatleben hatte. Das stimmte allerdings nicht! Na gut, sie arbeitete wirklich oft mehr, als ihr gut tat, ihr Privatleben war sehr knapp bemessen, aber sie hatte dort Marvin und Claire. Die beiden waren neben Elise und Becky ein Stück Familie für sie geworden.

»Ja, tut mir leid, Liebes! Ich weiß, ich nerve. Ich meine es aber wirklich nicht böse. Ich will dich nicht damit ärgern oder dich gar umkrempeln. Du bist gut so, wie du bist, wirklich.«

»Na, da bin ich ja beruhigt«, gab Emily sarkastisch zurück.

»Ich weiß, wie du bist, Emily, aber es würde dir sicherlich auch nicht schaden, einmal ein Kleid oder einen Rock anzuziehen. Du hast eine tolle Figur und bist wunderschön und hast es nicht nötig dich zu verstecken. Aber das ist deine Sache. Ich verspreche hoch und heilig, dass ich mich nicht mehr einmischen werde, versprochen!« Dann brachte sie noch ein kleinlautes »Tut mir leid!« heraus und begann übermäßig mit ihren Wimpern zu klimpern, wobei sie mehr als nur albern aussah – mit voller Absicht. »Bitte, bitte ...«

»Ist ja schon gut«, entgegnete Emily und konnte sich ein Lachen nicht verkneifen. Im Pub nahmen die beiden an ihrem gewohnten Tisch Platz. Es war ein eher kleiner Pub, überall an den Wänden hingen Neonleuchten in den unterschiedlichsten Farben mit den Worten *Pete*, *Holliday* oder *Happy Hour*, das Ambiente war leicht gehoben und trotzdem wirkte es zugleich sehr einfach, die Tische sowie der Tresen waren sehr rustikal, in Eichenholz, gehalten. Ab und an spielten hier regionale Bands. Alles in allem bekam man das Gefühl von Zuhause und Lockerheit vermittelt, was Emily schon immer sehr gefallen hatte. Es war noch nicht einmal fünf Uhr, von daher herrschte noch nicht allzu viel Betrieb. Gerade mal eine Hand voll Leute (alles Männer) saß am Tresen und an den vielen Tischen verteilt um ihr Sonntagabendbier zu genießen.

»Wer ist denn da? Hallo Becky!«, erklang eine Stimme. Pete, der Inhaber des Pubs, war gekommen um die Bestellung aufzunehmen. »Und hallo Emily! Schön dich hier mal wieder zu sehen!« Er wirkte erfreut. Emily hatte sich immer sehr gut mit ihm verstanden. Er war einer der Wenigen, die sie nicht ständig mit diesen mitleidigen Blick bedachten. Dafür war sie ihm mehr als dankbar. Sie plauderten ein wenig darüber, wie es ihr in der Zwischenzeit in Wearville ergangen war und was sie in ihrem alles andere als einfachen Job erlebte, bis er dann schließlich ihre Bestellung aufnahm. Becky orderte einen Tequila Sunrise und Emily bestellte sich einen alkoholfreien Bananacolada, da sie noch fahren musste.

Es war schön, seit Langem einmal wieder mit ihrer Freundin hier sitzen zu können. Becky erzählte von der Arbeit beim Juwelier Phoenix. Sie redete wie ein Wasserfall und Emily hörte ihr einfach nur interessiert zu.

»Irgendetwas bedrückt dich doch, Süße, das spüre ich«, äußerte ihre Freundin nach einer Zeit. Im Vergleich mit Beckys geselligem Gemüt war Emily immer etwas ruhiger und zurückhaltender, aber heute Abend hatte sie stiller und in sich gekehrter gewirkt als sonst. Das war Becky nicht verborgen geblieben. Diese Situation vor einigen Tagen, als sie versucht hatte Thomas Wales wiederzubeleben, beschäftigte Emily immer noch. Zuerst zögerte sie ihrer Freundin davon zu erzählen, tat es dann aber doch. Sie erzählte ihr haargenau, wie sehr sie plötzlich diese Angst gefühlt hatte, die in ihr hochgekrochen war und von dieser viel größeren Macht, die sie plötzlich zu spüren geglaubt hatte.

»Was? Du bist doch überzeugte Atheistin, dachte ich und kein Stück esoterisch eingestellt!«, meinte Becky und steckte sich einen der Cashewkerne, die in der Mitte ihres Tisches in einer kleinen Schale vorzufinden waren, in den Mund.

»Ja, ich weiß. Das bin ich auch eigentlich nach wie vor. Es war so eigenartig an diesem Tag. Ich habe noch nie so etwas gefühlt. Ich war so machtlos«, gestand sie.

»Aber Kleines, wenn einer dieser Menschen stirbt,

geschieht etwas, das du leider Gottes nicht mehr aufhalten kannst. Du wirst dich immer machtlos fühlen ...«

Das stimmte im Grunde schon. Mitfühlend nahm Becky Emilys Hand und streichelte sachte darüber.

»Du hast natürlich recht, Becky. Aber ... Wie soll ich es nur erklären? Es war vollkommen anders als bei all den anderen Malen zuvor ...«

Ein wenig überfordert nippte ihr Gegenüber an ihrem Mojito.

Emily wusste nichts weiter dazu zu sagen. Was sollte sie schon erklären? Es war ein Gefühl – weiter nichts. Im Grunde war es doch albern. Vermutlich war alles auf den ganzen Stress zurückzuführen, den sie in letzter Zeit gehabt hatte, dachte sie und versuchte diesen Gedanken nun endlich zu verwerfen. Eine der Kellnerinnen kam zu ihnen hinüber um die Teelichter auf ihrem Tisch anzuzünden und Emily bestellte sich noch einen Pfefferminztee. Es wurde dunkel und im gesamten Raum flackerten Lichter auf und brachten Helligkeit und Wärme in den Pub.

KAPITEL 4 – SCHICKSALE

Lässig stand Adrien an einen Laternenpfahl gelehnt in einer kleinen Gasse, die sich zur Innenstadt hin erstreckte. Auf dem heutigen Tagesplan standen unter anderem Atemstillstand, ein Motorradunfall, ein Stromschlag, Nierenversagen und ein Sturz in die Tiefe. In Gedanken ging er alles noch einmal durch. Jedes Detail musste stimmen, denn der Tod machte keine Fehler.

Da war allerdings noch etwas anderes, das in seinem Kopf herumspukte und ihm die Konzentration nahm: Am Vortag hatte er wieder einen Auftrag, seinen letzten für diesen Tag, in Wearville gehabt. Wieder war ihm die kleine Sanitäterin von neulich in die Quere gekommen. Mittlerweile war es sechs Wochen her, dass er sie das letzte Mal gesehen hatte. Mit ihrem durchdringenden Blick hatte sie Adrien angesehen und ihn wieder ein klein wenig verwirrt. Was ihn allerdings wirklich beunruhigte, war die Tatsache, dass er nicht in ihren Kopf blicken konnte. Was hatte das nur zu bedeuten? Er als Todesbote war in der Lage die Gedanken der Menschen lesen zu können – jedes Menschen. Warum war sie die berühmte Ausnahme von der Regel? So etwas hatte er noch nie erlebt! Er wollte zu gern wissen, was sie dachte, aber alles, was er empfing, war Leere. Erstaunlich!

Doch es half alles nichts, Adrien musste sich auf seinen nächsten Todesfall konzentrieren. Er hatte keine Zeit. Sicherlich würde er sich nach getaner Arbeit welche nehmen. Er würde der Sache auf den Grund gehen. Doch zuerst musste er sich um seinen nächsten Auftrag kümmern.

Mit einem Fingerschnipsen fand er sich im nächsten Augenblick in einem Krankenzimmer des Westing Hospitals wieder. Eine alte Frau, die an unzählige Geräte angeschlossen war, lag auf dem Sterbebett und wartete auf die Erlösung, die nur er ihr geben konnte. Die Furchen in ihrem Gesicht sowie ihr schlohweißes Haar ließen auf ihr hohes Alter schließen. Gänzlich unberührt von dem quälenden Röcheln der Alten und ihrem Gestöhne schnipste Adrien erneut mit dem Finger. Sofort erschien eine Sanduhr in seinen Händen. Wie gebannt starrte er darauf und wartete, bis auch das letzte Korn nach unten geronnen war. Ihre Zeit war abgelaufen. Erst jetzt durfte er ihr das Leben nehmen. Adrien legte eine Hand auf den Brustkorb der Frau, die ihr Bewusstsein schon längst verloren hatte. Während ihr Herz unter seiner Hand immer schwächer wurde, sah der Todesbote das gesamte Leben der Sterbenden im Zeitraffer vor seinem geistigen Auge vorbeiziehen: Er sah sie als kleines Mädchen, wie sie mit anderen Kindern munter im Gras herumtollte, die Weihnachtsfeste mit ihren Geschwistern und Eltern, ihr erster Kuss, ihre erste und ihre zweite Hochzeit, die Geburt ihrer Kinder und Enkelkinder, Familienfeste, Urlaube ... Nichts blieb ihm verborgen. Wie er das hasste! Er sah diese unglaublich vielen, nicht enden wollenden Bilder und konnte nicht das Geringste mit ihnen anfangen. Diese ganzen Situationen aus dem Leben eines Menschen waren ihm schleierhaft und fremd. Dieses Phänomen war nur ein lästiger Nebeneffekt für ihn, anders als das Gedankenlesen. Auch wenn ihm das genauso wenig Freude bereitete, brauchte er diese Fähigkeit. Sie war für jeden Todesboten von enormer Wichtigkeit, denn nur so konnten sie etwaigen Handlungen, die ihre Aufgabe in irgendeiner Weise behindern könnten, vorgreifen. Sie mussten wissen, was die Menschen vorhatten um schnell reagieren zu können. Adrien hatte dabei oft mehr mitbekommen, als ihm lieb gewesen war. Es war ihm unbegreiflich, warum sich diese Sterblichen über solch banale Sachen wie Geld, Ansehen, Autos, ihr Aussehen oder Sex den Kopf zerrbrachen. Was fanden sie nur alle so besonders an Sex? In seinen Augen waren diese Sterblichen nur triebgesteuerte Ignoranten. Sie verschwenden einen Großteil ihrer so knapp bemessenen Zeit mit unsinnigen Dingen wie Streitigkeiten und Machtkämpfen.

Adrien befand sich jetzt in Emily Walshs Wohnung. Er war ihr bis dorthin gefolgt und stand nun genau vor ihr. Die ganze Situation schien mehr als absurd zu sein. Er verfolgte sonst nur Menschen, die er töten musste, aber er war fasziniert von ihr: Die Gedanken dieser Sterblichen waren ihm immer noch nicht zugänglich. Verblüffend! Erschöpft und ein wenig verwirrt, geradezu geistesabwesend, hatte sie gewirkt, als sie sich auf ihre Couch legte und tief ein- und ausgeatmet hatte. Ein und wieder aus. Er näherte sich ihr ein Stück und sah sie konzentriert an. So lange und so eingehend hatte er noch nie einen Menschen betrachtet, so viel stand fest.

»Was verbirgst du, Menschenfrau?« Ihre Gesichtszüge waren verhärtet, musste der Todesbote feststellen. Blass und ernst wirkte sie. Dicht über sie gebeugt, pustete er ihr auf die Stirn. Diese Idee kam ihm ganz spontan in den Sinn. Was er dann sah, versetzte ihn noch mehr in Erstaunen: Sie kniff die Augen zu und zuckte kaum merklich. Tatsächlich schien diese Frau auf ihn zu reagieren.

Ja, Emily spürte seinen kalten Atem auf ihrer Haut. Sie begann von der Eiseskälte, die Adrien aussandte, zu frösteln. Schnell griff sie nach der Decke, die zu ihren Füßen lag, und wickelte sich hinein.

»Nein, das darf nicht wahr sein! Wie ist das nur möglich?«, dachte er und begann in ihrer Wohnung auf und ab zu gehen. Er kam in die Küche, ging wieder ins Bad und wanderte schließlich wieder zurück ins Wohnzimmer. Er überlegte hin und her. Hatte es vielleicht schon einmal ein Anzeichen gegeben, dass ein

Sterblicher, in irgendeiner Form auf ihn reagiert hatte? Doch es blieb dabei: Nein, daran hätte er sich erinnert. Nicht ein einziges Mal in all den Tausenden von Jahren war das vorgekommen. Und nie hatte er je etwas vergessen.

Nachdenklich fuhr Adrien sich durchs Haar. Dann warf er einen Blick auf die Couch. Emily Walsh schlief tief und fest. Einen Moment sah er ihr dabei zu.

»Was soll das? Ich schaue einer Sterblichen beim Schlafen zu«, sagte er zu sich selbst und hielt doch noch einen kleinen Moment inne, bis er schließlich verschwand.

KAPITEL 5 – VERSCHLUNGENE PFADE

»Autsch!« Während sich Emily ausgiebig streckte, merkte sie wie ihr Nacken massiv zu rebellieren begann. »Das kommt davon, wenn man auf der Couch einschläft und dann die Nacht dort verbringt«, dachte sie sich mit leicht verschlafener Miene. Aber gestern war wirklich ein harter Tag gewesen. Marvin und sie hatten auf den Straßen Wearvilles alle Hände voll zu tun gehabt: Es galt ein Fahrradunfallopfer zu versorgen sowie das Opfer eines Treppensturzes mit einer Blutung am Kopf zu behandeln, sie mussten einen Mann, der einen Motorradunfall gehabt hatte, mit starken inneren Blutungen einliefern. Außerdem schien in der Stadt eine Welle von Lebensmüdigkeit zu herrschen. Emily konnte einfach nicht fassen, wie leichtsinnig manche Menschen mit ihrem Leben umgingen.

Sie warf einen Blick auf ihre Wanduhr. »Was? Schon so spät?«, stellte sie entsetzt fest. Die Uhr zeigte bereits 10:30 Uhr an. Nun musste sie sich beeilen. Sie war doch heute mit den Haydens verabredet. Zu gern wollte sie Claire und die Kinder wiedersehen. Und anschließend würden Marvin und sie gleich gemeinsam zu ihrer nächsten Schicht aufbrechen. Rasch erhob sie sich vom Sofa und marschierte schnurstracks unter die Dusche. Als sie fertig war, suchte sie in ihrem Kleiderschrank nach einer frischen Sanitäteruniform, in die sie fix hineinschlüpfte. Ihre Haare band sie zu einem Knoten zusammen und fuhr los. Die Haydens wohnten gerade einmal fünf Autominuten von ihrer Wohnung entfernt, abgelegen von der Stadtmitte in einer kleinen Häusersiedlung. Nachdem sie ihren Ford direkt neben Marvins Auto geparkt hatte, stieg Emily aus und passierte den kleinen Garten der Haydens, der mit Barbiepuppen, Spielzeugautos und Straßenkreide übersät war. Rings um das kleine Chaos herum blühten Tulpen, Anturien und Stiefmütterchen, die Claire liebevoll gepflanzt hatte, munter vor sich hin. Sogar ein kleiner Kräutergarten war etwas weiter abseits vom Haus vorzufinden.

»Hallo Emily, schön dich zu sehen!«, begrüßte Claire sie mit sanfter Stimme, nachdem sie geklingelt hatte, und umarmte sie herzlich. Emily kannte keine Person, die sanftmütiger und einfühlsamer war als Claire. Sie besaß die Gabe selbst inmitten eines tosenden Sturms noch eine unsagbare Ruhe auszustrahlen. Man musste sich in ihrer Anwesenheit einfach geborgen fühlen und das tat Emily auch.

»Es freut mich auch, Claire«, entgegnete sie lächelnd.

»Emily, Emily!« Kiara und Jeremia kamen um die Ecke gestürmt und fielen ihr um den Hals. Es tat unwahrscheinlich gut die beiden wiederzusehen. Gut, dass heute Samstag war und sie nicht zur Schule gehen mussten. Ihre lebhafte und verspielte Art war mehr als herzerfrischend und gab Emily ein Gefühl von Leichtsinn, Unbeschwertheit und Freude zurück.

»Hey, ihr zwei!«, rief sie und drückte beide ganz fest. »Wo ist Marvin?«

»Der ist in der Küche und repariert die Spüle«, antwortete Claire und verdrehte dabei die Augen. Emily wusste warum: Was das Handwerken und Reparieren im Haushalt betraf, hatte Marvin zwei linke Hände. Zugeben wollte er das allerdings nicht. Bei der kleinsten Gelegenheit wollte er Claire vom Gegenteil überzeugen und scheiterte jedes Mal kläglich.

»Ich sage ihm, dass du da bist, Emily.« Claire wollte gerade losgehen, hielt aber kurz inne. »Sobald ihr auf Schicht seid, werde ich einen Klempner herbestellen«, flüsterte sie ihr grinsend ins Ohr, seufzte und marschierte dann in die Küche.

Das Lachen konnte Emily nun nicht mehr unterdrücken. Sie genoss den Hauch von heiler Welt bei den Haydens – ein Familienglück, das für sie viel zu früh zu Ende gewesen war. Diese Leute waren ein

Stück Familie für sie geworden und dafür war sie mehr als nur dankbar. Das Essen, das Claire zubereitet hatte, schmeckte vorzüglich. Es gab T-Bone-Steak mit Bohnen und Speck. Am Tisch unterhielten sie und Marvin sich über den Arbeitsplan von nächster Woche, bevor sie dann aufbrachen um ihre Schicht zu beginnen.

Adrien sah zu wie Emily sich aufgewühlt in ihrem Bett hin und her wälzte. Schweißperlen rannen ihr über die Stirn, ihr Gesicht war verzerrt und fiebrig, ihr Atem ging stoßweise. Wieder sprach sie im Schlaf. Das war nicht das erste Mal, musste er feststellen.

»Nein! Mom! Dad! NEIN!«, rief sie. Dann war ein leises Stöhnen zu hören, ehe sie sich auf die andere Seite des Bettes wälzte. Er fragte sich, warum diese Menschenfrau jede Nacht von Alpträumen heimgesucht wurde. Sie rief im Schlaf meist nach ihren Eltern.

Wann immer es ihm neben seinen Aufträgen irgendwie möglich war, beobachtete er Emily, versuchte sie zu studieren. Warum er das tat, wusste er selbst nicht. Vielleicht wollte er ein Rätsel lösen, auf das er immer noch keine Antwort gefunden hatte. Es stand außer Frage, dass diese Sterbliche ein Problem mit dem Tod – also mit ihm – hatte. Ihre Eltern hatte sie verloren. Adrien wusste es, da Emily schon einmal von ihnen und dem Unfall damals gesprochen hatte. Auch die Sterbefälle in ihrem Beruf bereiteten ihr außerordentliche Probleme, fand er. Diese Frau war hartnäckig und verbissen. Warum tat sie sich nur so schwer anderer Menschen Schicksal zu akzeptieren? Dann trat er ein Stückchen näher an ihr Bett heran. Interessiert fixierte er sie. Adrien wusste im Grunde, dass er nicht herausfinden würde, was mit Emily Walsh nicht stimmte. Dennoch zog es ihn in jeder freien Minute in ihre Nähe.

Vielleicht stimmte ja auch etwas mit ihm nicht. Sein Verhalten war gegen die Regeln, das wusste er. Den Todesboten war es untersagt die Nähe Sterblicher zu suchen, die nicht dem Tode geweiht waren, denn die Todesboten strahlten eine für den Menschen tödliche Energie aus. Hielt er sich zu lange in ihrer Nähe auf, würde das den sicheren Tod für sie bedeuten. Das zog noch eine weitere Konsequenz mit sich: Einem solchen Menschen würde der Eintritt ins Himmelreich verwehrt bleiben, da sein Tod nicht als beschlossen gelten würde. Sein ganzer Lebensplan und sein Schicksal wären somit verfälscht worden. Dieser Mensch wäre dann gezwungen auf ewig zwischen den Welten umherzuwandern, zwischen Himmel und Erde, auf einer Zwischenebene, die auch Fegefeuer genannt wurde. Dies bedeutete bittere Qualen, nicht enden wollende Qualen. Für gewöhnlich durchlebten Ermordete oder Selbstmörder so etwas, all die, denen das Schicksal ein Schnippchen geschlagen hatte. Und normalerweise näherte sich kein Todesbote einem Nicht-Todgeweihten. Warum denn auch? Es gab keinen Grund an ihrer Seite zu verweilen. Und trotzdem stand Adrien gerade im Schlafzimmer einer Sterblichen, die in nächster Zeit gar nicht sterben sollte. Er war natürlich immer vorsichtig, hielt sich nie zu lange in ihrer Umgebung auf.

Ein tiefes Seufzen riss den Todesboten plötzlich aus seinen Gedanken. Immer noch bewegte sie sich unruhig hin und her. Er ging vor ihr in die Hocke. Wie von selbst näherte sich seine Hand ihrem Gesicht.

Erst zögerlich, dann immer bestimmter. Er legte seine Fingerspitzen auf ihre Stirn, zog sie daraufhin jedoch schnell wieder zurück. Was machte er hier eigentlich? »Bin ich jetzt von allen guten Geistern verlassen?«

Doch Emily schien plötzlich ruhiger zu werden. Sie atmete wieder regelmäßiger, hörte auf sich zu wälzen. Sie sah mit einem Mal so friedlich aus. Er war schon viel zu lange hier, kam ihm gerade in den Sinn. Adrien musste gehen.

»Ist hier jemand?«, hörte er sie rufen, gerade als er im Begriff war sich zu erheben und das Weite zu suchen. Emily saß mit einem Satz kerzengerade in ihrem Bett und schaute sich suchend im Raum um. Schwaches Mondlicht drang durch ihr viel zu kleines Zimmerfenster. »Hallo?« Sie knipste ihre Nachttischlampe an, die auf der Kommode stand. Entschlossen stieg sie aus ihrem Bett und lief im Zimmer umher. »Ist da jemand?«, flüsterte sie, während ihre Augen noch dabei waren jeden Winkel ihres Zimmers abzusuchen. »Das ist so lächerlich und paranoid von dir, Emily! Wer soll da schon sein?«, sagte sie zu sich selbst. »Es wird wirklich immer absurder mit mir ...«

Als sie den Entschluss fasste, wieder zurück in ihr Bett zu marschieren, runzelte sie die Stirn und hielt kurz inne. Adrien befand sich genau hinter Emily. Ihre Pupillen bewegten sich von rechts nach links, von links nach rechts, ihre Nackenhaare stellten sich auf und ein Schauer legte sich auf ihren Rücken. Ruckartig drehte sie sich um. Für den Bruchteil einer Sekunde befürchtete der Todesbote, sie könne jeden Moment aufschreien – in der Gewissheit, dass sich ein Fremder in ihrem Schlafzimmer befand. Aber das passierte nicht.

»Du bist wirklich nicht mehr zu retten, Emily Walsh!«

Er hob eine Hand vor ihr Gesicht ohne sie dabei zu berühren.

Augenblicklich ging Emilys Atem schneller und ihr Herz klopfte in einem unregelmäßigen Rhythmus. Ob nun Einbildung oder nicht, sie hatte etwas gespürt, irgendwen, auch wenn das verrückt klang.

Ein Teil von ihr nahm ihn wahr, dessen war sich Adrien jetzt sicher und bewusst. Diese Nacht hatte ihm Gewissheit gebracht.

KAPITEL 6 – RETTUNG

Die kommenden Wochen vergingen und es war nun bereits Januar. Da sie am Weihnachtstag nicht hatte arbeiten müssen, hatte Emily diesen Feiertag bei ihrer Großmutter verbracht, die sie mit einem unübertrefflichen Festmahl verwöhnt hatte. Ins neue Jahr war sie mit Marvin hineingerutscht, beide hatten an diesem Tag Schicht gehabt. Im Großen und Ganzen konnte sie zufrieden sein, denn es schien, als ob endlich etwas Frieden in ihrem Leben Einzug gehalten hatte: Ihre nächtlichen Alpträume von ihren Eltern ließen nach, auch die Träume, die sie von den Menschen hatte, die sie nicht retten konnte, waren verschwunden. Sie konnte es kaum glauben. Vielleicht war ihr Fluch nun endlich gebrochen. Sie fühlte seit einiger Zeit tiefe Zufriedenheit und Glück in sich aufkeimen – mehr als jemals zuvor.

Es war früher Morgen und es dämmerte bereits. Auf die Straßen hatte sich ein Film von Raureif gelegt, der im Licht der Straßenlaternen funkelte und glitzerte wie Tausende Diamanten. Die Kälte schmiegte sich an Emilys Gesicht und fuhr ihr durch Mark und Bein. So klirrend und beißend war sie und von solcher Intensität, dass sie schmerzte. Ihr Thermo-Trainingsanzug bot kaum Schutz davor, doch Emily wollte joggen gehen. Das war im Laufe der letzten zwei Monate zu ihrer großen Leidenschaft geworden. Für sie gab es nichts Besseres, als sich ausgiebig auszupowern. Das alles half ihr dabei, besser mit dem täglichen Arbeits- und Alltagsstress umzugehen. Geschwind lief sie die Forsterstreet entlang um an der Kreuzung abzubiegen. Nun musste sie nur noch die Seitenstraße überqueren um zum Greenwall-Park zu gelangen. Es war eine mittelgroße Parkanlage, wo es oft selbst in den frühen Morgenstunden vor Menschen wimmelte, die entweder wie sie joggten oder ihren Hund ausführten. Im Park würde sie dann ihr Tempo beschleunigen, sich warm laufen und sicher schon bald die Kälte nicht mehr wahrnehmen.

Eilig passierte Emily die Straße. Dann ging alles sehr schnell: Sie wusste gar nicht, wie ihr geschah, als sie den blauen Golf mit einer wahnsinnigen Geschwindigkeit auf sie zurasen sah. Zweifellos hatte der Fahrer die Höchstgeschwindigkeit gleich um mehrere Striche auf dem Tacho überschritten und sie war zu unachtsam gewesen, was eigentlich sonst nie der Fall war. Sie war wie erstarrt, so erschrocken war sie. Im Bruchteil einer Sekunde wurde ihr klar, dass sie keine Chance haben würde auszuweichen. Das schrille Quietschen der Reifen erklang, ihre Ohren nahmen die Geräusche nur noch gedämpft wahr. Der Fahrer versuchte verzweifelt den Wagen zum Stillstand zu bringen, aber er würde niemals rechtzeitig anhalten können. Plötzlich merkte sie, wie eine Hand nach ihrem Arm griff und sie von der Fahrbahn zog. Das Klopfen ihres Herzens drohte ihren Brustkorb zu zersprengen. Ihre Augen hatte sie wie durch einen Schutzmechanismus geschlossen. Die Zeit schien stillzustehen. Emily merkte, wie Hände ihren Körper umfassten. Als sie ihre Augen vorsichtig wieder öffnete, sah sie einen Mann, der schützend über sie gebeugt war. Seine bernsteinfarbenen Augen starrten sie mit solch einer Intensität an, wie sie durchdringender nicht hätte sein können. Bei genauerer Betrachtung dieses Fremden verschlug es ihr den Atem. Seine Gesichtszüge waren engelsgleich und doch männlich und markant. Sein wuscheliges, haselnussbraunes Haar fiel ihm bis zu den Ohren hinab. Er war makellos und wunderschön.

Der Fremde schien über etwas nachzudenken, so kam es Emily vor. Oder er war nur genauso schockiert wie sie? Die beiden schauten sich tief in die Augen. Es war, als hätte sich eine unsichtbare Kuppel um sie herum aufgebaut. Sie nahmen nur noch einander wahr, sonst nichts. Alles schien um sie herum zu zerfließen und seine Bedeutung zu verlieren, wie in einer Art Rausch. Es dauerte einige Sekunden, bis der Fremde seinen Blick von ihr lösen konnte.

»Sind Sie verletzt?«, hörte Emily ihn sagen. Seine Stimme war samtig und dunkel.

Sie gewann langsam die Fassung zurück. »Nein, ich glaube nicht«, brachte sie zögerlich hervor. Daraufhin streckte er ihr eine Hand entgegen. Sie griff danach. Plötzlich durchfuhr ein Blitz ihren gesamten Körper. Es war ein wohliges, prickelndes Gefühl. Vorsichtig zog der Fremde sie nach oben, bis sie wieder auf ihren Beinen stand. Sie wusste nicht, ob das Zittern und die weichen Knie wirklich nur auf den Schock zurückzuführen waren oder ob es an dem Fremden lag.

»Sie haben mir das Leben gerettet!«

Seine gerade noch weichen Gesichtszüge verhärteten sich und seine Miene wurde düster. Ein kleiner Schauer durchfuhr Emily. Nun beobachtete sie ihn ein wenig genauer: Zweifelsohne hatte dieser Mann eine athletische Figur. Seine Muskeln zeichneten sich deutlich unter seiner schwarzen Kleidung ab.

»Ist alles in Ordnung, Lady?«, meldete sich jetzt eine zweite Stimme zu Wort. Es war der Fahrer des Wagens, den Emily erst jetzt wahrnahm und der wohl ebenfalls unter Schock stand. Rasch lief er zu ihr hinüber.

»Ja, es ist alles in Ordnung, mir fehlt nichts«, beteuerte sie.

»Mann, Sie haben mir vielleicht einen Schrecken eingejagt«, sagte der Mann kleinlaut. »Ich habe Sie wirklich nicht gesehen, Miss. Das müssen Sie mir glauben!«, flehte er regelrecht und sah sie dabei reumütig an.

»Ich glaube Ihnen. Gott sei Dank hatte ich einen

Schutzengel«, verkündete Emily erleichtert und wollte gerade auf ihren unbekannten Retter zeigen. Doch dieser war spurlos verschwunden. »Das verstehe ich nicht! Gerade eben stand er noch neben mir.« Verwundert schaute sie sich um. Keine Spur von dem Mann. Er war einfach gegangen. Dabei hatte sie sich noch gar nicht richtig bei ihm bedanken können. Noch nicht einmal seinen Namen kannte sie.

»Ich habe niemanden gesehen«, ließ der Mann verlauten.

»Doch, da war ein Mann. Gerade war er noch da. Er hat mich gerettet!«

»Ist wirklich alles in Ordnung mit Ihnen?« Mit großen Augen starrte er Emily an.

Es kostete sie ein hartes Stück Arbeit den Fahrer des Wagens davon zu überzeugen, dass sie nicht ins Krankenhaus musste. Auch sein Angebot, sie wenigstens nach Hause zu fahren, lehnte sie dankend ab. Sie habe nur ein paar Schritte zu ihrer Wohnung, versicherte sie ihm. Also stieg der Mann, immer noch weiß wie eine Wand, wieder zurück in sein Auto und setzte seine Strecke fort. Er konnte wirklich froh sein, dass seine Fahrweise keine weiteren Konsequenzen für ihn hatte. Ohne Weiteres hätte sie zur Polizei gehen können um Anzeige zu erstatten. Emily hoffte inständig, dass ihm der Vorfall eine Lehre gewesen war und er sich von nun an die Spielregeln im Straßenverkehr halten würde.

Unweigerlich musste sie an den Autounfall ihrer Eltern zurückdenken. Die Nachlässigkeit eines Menschen hatte ihre Mom und ihren Dad das Leben gekostet. Ihre Gefühle spielten verrückt: Sie war in einer Mischung aus dem immer noch blanken Schock, Erleichterung, Freude darüber, dass ihr nichts weiter zugestoßen war, und einer ihr unbekannten Leichtigkeit hin- und hergerissen. Ein kleiner Sturm tobte in ihrem Inneren, wenn sie an ihren fremden Retter dachte. Seine Stimme hallte noch immer in ihren Ohren wieder: »Sind Sie verletzt?« Er hatte zauberhaft geklungen. Sein perfektes und schönes Gesicht hatten sich bereits in ihr Gedächtnis eingeprägt. Sicher war er Sportler, Model oder beides. Jedenfalls hätte es Emily bei seinem Aussehen nicht überrascht.

Auch als sie schon längst zu Hause auf ihrer

Couch lag, konnte sie nur noch an diese merkwürdige Begegnung denken. Wieso war er plötzlich verschwunden? Es wäre einleuchtender für sie gewesen, wenn dieser Sonntagsfahrer abgehauen wäre. Aber ihr Retter? Gedankenverloren schlürfte sie den Holundertee, den sie eben noch frisch aufgebrüht hatte und der nun wohltuend und wärmend ihre Kehle hinunterfloss. Warum hatte der Fahrer diesen Fremden nicht bemerkt? Er war zwar dunkel gekleidet und es war draußen noch etwas dämmrig gewesen, jedoch keinesfalls so dunkel, dass man eine Person nicht mehr hätte erkennen können. Sie hatte jedes Detail seines Gesichts wahrnehmen können.

Auch als sie Stunden später zusammen mit Marvin im Rettungswagen saß, kreisten ihre Gedanken noch um die Geschehnisse des Vormittags. Ihr Kollege kannte Emily viel zu gut um nicht zu bemerken, dass irgendetwas sie beschäftigte.

»Hey Kleines, alles in Ordnung bei dir? Du wirkst heute noch stiller als sonst«, stellte er behutsam fest, während er auf einer Kreuzung abbog. Emily gab einen tiefen Seufzer von sich, zögerte erst, entschied sich dann allerdings doch dafür Marvin die Wahrheit zu sagen, auch wenn dieser sich ein wenig erschrecken und sorgen würde. Außerdem hatte sie nie Geheimnisse vor ihm gehabt, er war immer wie ein großer Bruder für sie gewesen.

Während Emily berichtete, wurden Marvins Augen immer größer. Sie war froh, als sie am Ende ihrer kleinen Erzählung aussteigen mussten. Draußen wurden sie schon von zwei Passanten erwartet. So konnte ihr Kollege ihr wenigstens keinen Vortrag über ihr Verhalten im Straßenverkehr halten. Jetzt war sie wieder ganz bei ihrer Arbeit: Sie wurden von zwei Herren zu einer kleinen Wohnung in der Columbia Street gelotst um einen 74-jährigen Mann mit Kreislaufkollaps in den Krankentransportwagen zu befördern. Jetzt konnte Marvin sich also nicht zu ihrer kleinen Anekdote äußern. Noch nicht ... Man merkte ihm an, dass er sich Sorgen machte, angespannt war und noch einiges dazu zu sagen hatte.

Nachdem die beiden den Mann stabilisiert und ins Krankenhaus gefahren hatten, gab es auch wieder etwas Luft für sie. Also legte Marvin direkt los, als sie wieder im Büro des Paramedic-Centers saßen und ihren Bericht schrieben.

»Was machst du denn nur für Sachen, Emily?! Weißt du eigentlich, was für ein Glück du hattest, dass dieser Typ dich gerettet hat? Das hätte auch anders ausgehen können!«, tadelte er sie ein wenig aufgebracht.

Emily sah zu Marvin hinüber, der gerade einen Stapel Akten beiseiteschob um sie besser mit seinem vorwurfsvollen und besorgten Blick durchbohren zu können. »Ich weiß, Marvin. Keine Ahnung, wie das passieren konnte. Ich war heute Morgen irgendwie neben der Spur.", erklärte sie langsam.

Ein verächtliches Schnauben war zu hören. »Irgendwie neben der Spur?«, wiederholte er ihren Satz und zog ihn dabei absichtlich in die Länge.

Er konnte es mit seinem Großer-Bruder-Getue aber auch übertreiben, dachte Emily und rollte mit den Augen.

»Hey, entschuldige bitte, aber ich habe mir einfach nur Sorgen um dich gemacht, Emily. Ich will nicht, dass dir etwas zustößt!«

In seiner Stimme lag eine solche Verletzlichkeit, dass es ihr die Kehle zuschnürte. »Es wird nicht mehr vorkommen, das verspreche ich dir!«, versicherte sie ihm mit einem aufmunternden Augenzwinkern.

Sein Blick blieb ernst.

»Ich weiß, ich habe wahnsinniges Glück gehabt«, fügte sie hinzu. »Und es ist zwar süß von dir, dass du dich immer um mich sorgst, aber glaub mir: Ich habe alles im Griff. Zu Hause und an der Arbeit. Ich bin nämlich schon groß.«

»Das weiß ich alles, aber trotzdem mache ich mir manchmal noch Sorgen um dich. Du hast dich toll entwickelt, seit wir uns kennengelernt haben und ich bin sehr stolz auf dich. Ich habe dich lieb. Wie könnte ich mir also heute keine Sorgen machen?«

Ein dicker Kloß machte sich in ihrem Hals breit. »Das bedeutet mir sehr viel Marvin. Ich habe dich auch lieb.« Dann ging sie zu ihm und drückte ihn, so fest sie konnte.

KAPITEL 7 – UNGEREIMTHEITEN

Was genau war da eben geschehen? Wie konnte das möglich sein? Wie wild hämmerte es in Adriens Kopf. Er befand sich gerade auf dem Parkhausdach des Wearville-Einkaufszentrums. Er kam in letzter Zeit öfter zum Nachdenken hierher. An diesem Ort hatte man einen wunderbaren Ausblick auf Straßen, Geschäfte und Häuser. Die Sonne stand schon hoch am Himmel und legte ihre wärmenden Strahlen über die gesamte Stadt.

Emily konnte ihn sehen. Ja, sogar hören konnte sie ihn. Völlig perplex begann der Todesbote auf und ab zu gehen, ließ in Gedanken alle Geschehnisse des Morgens noch einmal ablaufen: Er hatte sie beim Laufen beobachtet. Als er gesehen hatte, welche Gefahr ihr drohte, hatte er auf einmal nicht anders gekonnt, als sie davor zu bewahren, verletzt zu werden. Auf seiner Todesliste stand sie nicht und auch nicht auf denen seiner Gefährten. Das hätte Adrien gewusst. Es wäre ihm nicht verborgen geblieben, denn jeder Todgeweihte war von einer schwarzen Aura umgeben. Und jeder Todesbote konnte diese Aura sehen und auch spüren. Emilys Aura war vollkommen weiß.

Von jeher war es ihm völlig gleichgültig, ob ein Mensch ins Koma fiel, schwer verletzt wurde oder den Rest seines Lebens an einen Rollstuhl gefesselt sein würde. Eine oder sogar mehrere Optionen hätten ihr zweifellos bevorgestanden, wenn er nicht eingegriffen hätte. Noch nie hatte er einen Menschen vor was auch immer beschützt. Er, ein todbringendes Wesen, hatte eine Sterbliche gerettet! Wie absurd das klang, war ihm mehr als bewusst.

»Was ist nur los mit mir? Was geschieht mit mir?« Diese Gedanken sprach er nun laut aus, setzte sich an den Rand des Parkhausdachs und ließ seine Beine über den Abgrund baumeln, über die fahrenden Autos hinweg. Der kräftige Wind spielte mit seinem Haar, zerzauste es. Er war überrascht, dass er zu solch einer Reaktion fähig war und am meisten über die Tatsache, dass Emily Walsh ihn plötzlich sehen und hören konnte. Noch nie hatte ihn jemals ein Mensch gesehen. Und wenn Nicholas von dieser ganzen Sache Wind bekäme, wusste Adrien nicht, welche Konsequenzen ihm drohen würden. Er wusste nur, dass es

Konsequenzen geben würde. Er hatte schließlich gegen die Regeln verstoßen und die Nähe einer Sterblichen, nicht Todgeweihten gesucht. Diese Grenze hatte er schon längst überschritten.

In all den Tausenden von Jahren war er nie neugierig gewesen. Alles war routiniert, strukturiert und klar gewesen. Immer. Bis jetzt. Diese Sterbliche gab ihm gleich mehrere Rätsel auf. Eine Lösung fand er jedoch nicht. Alles wurde nur unklarer, je länger er darüber nachdachte. Merkwürdig war auch gewesen, dass er ihr bisher gelebtes Leben vor seinem geistigen Auge gesehen hatte. Für gewöhnlich sah er dies nur bei Sterbenden. Ihre Geburt, ihre gesamte Kindheit, das gemeinsame Leben mit ihren Eltern, alles hatte Adrien gesehen. Auch den Unfall ihrer Eltern. Er hatte ihre Tränen, ihren Schmerz gesehen, er hatte beobachtet, wie sie als Sanitäterin Leben retten und auch verlieren musste. Ihre Ängste waren ihm nicht verborgen geblieben, so tief war sein Blick in ihre Seele gewesen. Die größte Angst hatte sie vor dem Tod – jedoch nicht vor ihrem eigenen, sondern vor dem Verlust eines geliebten Menschen. Zum ersten Mal war ihm ein solcher

Einblick nicht unangenehm oder lästig gewesen. Als er sie berührt hatte, in ihre Augen gesehen hatte, da war ihm so komisch zumute gewesen. Er konnte jedoch nicht definieren, was genau es gewesen war. Seitdem hatte sich etwas in ihm verändert. In diesem Moment, als sie einander angesehen hatten, war alles so vollkommen gewesen ...

Eine nie dagewesene Wärme durchfuhr seinen kalten Körper. Das müssen Emotionen sein, überlegte er. Aber er konnte sich nicht sicher sein. Bisher hatte er ja noch nie gefühlt. Viel gehört darüber hatte er schon. Was genau das bedeutete, war Adrien jedoch nicht bewusst. Wie ging man damit um? Auch darauf wusste er keine Antwort.

Mit einer schnellen Handbewegung nahm Emily zwei Tassen aus ihrem Küchenschrank, stellte sie auf den Tisch und füllte sie mit Kaffee, den sie gerade frisch aufgesetzt hatte. Der aromatische Duft breitete sich binnen Sekunden in ihrer Wohnung aus.

»Und du hast ihn seitdem nirgendwo wieder getroffen?«, fragte Becky und wirkte bei ihrer Fragerei mehr als interessiert und angetan. Sie hatte auf einem der Barhocker in der Küche Platz genommen und nippte vorsichtig an ihrem noch viel zu heißen Kaffee.

»Nein, die ganze Sache ist jetzt schon fast drei Wochen her und ich glaube nicht, dass ich ihn wiedersehen werde«, antwortete Emily und rührte deprimiert in ihrer Tasse herum.

Es war früher Abend, sie hatte Frühschicht gehabt und längst Feierabend, Becky hingegen hatte heute frei gehabt und so waren die beiden Freundinnen auf einen Frauenabend bei Emily verabredet gewesen. Ihre Freundin fand, es sei wieder einmal an der Zeit ausgiebig zu quatschen und Zeit zusammen zu verbringen.

Becky hatte sich dabei auf ein bestimmtes Thema eingeschossen: Natürlich ging es um Emilys geheimnisvollen Retter. Sie wusste bereits aus gemeinsamen Telefongesprächen, was passiert war, und hielt die Geschichte für mehr als aufregend und romantisch.

»Oh, wer weiß! Ich im Gegensatz zu dir glaube an das Schicksal. Und wenn das Schicksal euch vereinen will, wirst du Superman wiedersehen. Davon bin ich fest überzeugt!«, erklärte Becky und schickte ein aufmunterndes Lächeln in Emilys Richtung, ehe sie einen kräftigen Schluck Kaffee nahm.

»Wer weiß ... Das ganze Gejammer nützt ja sowieso nichts«, dachte Emily, konnte Beckys Meinung jedoch leider nicht teilen. Sie glaubte nicht, dass noch irgendetwas in Bezug auf ihren geheimnisvollen Retter passieren würde. Sie hatte nach ihm gesucht. Immer wieder war sie die Strecke in Richtung Park abgegangen. Ja, die ganze Nachbarschaft hatte sie durchkämmt in der Hoffnung ihm irgendwo zufällig zu begegnen. Aber nichts war passiert. Er blieb ein Phantom.

Das Problem war, dass dieser Fremde ihr nicht mehr aus dem Kopf ging und dass sie noch nie solche extremen Gefühle für jemanden nach der ersten Begegnung gehabt hatte. Natürlich klang das verrückt, immerhin hatten sie nur ein paar Sekunden miteinander verbracht, kaum gesprochen hatten sie miteinander. Es hatte Emily dennoch wie ein Blitz getroffen, unwiderruflich. Aber im Moment war es besser das Thema ruhen zu lassen.

»Bist du in letzter Zeit bei Elise gewesen?«, änderte sie die Richtung des Gesprächs.

»Ja, letzte Woche Mittwoch habe ich sie besucht«, antwortete Becky. »Es geht ihr gut. Sie freut sich dich nächsten Sonntag wiederzusehen.«

Emily lächelte, trank den letzten Schluck ihres Kaffees und stellte die Tasse beiseite. »Ja, ich freue mich auch auf Grandma.«

Plötzlich kramte Becky hektisch in ihrer Tasche herum und holte ein Päckchen Tabletten hervor.

Mit strenger Miene sah Emily ihre Freundin an. »Bist du immer noch nicht beim Arzt gewesen? Wie lange klagst du denn jetzt schon über diese Kopfschmerzen und Kreislaufprobleme? Damit ist wirklich nicht zu spaßen!«, tadelte sie.

»Ja, Frau Doktor. Weit über die Hälfte der weiblichen Bevölkerung klagt über Migräne, Alltagsstress und ein bisschen Schwindel. Wenn man noch nichts gegessen hat, ist das normal. Das hast du sicher auch schon mal gehabt. Außerdem ist das hier ein ausgezeichnetes Schmerzmittel gegen Migräne, hat mir die Apothekerin selbst empfohlen«, verteidigte sich die

Getadelte.

Emily schnaubte verächtlich. »Es ist trotzdem keine Lösung ständig Schmerzmittel in sich hineinzupumpen!«

»Du hast ja recht, Liebes. Ich habe ja auch nicht mehr so häufig Kopfschmerzen. Ich hatte in letzter Zeit wirklich viel Stress an der Arbeit. Eine Kollegin ist seit einiger Zeit im Mutterschaftsurlaub und der Chef hat noch keinen kompetenten Ersatz auftreiben können. Ich werde nächste Woche mal zum Doc gehen, versprochen.«

Gänzlich milde gestimmt, stupste Emily ihre Freundin mit dem Finger an. »Wollen wir los? Sonst verpassen wir die Vorschau.«

Sie würden jetzt ins Kino gehen und für zwei Stunden einfach mal abschalten und den Film genießen. Becky stimmte nickend zu.

Heute, an ihrem freien Tag, beschloss Emily einfach einmal auszuschlafen. Der Mädelsabend mit Becky hatte ihr wirklich gut getan und sie auf andere Gedanken gebracht. Es war zehn Uhr morgens durch, da erhob sie sich aus ihren Federn. An diesem Morgen würde sie nicht mehr joggen gehen. Es war schon fast Mittag. Das würde sie sich für den Abend aufheben. Rasch sprang sie unter die Dusche. Danach frühstückte sie ausgiebig Rührei und Orangensaft. Vormittags wollte sie Kiara besuchen. Marvins Tochter litt unter einer Blinddarmentzündung und lag seit einigen Tagen im Memorial Hospital. Auf ihrem Weg dorthin machte sie noch einen kurzen Abstecher in die Mall. In einem kleinen Spielzeuggeschäft kaufte sie eine dieser Puppen, deren Kleidung man mit dazugehörigen Stiften anmalen konnte und deren Farbe wieder abwaschbar war. So eine Puppe wünschte sich Kiara schon lange. Die Kleine hatte dringend eine Aufmunterung verdient und darüber würde sie sich sicher sehr freuen, dachte Emily.

Als sie dort ankam, fuhr sie mit dem Fahrstuhl hoch in die dritten Etage: Mit schnellen Schritten gelangte sie auf die Station B und klopfte schließlich an der Zimmertür der Nummer 22 an, ehe sie eintrat. Die kleine Kiara saß aufrecht in ihrem Bett und spielte gerade mit ihren Plüschtieren. Claire war ebenfalls anwesend und saß dicht vor ihrer Tochter auf einem der Stühle.

»Hallo Kiara! Hallo Claire!« Emily sprach leise, da die Zimmergenossin der Kleinen gerade schlief.

»Hallo, Süße! Schön, dass du gekommen bist!«, sagte Claire.

»Tante Emily, hast du mir etwas mitgebracht?«, fragte das Mädchen. Es war ihr natürlich nicht verborgen geblieben, dass Emily sich eine Puppe unter den Arm geklemmt hatte.

»Ja, meine Kleine, habe ich!« Stolz übergab sie ihr die Puppe.

Kiaras Augen leuchteten vor Freude. »Danke, Tante Emily!«

Diese beugte sich zu dem Mädchen hinüber und küsste es auf die Stirn. »Gern geschehen«, strahlte sie zurück.

»Du sollst ihr doch nicht so teure Sachen kaufen«, meinte Claire.

»Das möchte ich aber gern.«

Kiara nahm Puppe und Stift in die Hände und begann fröhlich vor sich hinzukritzeln.

»Hast du schon mit dem Arzt gesprochen?", fragte

sie Claire, während sie sich einen weiteren Stuhl heranzog und sich daraufplumpsen ließ.

»Ja, ich habe heute ihren behandelnden Arzt abgepasst und er sagt, sie könne noch diese Woche entlassen werden.«

Zufrieden mit der guten Nachricht spielte Emily noch ein bisschen mit Kiara und ihrer Puppe. Gegen zwölf Uhr verabschiedete sie sich dann von dem Mädchen und von Claire, die noch dort blieb und machte sich auf den Heimweg.

In den Fahrstuhl steigend, beobachtete Emily gedankenverloren die roten Zifferbalken des Lifts, die erst 3 dann 2 und letztlich 1 anzeigten. Sie stieg aus und steuerte auf den kleinen Korridor Richtung Ausgang zu. Plötzlich traute sie ihren Augen kaum: Ihr Lebensretter lief gerade den Krankenhausflur entlang. Sofort hatte sie ihn erkannt. Seine Schönheit erhellte diese kleinen trostlosen Räume um ein Vielfaches. Sein Gang war so geschmeidig wie der einer Katze. Also war er wohl doch Model. Ihre Augen trafen sich in dem Moment, als sie ihm entgegenkam. Erneut durchfuhr sie ein Blitz. Der Fremde wirkte überrascht und ein wenig verwundert. Es hatte auf sie geradezu den Anschein, als ob er sich bei irgendetwas ertappt fühlte. Schnell löste er seinen Blick von der zur Salzsäule erstarrten Emily und setzte seinen Weg fort. Dabei wurde seine Miene zunehmend ernster, als ob er gerade eine Mauer um sich herum errichtete, die höher nicht sein konnte.

Das war doch einfach nicht zu fassen! Dieser Kerl lief an ihr vorbei, ohne ein Wort zu sagen, so als ob sie sich noch nie zuvor gesehen hätten. »Hey!«, rief sie ihm nach.

Keine Reaktion. Er lief einfach weiter den Korridor entlang. Das war wirklich mehr als merkwürdig. Wieso verhielt er sich nur so? Was hatte sie ihm denn getan? Genau das wollte Emily jetzt herausfinden, überholte ihn mit schnellen Schritten und baute sich vor ihm auf um ihm so den Weg zu versperren.

»Entschuldigen Sie, aber wir sind uns schon einmal begegnet. Vor etwa drei Wochen haben Sie mir das Leben gerettet. Ich denke schon, dass Sie sich auch noch daran erinnern können«, brachte sie hervor. Ihr Herz klopfte bis zum Hals. Auch ihre Knie wurden wieder zu Gummi. Der Fremde schwieg einen Moment und schaute Emily mit einem steinernen Blick an, der kälter nicht hätte sein können.

»Ich weiß nicht, wovon Sie reden. Lassen Sie mich jetzt bitte weitergehen?« Seine Stimme klang monoton. Emily schäumte vor Wut. Wieso leugnete er sie gerettet zu haben? Und wie konnte jemand nur so arrogant sein? Sie wollte sich doch lediglich bei ihm bedanken und er gab ihr das Gefühl aufdringlich zu sein.

»Nein!«, antwortete sie.

»Nein?«, wiederholte er.

»Ich lasse Sie erst weitergehen, wenn ich mich richtig bei Ihnen bedanken kann! Wir beide wissen, dass Sie es waren, der mich vor dem rasenden Auto gerettet hat!« Eindringlich und voller Hoffnung sah sie ihn an. Dieser Mensch hatte todesmutig reagiert, sein eigenes Leben aufs Spiel gesetzt, nur um eine Fremde zu retten. Sie konnte und wollte nicht glauben, dass er so war, wie er sich gerade gab. »Wie heißen Sie?", bohrte sie weiter.

Der Mann wirkte nun ziemlich angespannt. Hektisch fuhr er sich durchs Haar. »Adrien. Mein Name ist

Adrien. Lassen Sie mich jetzt bitte durch! Ich habe keine Zeit mehr!«

Etwas Schneidendes und Kaltes schwang in seiner Stimme mit, das Emily zusammenzucken ließ. Er war rätselhaft. Diese Anziehung, die sie spürte, war kaum in Worte zu fassen. Es lief ihr heiß und kalt den Rücken hinunter und noch nie hatte sie sich so lebendig gefühlt. Es tat so gut in seiner Nähe zu sein. Es war seltsam, doch sie musste ihn kennenlernen. Sie hatte nichts zu verlieren. Also setzte sie alles auf eine Karte:

»Ich lasse Sie erst dann in Ruhe, wenn ich Sie zum Dank morgen Abend zum Essen einladen kann.«

Mit großen Augen starrte Adrien sie jetzt an und fuhr sich noch einmal durchs Haar. »Wenn es unbedingt sein muss«. Es klang beinahe, als ob er gerade eine Strafe entgegennahm. »Also schön ...«, sagte er in einem resignierten Tonfall.

»Ist morgen Abend 19 Uhr okay? Soll ich Sie irgendwo abholen? Oder wollen Sie lieber zu mir kommen?«

Adrien war mehr als in Eile. Er musste jetzt los und

hatte keine Zeit. »Ich hole Sie ab«, entschied er schnell.

»In Ordnung. Ich wohne in der Laken Street 85.«

Schnell und ohne noch ein weiteres Wort zu sprechen setzte er seinen Weg fort.

»Ach, ich heiße übrigens Emily Walsh!«, rief sie ihm nach, »auch wenn Sie das nicht im Geringsten zu interessieren scheint.«

KAPITEL 8 – FAST EIN DATE

Gerade stand Emily vor ihrem Spiegelschrank und musterte sich. »Ziehe ich einen Rock oder lieber eine Jeans an?«, überlegte sie und musste unweigerlich daran denken, wie Becky ihren Kleidungsstil immer wieder kritisierte. Sie hatte vor mit Adrien in ein italienisches Restaurant zu gehen, ins »Luigi« nur ein paar Straßen weiter. Es war bereits nach sechs Uhr und die Aufregung stand ihr ins Gesicht geschrieben.

Als sie Becky am Telefon alles erzählt hatte, wäre diese beinahe ausgerastet. Am liebsten hätte sich Becky als Maus in ihrer Tasche versteckt, damit ihr auch ja nichts entging. Sie musste hoch und heilig versprechen ihr am Ende des Dates Rede und Antwort zu stehen.

»Das ist kein Date«, hatte Emily immer wieder betont. Aber für Becky war es eines.

Emily befürchtete, dass Adrien einfach nicht erscheinen würde. Er hatte ihr mehrere Male unmissverständlich zu verstehen gegeben, dass er nicht einmal bereit war mit ihr zu reden. Und was würde das für ein Abend werden, falls er doch käme? Sicher würde er wieder diesen steinernen Blick aufsetzen und schweigen. Na, toll ...

Vielleicht würde sie aber auch mehr über ihren Retter erfahren. Er musste in der Gegend wohnen, soviel war sicher. Sonst wäre sie ihm nicht im Memorial Hospital begegnet und zuvor in der Nähe ihres Häuserblocks.

»Es ist kein Date«, sagte sie noch einmal zu sich selbst und entschied sich für ihre Jeans. Dafür hätte Becky sie sicherlich gesteinigt. Dazu trug sie ein Shirt, aber eines von denen, die wie eine zweite Haut saßen. Gut so, würde Becky dazu sagen. Ihr langes blondes

Haar trug sie offen. Lediglich zwei Strähnen steckte sie sich mit Haarnadeln aus dem Gesicht. Nach einem letzten Blick in den Spiegel entschied sie, dass es gut war.

»Das ist kein Date!«, sagte sie erneut zu sich selbst.

Es war zwei Minuten vor sieben, als Emily auf ihre Wanduhr schielte. Adrien würde jeden Moment aufkreuzen oder vielleicht doch eher nicht. Nervös lief sie in ihrer Wohnung auf und ab. Sitzen konnte sie jetzt nicht mehr. Das ließ ihre Unruhe nicht zu.

Zehn Minuten vergingen. Keine Spur von ihm. Weitere fünf Minuten verstrichen und immer noch passierte nichts. Ihre Befürchtung hatte sich bestätigt: Er hatte nie vorgehabt, ihre Dankeseinladung anzunehmen. Das würde sie akzeptieren und morgen oder übermorgen würde Emily schon darüber hinwegkommen versetzt worden zu sein. Da es kein richtiges Date gewesen wäre, würde das verdammte Ego auch nicht lange daran knapsen. Wie auch immer!

Doch gerade, als sie sich aus dem viel zu engen Shirt zwängen wollte, klingelte es an der Tür. Ihr Herz machte einen Satz. Schnell hechtete Emily hinüber und öffnete. Adrien stand vor ihr. Aber wie hatte er es nur geschafft so schnell die Treppen nach oben zu laufen? Die Haustür stand bestimmt wieder offen und er hatte an ihrer Wohnungstür geschellt, schlussfolgerte sie.

Seine Miene war ernst und undurchschaubar. Das Einzige, was sie daraus lesen konnte, war seine Anspannung, zumindest nahm sie an, dass es Anspannung war, das sie da auf seinem Gesicht lesen konnte.

Was hatte er sich da nur eingebrockt? Er hätte diesem Wahnsinn nie zugestimmt, wenn diese nichtsahnende Sterbliche ihn nicht beinahe an seinem Auftrag gehindert hätte. Die Zeit war ihm davongelaufen. Es war die einzige Möglichkeit gewesen sie in diesem Moment loszuwerden. Was hätte er tun sollen? Auf jeden Fall hätte er nicht wirklich zu dieser Verabredung erscheinen sollen. Aber was, wenn sie sich noch einmal begegneten und sie wieder so eine Szene machen würde? Besser war es, er schreckte sie richtig ab. Wie er das anstellen sollte, wusste er noch nicht genau. Er hatte sich etwas verspätet, da er im Krankenhaus noch ein Herzversagen hatte einleiten müssen. Doch nun hatte er erst einmal viel Zeit zur Verfügung, bis er seinen nächsten Auftrag ausführen musste.

»Guten Abend«, flüsterte der Todesbote beinahe schon.

Es kribbelte Emily und sie fühlte ihr Herz rasen, so dass sie nicht mehr sicher sprechen konnte. Auch ihr Mund war plötzlich ganz trocken. »Guten Abend! Schön, dass du gekommen bist.« Als sie das sagte, merkte sie, dass ihre Stimme plötzlich dünner wurde und zitterte. Er sah so gut aus, geradezu perfekt. Aber immer trug er schwarze Kleidung, immer dieselbe schwarze Kleidung. Eine Leinenhose und ein Hemd.

»Wollen wir dann endlich los?«, fragte er in einem mehr als nur groben Tonfall. Es wirkte fast so, als ob er alles ganz schnell hinter sich bringen wollte.

»Na schön«, gab Emily schnippisch zurück.

Auf dem Weg zum Restaurant schwiegen sie einander an. Es war ein unangenehmes Schweigen. Sie war dankbar, dass der Weg zu Luigi nicht so weit war und hoffte, dass dieser Charmebolzen etwas redseliger werden würde, wenn sie zusammen am Tisch saßen.

»So, hier ist es. Ich hoffe, du magst italienisches Essen.«

Adrien nickte kaum merklich. Er musste weder essen noch trinken. Hungergefühle waren jedem Todesboten fremd. Aber das war nicht das eigentliche Problem. Wie würde Emily dem Kellner klarmachen, dass er für zwei Personen decken sollte, wenn er doch nur eine Person sah? Es gehörte zu seinem Plan sie zu blamieren und auflaufen zu lassen. Die Leute müssten sie für verrückt halten, dann würde sie wahrscheinlich selbst an ihrem Geisteszustand zweifeln und ihre erste Begegnung vor dem Auto in Frage stellen. Zugegeben, das war mehr als gemein. Aber was hatte er für eine Wahl? Zweifellos hätte er jeden Menschen in diesem Restaurant manipulieren können, ihnen den Gedanken einpflanzen, es sei jemand an ihrer Seite, auch wenn sie im Grunde niemanden sonst sahen. Er besaß diese mentalen Kräfte. Ach, wenn Emily nicht immun dagegen gewesen wäre, hätte alles so einfach für ihn sein können. Doch da musste sie jetzt durch.

Als sie das Restaurant betraten, wurde Emily sogleich von einem Kellner begrüßt, der ihr einen Tisch mitten im Raum anbot. Zu dieser Uhrzeit war das Lokal schon sehr gut besucht. Lediglich zwei Tische waren noch frei. Sanfte italienische Gitarrenklänge ertönten, das Licht war gedämpft und wurde durch den Schein der vielen Kerzen, die auf jedem Tisch zu finden waren, ausgeglichen. Jetzt fühlte sie sich in der Tat ein wenig underdressed. Vielleicht wäre ein Rock für dieses Ambiente doch besser gewesen, auch wenn es kein Date war. Adrien seufzte tief, ehe er sich auf dem Stuhl gegenüber von seiner Begleiterin niederließ.

»Na, dann erzähl doch mal ein bisschen von dir«, bat sie und versuchte das Eis zwischen den beiden zu brechen. »Du heißt Adrien. Und weiter?« Auch damit hatte er rechnen müssen.

»Einfach nur Adrien.«

»Okay ... Und kommst du aus dieser Gegend? Also immerhin warst du zuletzt im Memorial Hospital, das ganz in der Nähe von hier liegt.«

Wie gewohnt blieb er kühl und geradezu gleichgültig. Die Ruhe, die dieser Typ ausstrahlte, machte Emily ein bisschen nervös.

»In der Tat kann man das so nennen«, antwortete er knapp.

Konnte er vielleicht noch kryptischer sein? Warum musste sie ihm denn alles aus der Nase ziehen?

Einer der Kellner brachte ihr eine Speisekarte und fragte höflich, ob sie denn schon etwas zu trinken bestellen wolle.

»Ja, ich hätte gern eine Apfelschorle und was möchtest du trinken, Adrien?«

Der Kellner sah sie verdutzt an. Die Verwunderung stand ihm ins Gesicht geschrieben.

»Okay, dann zweimal Apfelschorle und noch eine Speisekarte für den Herrn, bitte«, sagte Emily und zeigte auf den leeren Stuhl gegenüber.

Der Keller musste schlucken. Der arme Bursche schien mit der Situation überfordert zu sein.

»Äh, jawohl Miss, kommt ... kommt sofort.« Schnell zündete er die Kerze auf dem Tisch an und lief mit schnellen Schritten von dannen.

Emily stieß Luft aus und wandte sich wieder ihrem

Retter zu. »Hör zu, ich habe die ganze Zeit den Eindruck, dass dir das hier alles nicht recht ist und ich hoffe, du fühlst dich von mir nicht bedrängt. Ich bin dir einfach sehr dankbar, dass du mein Leben gerettet hast.« Eindringlich schaute sie Adrien in die Augen und erhoffte sich einen kleinen Hinweis, eine Reaktion von ihm, doch er schien weiter unbeeindruckt und ungerührt zu sein. »Warum bist du so zu mir? Kannst du mich nicht ausstehen?« Zunehmend wurde sie lauter und bemerkte in ihrer Rage gar nicht, dass sie einige neugierige Blicke auf sich zog. »Was hat dich dazu gebracht mich zu retten? Dein Leben für mich zu riskieren, wenn du ...«

Emily hörte auf zu reden, als sie den Kellner sah, der vorsichtig die Getränke auf dem Tisch abstellte und ihre Bestellung entgegennehmen wollte.

»Wir sind noch nicht soweit. Einen kleinen Augenblick noch, bitte«, gab sie dem Kellner zu verstehen.

»Natürlich, Miss«, antwortete dieser und suchte sogleich das Weite.

»Emily ...« Adriens Stimme war nicht mehr als ein Flüstern. Irgendetwas tief in ihm wollte sie trösten, wollte sie berühren, ihr sagen, dass sie ihm nicht gleichgültig war. Doch das ging nicht. Er spürte Schmerz. Dieses für ihn neue Gefühl war so intensiv. Er sah beklommen aus, geradezu deprimiert. »Dass ich dich nicht ausstehen kann, stimmt nicht«, fuhr er fort, kratzte sich am Kopf und wirkte unsicher.

Emily trank einen Schluck Apfelschorle und hörte aufmerksam zu.

»Das ist alles nicht so einfach«, beendete er seinen Satz.

»Was ist nicht so einfach?«

Adrien hätte nie gedacht, dass es ihm so schwer fallen würde. Er hatte sie noch nicht lange, diese Emotionen. Doch gerade fühlte er sich gleichzeitig überrollt, überfordert und verunsichert.

»Emily«, fuhr er fort. Sein Gesicht war schmerzverzerrt, »ich wollte dich retten. Du bist mir nicht egal.« Hatte er das jetzt wirklich laut ausgesprochen?

Diese Äußerung ging ihr durch Mark und Bein. Sie lächelte. »Du mir auch nicht. Ich habe diese Verbindung zwischen uns gespürt, als ich dich das erste Mal gesehen habe und ich konnte nicht glauben, dass du wirklich so abweisend und kühl bist. Das ist eigentlich nur eine Maske, stimmt's?« Emily musste schneller atmen, da sie auf einmal kaum Luft bekam.

Ohne auf ihre Frage zu antworten, sprang Adrien plötzlich auf. »Ich gehe mal zur Toilette«, erklärte er und bahnte sich einen Weg an den Tischen der empörten und neugierigen Menschen vorbei. Sie sah ihn in den kleinen Korridor, an dem das Schild *WC* angebracht war, huschen. Erst jetzt fiel ihr auf, wie sie gleich von drei Leuten an den Nebentischen beobachtet wurde. Irritiert drehte Emily sich zur Seite und blickte nun in die Speisekarte. Sie konnte nicht verstehen, warum diese Leute sie anstarrten.

»Entschuldigen Sie«, erklang eine Stimme hinter ihrem Rücken.

Sie drehte sich um.

»Ich bin der Geschäftsführer dieses Lokals und ich muss Sie leider bitten, das Restaurant zu verlassen. Es tut mir sehr leid, aber ich habe bereits drei Beschwerden von diversen Gästen erhalten, die sich durch Ihr Verhalten gestört fühlen. Als Geschäftsführer kann ich das nicht einfach ignorieren, auch wenn ich das hier nicht gerne tue. Die Getränke gehen aufs Haus. Wenn ich Sie also bitten dürfte?«, flüsterte der Mann diskret in ihre Richtung.

»Wie bitte? Ich verstehe nicht ganz. Weswegen beschweren sich denn Gäste über mich und dann auch gleich noch drei?« Gerade fühlte sich Emily vollkommen erschlagen. Sie verstand die Welt nicht mehr. »Niemand hat einen Grund sich von mir belästigt zu fühlen. Sie können mich nicht so einfach des Hauses verweisen. Ich bin Gast wie jeder andere auch!« Wütend und empört funkelte sie den Mann an.

Es war dem Geschäftsführer deutlich unangenehm und er druckste ein wenig herum. »Mit Verlaub, Miss, aber Sie führen lautstark Selbstgespräche und das irritiert die anderen Gäste!«

Emily blieb der Mund offen stehen und sie fiel aus allen Wolken. »Was reden Sie denn da? Wir klären das gleich. Mein Begleiter müsste jeden Moment zurück sein.« Wo blieb Adrien überhaupt? Er war schon eine ganze Weile fort, dachte sie.

»Wie gesagt, es tut mir leid, aber das geht so nicht. Ich muss Sie bitten zu gehen!«, ließ der Geschäftsführer verlauten.

»Was wird hier eigentlich gespielt? Ist hier vielleicht irgendwo eine versteckte Kamera?« Mit einem Satz stand Emily auf, doch anstelle der Ausgangstür steuerte sie den Korridor an, ging zu den WC-Räumen und klopfte an die Tür der Männertoilette. »Adrien! Ist alles in Ordnung?«, rief sie durch die Tür, erhielt jedoch keine Antwort.

Der nun schon fast verzweifelte Herr der Geschäftsleitung ermahnte sie erneut: »Ich bitte Sie inständig, Miss, sonst muss ich den Sicherheitsdienst rufen!«

Das konnte alles nur ein schlechter Scherz sein, ein Alptraum oder etwas Ähnliches. Schockiert und weiß wie eine Wand verließ Emily das Restaurant. Was ging hier vor?, fragte sie sich. Wo war Adrien? Er musste einfach abgehauen sein, schlussfolgerte sie. Aber wieso glaubten die Leute, sie würde Selbstgespräche führen?

Tränen liefen ihr übers Gesicht, während sie sich durch die Dunkelheit bewegte. »Nein, das ist alles nicht wahr! Das kann nicht wahr sein!«, schluchzte sie bitterlich und fühlte sich klein und erbärmlich.

Adrien, der sich hinter einem großen Kombi am Straßenrand versteckte, beobachtete sie noch einen Moment, ehe er sich betrübt in Rauch auflöste.

KAPITEL 9 – LEBEN UND TOD

Adrien spürte den dünnen, feuchten Atem unter seiner Hand. Er wurde mit jedem Stoß schwächer, gefolgt wurde er von einem erstickenden Keuchen, das zunehmend gequälter klang und schließlich vollkommen verebbte. Stille trat ein. Es war so, als wäre diese Ruhe schon vorher da gewesen, so als hätte es nie etwas anderes gegeben. Immer noch surrten die Bilder durch Adriens Kopf, Bilder von Sonnenuntergängen, die Mr. und Mrs. Tanner immer so gern miteinander angesehen hatten. Irgendwie sah er seit einiger Zeit diese Bilderfluten, die sich vor seinem inneren Auge ergossen, in einem anderen Licht. Der Todesbote konnte nicht nur sämtliche Details des jeweiligen Lebens sehen, das er nahm, er konnte sie neuerdings auch fühlen. Er sah Tränen und fühlte den Schmerz, er sah Lachen und spürte die Heiterkeit und das Glück, das darin lag. Sein komplettes Dasein hatte sich in den letzten Wochen vollkommen verändert. Es war immer noch neu und befremdlich für ihn.

Er hatte so viel Respekt vor jedem sterbenden Wesen gewonnen. Immer wieder musste er an Emily denken. Nach jedem genommenen Leben sah er auch immer wieder Fetzen aus ihrer Vergangenheit vorbeiziehen. Er sah ihr zartes Gesicht, das blonde engelsgleiche Haar, ihr Lächeln und auch die Traurigkeit in ihren Augen, in der man ertrinken konnte.

Er würde sie nie wieder sehen, sie weder treffen, noch heimlich beobachten. Diese Frau, die schon mehr als genug Chaos angerichtet hatte, würde ad acta gelegt werden. Sie durfte für ihn nicht mehr existieren, so wie er auch für sie nicht existieren durfte. Was war nur in letzter Zeit mit ihm los? Wenn der Todesbote etwas beherrschte, dann war das ungeteilte, unermessliche Konzentration und Professionalität, doch all das konnte er in diesem Maße nicht mehr aufbringen. Wann würde sich das wohl endlich wieder legen? Es musste wieder Normalität in seinen Alltag einkehren. Immerhin war es jetzt schon zwei Monate her, dass er Emily das letzte Mal gesehen hatte.

Schleierhaft war ihm, warum er sie nicht einfach vergessen konnte. Sie war doch eigentlich bloß eine Sterbliche wie Millionen andere auch. Sie war nichts weiter als ein Mensch, durchsetzt mit kochenden Emotionen, Hormonen, Ängsten und lauter irdischen Fehlern – nicht anders als jedes andere Wesen auch, sagte er sich immer wieder selbst. Doch so oft er es auch tat, funktionieren wollte es nicht.

Emily Walsh war anders als alles andere, was er bisher gesehen hatte. Und das lag nicht daran, dass Adrien ihre Gedanken nicht lesen konnte. Aber woran lag es dann? Den Blick in ihre Seele, den er hatte erhaschen können, hatte ihm verraten, wie zerbrechlich und unsicher sie war. Dennoch hatte sie diese unbändige Stärke und die Selbstsicherheit alles zu schaffen, was sie sich vornahm. Jeden Tag kämpfte sie aufs Neue gegen ihre Angst vor dem Tod. Äußerlich gab sie sich standhaft, doch alte Wunden rissen immer wieder auf und brachten ihre Fassade zum Bröckeln. Dass sie eines Tages keine Kraft mehr haben würde, konnte er sich dennoch nicht ausmalen. Vielleicht war es ja genau das, was ihn so sehr an ihr faszinierte: diese Widersprüche in sich, zwei Magnete die gegeneinander arbeiteten.

Es kostete Adrien wieder einmal viel Kraft und Selbstbeherrschung seine Gedanken auszublenden, als er nach seiner letzten Seelenführung im Gefährtenturm erscheinen musste um sich von Nicholas die neue Todesliste abzuholen. In dem Moment, in dem er seinem Boss gegenüberstand, durfte kein noch so kleines Detail über Emily zu ihm durchdringen. Adriens Kopf war ein offenes Buch für seinen Chef und auch für seine Gefährten. Es hatte nie Geheimnisse zwischen ihnen gegeben. Dazu hatte es auch keinen Grund gegeben – bis heute. Wie hätte er seinem Chef die ganze Geschichte erklären sollen? Ein Todesbote dachte nun einmal nicht an eine Sterbliche! Er wollte gar nicht wissen, wie Nicholas auf diese Abnormalität reagieren würde.

Nach dem überstandenen Treffen war Adrien froh, als er sich mit seiner neuen Liste auf das Dach des Memorial Hospitals zurückziehen konnte, wo sein nächster Auftrag auf ihn wartete: Ein gewisser Gregory Mall sollte auf der Intensivstation an einer Embolie sterben. Der Todesbote ging noch einmal sorgfältig die ganze Liste durch.

»Soll ich dir auch einen Kaffee mitbringen?«, fragte Emily ihren Kollegen, der bereits wieder auf dem Vordersitz des Rettungswagens Platz genommen hatte.

Dankend lehnte Marvin ab. Beide Sanitäter hatten gerade ein Unfallopfer mit einigen Prellungen und Knochenbrüchen in die Notaufnahme des Memorial Hospitals gebracht. Rasch durchschritt Emily die Eingangshalle und fuhr mit dem Fahrstuhl ins zweite Stockwerk. Mit zügigen Schritten passierte sie den Flur der Station und bog am Ende des Gangs links ab. Dort befand sich ein kleiner Aufenthaltsraum. Ganz vorne rechts stand ein schon etwas in Mitleidenschaft gezogener Kaffeeautomat. Zu seiner Linken, wie auch ganz unten rechts, wies er zwei hässliche Dellen auf. Man konnte hier zwischen gewöhnlichem Bohnenkaffee, Latte Macchiato und Cappuccino wählen. Sie entschied sich für den einfachen Kaffee.

Eilig nahm Emily den viel zu heißen Becher in die Hand und bewegte sich Richtung Fahrstuhl zurück, als sich mit einem Mal die kleinen Härchen in ihrem Nacken aufstellten, eine Gänsehaut ihren gesamten Körper überzog und alle ihre Sinne auf Alarmbereitschaft gestellt waren. Da stand er plötzlich vor ihr in seiner schwarzen Kleidung. Ihr Herz schlug bis zum Hals. Eine Kombination aus Freude, Wut und Unbehagen überkam sie. Adrien war nicht mehr als zwei Meter von ihr entfernt.

Er blickte düster drein, seine linke Hand hatte er zur Faust geballt, so dass seine Knöchel weiß hervortraten. Emily hatte überhaupt nicht gemerkt, wie ihr der Kaffeebecher aus der Hand geglitten war und einen braunen Film auf den Boden des Flures ergossen hatte. Wie gefesselt blickte sie in seine Bernsteinaugen, die sich mittlerweile verdunkelt hatten und nicht das Geringste preisgaben. Geradezu bedrohlich wirkte er. Aber sie hatte keine Angst. Dieser Anblick war schließlich nichts Neues für sie.

»Adrien ...« Wie von selbst formten ihre Lippen seinen Namen, kaum hörbar flüsterte sie ihn in die Luft, in der viel zu viel Spannung und Elektrizität waberten. Der Angesprochene reagierte, indem er ihr jetzt wenigstens in die Augen schaute – jedoch nur für einen kurzen Moment. Dann riss er sich aus seiner Erstarrung und wandte ihr den Rücken zu. Dieser blöde Kerl ging ihr einfach aus dem Weg und hielt es noch nicht einmal für angebracht sich bei ihr dafür zu entschuldigen, dass er sie blamiert und im Luigi's sitzen gelassen hatte. Seit Wochen fragte sich Emily nun, was an jenem Abend vor sich gegangen war, warum keine Menschenseele Adrien hatte sehen können. Sie hatte sogar angefangen ihren psychischen Zustand in Frage zu stellen.

War das hier jetzt eine Halluzination oder war diese Erscheinung real? Er war zweifelsohne hier. Sie musste mit ihm sprechen.

»Halt, warte!«

Adrien, der gerade im Begriff war, sich in Luft aufzulösen, drehte sich vorsichtig zu ihr um. Er hätte einfach verschwinden sollen, dachte er, brachte es aber nicht fertig. Unmerklich zuckte er zusammen, als er Emilys Hand auf seiner Schulter spürte und trat gleich mehrere Schritte zurück.

»Was zum Teufel soll das? Habe ich vielleicht irgendeine ansteckende Krankheit, von der ich nichts weiß?«, stellte sie ihn zur Rede und schäumte dabei vor Wut. Gleichzeitig konnte sie allerdings auch nicht verhindern, dass ein dumpfer Schmerz sie durchfuhr. Wie konnte er nur so gefühlskalt und bitter sein? Er wirkte weiter entfernt als jemals zuvor. Nie hätte sie gedacht, dass seine offensichtliche Zurückweisung so schmerzen, sie so sehr kränken würde; sie kannte ihn ja eigentlich kaum.

Ohne ihr eine Antwort auf ihre Frage zu geben, schaute Adrien zu Boden und schüttelte den Kopf. Eine abwehrende Geste, die sie sofort verstand.

»Warum tust du das? Warum behandelst du mich so? Erst rettest du mein Leben, dann gibst du mir allen Grund zu glauben, dass du es bereut hast und dann verschwindest du ohne ein Wort der Erklärung, einfach so, aus dem Restaurant! Alle Leute haben mich für verrückt gehalten, ist dir das klar? Sie meinten, niemanden außer mir gesehen zu haben. Sie haben nur mich gesehen, keiner konnte dich sehen! Erklär mir das bitte! Wer bist du wirklich?« Mit zittriger und brüchiger Stimme hatte Emily ihren Gefühlen freien Lauf gelassen und ignorierte die verständnislosen Blicke zweier Patienten, die sie im Vorbeigehen beobachteten.

Adrien gab einen tiefen Seufzer von sich. »Emily, ich kann dir das wirklich nicht erklären. Ich wünschte, ich könnte es!« Diese Aussage war aufrichtig und ehrlich gemeint. Zögerlich richtete er seinen Blick nun wieder auf Emily. In ihren Augen nahm er etwas Glitzerndes, Feuchtes wahr. Wie gern er sie berührt hätte … Er wollte sie nicht traurig sehen. Die Wahrheit würde sie jedoch nie verkraften.

»Ich verstehe schon. Du willst mir nicht sagen, ob du ein Alien oder ein Geist bist.« Emily musste schwer schlucken und seufzte bitter, ehe sie sich schließlich von ihm abwandte um ihren Weg zum Fahrstuhl fortzusetzen. Marvin wartete sicher schon ungeduldig auf sie.

»Emily, es tut mir leid!«, rief Adrien ihr hinterher.

Kurz entschlossen drehte sie sich noch einmal zu ihm um.

»Was tut dir leid? Dass du mich belogen und zum Narren gehalten hast, tut dir das etwa leid?«, fragte sie bestürzt und schluckte den Kloß in ihrem Hals hinunter.

»Hör zu«, begann er vorsichtig anzusetzen und war darum bemüht ruhig und sachlich zu sein, »es ist wirklich besser für dich, wenn wir so tun, als ob wir uns nie begegnet wären. Ich bin nicht gut für dich, glaub mir bitte!«

Gerade als sie etwas darauf erwidern wollte, hörte sie Marvins Stimme hinter sich: »Was um alles in der Welt tust du da? Mit wem redest du?« Ihr Kollege, der sich gefragt hatte, warum sie denn so lange brauchte um einen Kaffee zu holen, hatte sich kurzerhand dazu entschieden, selbst nach ihr zu schauen. Entgeistert und besorgt starrte Marvin sie nun an.

»Auch das noch«, dachte sie sich.

»Oh Gott, Marvin, es muss für dich so aussehen, als wäre ich verrückt geworden. Aber so ist es nicht!«

Ungläubig hob ihr Kollege eine Augenbraue nach oben und legte seine Stirn in Falten. »Also für mich sieht es gerade so aus, als ob du hier lautstark Selbstgespräche führst. Erzähl mir bitte nicht, dass du mit der Wand da drüben kommunizierst«, sagte er leise, zeigte mit den Finger auf die weiße Wand vor Emily und war offensichtlich darum bemüht, nicht noch mehr Aufsehen zu erregen.

»Ist dir eigentlich schon aufgefallen, dass du gleich von mehreren Leuten gleichzeitig beobachtest wirst?« Mit einem diskreten Kopfnicken deutete er auf ein paar Patienten, die einige Meter weiter verständnislos die Köpfe schüttelten.

»Ich kann dir das jetzt wirklich nicht erklären. Du würdest mir ja doch nicht glauben«, gab Emily kleinlaut zurück.

Marvins Kiefer trat sichtbar hervor. Die Sorge war ihm ins Gesicht geschrieben. »Du kannst von Glück reden, dass noch keine Schwester oder ein Arzt hier langgelaufen ist. Ich kann dir nicht sagen, wie die reagiert hätten. Aber eins steht fest: Reagiert hätten sie sicherlich ...«

Es würde jetzt nichts nützen mit Marvin darüber zu diskutieren, dass sehr wohl jemand bei ihr war, schon gar nicht in Gegenwart anderer. Als Emily sich jetzt wieder Adrien zuwenden wollte, überraschte es sie keineswegs, dass dieser wie beim letzten Mal einfach das Weite gesucht hatte.

»Komm, Kleines. Wir gehen jetzt zurück zu unserem Fahrzeug und dann reden wir noch einmal in aller Ruhe darüber.« Sachte legte er einen Arm um ihre Schulter und führte sie zurück zum Fahrstuhl wie eine gebrechliche alte Frau.

»Ich bin nicht verrückt!«, stellte sie klar und meinte dabei weniger Marvin als vielmehr die drei Patienten direkt vor ihr, die immer noch tuschelten und merkwürdig schauten.

Der restliche Arbeitstag verlief alles andere als gewöhnlich, da Marvin sie wieder und wieder mit diesem seltsamen Blick bedachte, den sie so an ihm noch nie gesehen hatte. Natürlich hatte sie ihm die ganze Geschichte erzählt, wie Adrien aus dem Nichts aufgetaucht war um sie zu retten, wie sie ihn, als sie Kiara im Krankenhaus besucht hatte, wiedergesehen hatte und wie sie sich zum Essen verabredet hatten und er genau wie heute auch, einfach verschwunden war, ihn aber niemand außer ihr gesehen hatte.

Marvin hatte ihr nur tief in die Augen geschaut und gesagt, dass er sich wünschte, er könne ihr glauben. Bisher hatte er nie am Wahrheitsgehalt einer bestimmten Aussage seiner Kollegin gezweifelt. Diese Geschichte allerdings klang schlicht verrückt. Sicherlich hätte Emily, wenn sie an seiner Stelle gewesen wäre, alles auch nicht so recht glauben können. Immerhin hatte sie zuvor noch nie an Geister, Kobolde oder dergleichen geglaubt. Sie war die rationalste Person, die man sich vorstellen konnte.

»Marvin, hör auf mich so anzusehen! Ich bin nicht gestört oder so was!«, erklärte sie ihm grimmig.

Daraufhin antwortete dieser nur, dass niemand sie für gestört halte. Sie sei einfach nur überarbeitet. Zu viel Stress, zu wenig Schlaf.

»Wie wäre es, wenn du dir für ein paar Tage frei nehmen würdest? Dann könntest du neue Kräfte sammeln und dich mal so richtig entspannen und erholen.« Dabei grinste er sie liebevoll an. Emily lehnte ab. Was ihr jetzt gut tun und sie auf andere Gedanken bringen würde, wäre Arbeit.

In der kommenden Nacht hatte Emily einen sonderbaren Traum: *Sie war in der Einkaufsstraße unterwegs um ein paar Erledigungen zu machen. Es war bitterkalt und die Kälte kroch erbarmungslos durch ihre Kleider und ihren Mantel hindurch. Fröstelnd rieb sie sich die Arme. Der Himmel war mit einem grauen Schleier verhangen und legte dunkle Schatten auf das Pflaster, die Fahrzeuge und Menschen, die in einer Art Zeitraffer gehetzt an ihr vorbei eilten und sie dabei rücksichtslos anrempelten. Dann sah sie Adrien. Er lief geradewegs auf sie zu. Sein gewohnt steinerner Blick, seine ernste Miene, jagten ihr einmal mehr einen Schauer über den Rücken. Einen Moment lang blieb er stehen, legte den Kopf schief und betrachtete sie eingehend, ehe er seinen Weg durch die Menschenmasse fortsetzte. Die Zeit schien für einen Augenblick stillzustehen um dann in Zeitlupe weiter voranzuschreiten. Selbstsicher und galant bewegte er sich an den vielen Leuten vorbei. Zuerst berührte er den Arm eines älteren Mannes, der abrupt stehen blieb. Das Gesicht des Mannes nahm einen aschfahlen Farbton* an. Voller Schreck riss er seine Augen auf, schnappte röchelnd nach Luft und fiel letztlich leblos zu Boden. Adrien kümmerte das jedoch herzlich wenig. Als sei nichts geschehen, marschierte er weiter und hielt nun eine Frau am Arm fest. Auch sie sackte leblos zusammen. Ohne auch nur die geringste Spur von Mitgefühl lief er wie selbstverständlich weiter. Immer mehr Menschen wurden von ihm zu Boden gebracht. Sie alle lagen auf dem kalten Asphalt und regten sich nicht mehr. Verzweifelt schüttelte Emily einen jungen Mann, suchte nach einem Puls, doch er war tot, wie auch all die anderen Menschen. Nach Leibeskräften schrie sie Adrien an, er solle damit aufhören. Doch er überhörte ihren Gefühlsausbruch ganz einfach, indem er weitere Personen in den Tod schickte. Kraftlos vom vielen Schreien ging sie in die Hocke. Tränen standen in ihren Augen. Sie ließ ihnen freien Lauf. Schmerzhaft zog sich alles in ihr zusammen. Er hörte nicht auf mit dem, was er tat. Das Pflaster war binnen kürzester Zeit mit Leichen übersät.

»Warum tust du das?«, fragte sie ihn kraftlos mit belegter Stimme. Dabei waren ihre rot verheulten Au-

gen auf ihn gerichtet, der sie keines Blickes würdigte und an ihr vorbeilief, als wäre nichts gewesen.

KAPITEL 10 - ERKENNTNISSE

»Glaubst du an Übernatürliches, Grandma?«

Ungläubig blickte Elise ihre Enkelin aus den Augenwinkeln an. Beide saßen auf Gartenstühlen mitten auf der großen Veranda. Es war ein angenehm warmer Sonntagnachmittag. Um sie herum blühten rote, weiße und gelbe Rosen in voller Pracht, die von Elise im Laufe der Zeit liebevoll herangezogen worden waren. Es roch nach Frische und Frühling. Der Bachlauf des Gartenteiches plätscherte vor sich hin. Dieser Garten war in Emilys Augen ein paradiesisches Fleckchen Erde. Hier fand sie immer Frieden nach langen energieraubenden Arbeitstagen. Als Kind hatte sie hier oft im Gras gespielt. So viele Erinnerungen verband sie mit diesem Ort!

Einen Augenblick lang schien ihre Großmutter genau über die ihr gestellte Frage nachzudenken. »Mmh ... Denkst du da an Geister? Meinst du so etwas in der Art?«, hakte sie schließlich etwas belustigt nach und grinste ihre Enkelin verschmitzt an. »Ich hätte nicht für möglich gehalten, dass du mir jemals so eine Frage stellen würdest, da du wohl das einzige Mädchen warst, dass, seit es sechs Jahre alt war, nicht mehr an den Weihnachtsmann geglaubt hat.«

»Das ist wirklich nicht komisch, Grandma!«, gab sie lachend zurück.

»Entschuldige, mein Schatz, aber du warst das realistischste Kind, das man sich nur vorstellen konnte und das bist du seither immer geblieben«, meinte Elise und ließ ihren Blick über das Rosenbeet schweifen.

»Ja, ich weiß, Grandma, aber mittlerweile glaube ich, dass es da doch wesentlich mehr geben muss, als das, was wir mit unserem bloßen Auge erfassen können.«

Elise seufzte. »Nun, Liebes, es freut mich, dass du mittlerweile so denkst. Ich bin mir sogar ziemlich sicher, dass es so sein muss. Es gibt Augenblicke, in denen spüre ich deinen Großvater ganz nah bei mir, wie auch deine Eltern. Ich denke nicht, dass nach dem Tod alles zu Ende sein wird. Irgendwie, irgendwo muss es weitergehen. Da ich gar nicht mehr so weit entfernt davon bin, ist es gut, das glauben zu können«, beendete Elise ihren Satz.

»Sag so etwas nicht! Ich bin sicher, du wirst noch hundert Jahre alt«, protestierte Emily.

Elise schmunzelte. »Das liegt allein in Gottes Hand.«

Emily war nicht bereit, an Gott zu glauben. Nach wie vor konnte sie keinen Sinn darin sehen, dass dieser Unfall ihr ihre Eltern genommen hatte, dass so viele Menschen, auch so viele junge Leute, an einer Überdosis, einem Unfall oder einer Krankheit starben. Solche Fälle gab es zur Genüge in ihrem Beruf. Es hörte sich vielleicht schwach und kindisch an, aber aufgrund dieser Tatsachen weigerte sie sich an ihn zu glauben.

Emily ließ sich tiefer in ihren Gartenstuhl sinken, blickte gedankenverloren in den blauen Himmel, den nur zwei weiße Wolken durchzogen. Sie würde ihrer Grandma nichts von Adrien erzählen, nichts davon, wie sehr sie sich vor der halben Welt blamiert hatte, dass jeder, der sie mit einer Wand hatte sprechen sehen, für verrückt gehalten hatte, nicht dass sie, seit sie dieses Phantom von einem Mann zuletzt gesehen hatte, jeden Tag das Krankenhaus aufsuchte, um ihn zu finden. Es würde Elise wahrscheinlich nur aufregen. Also entschied sie sich diesbezüglich zu schweigen.

War Adrien ein Geist? Bei diesem Gedanken musste sie den Kopf schütteln. Nein, er war sicher kein Geist. Oder etwa doch? Dass sie einmal solche Gedanken haben würde, hätte Emily sich nie träumen lassen. Aber sie musste herausfinden, was sein Geheimnis war.

Nach dem Besuch bei ihrer Großmutter fuhr Emily erneut zum Memorial Hospital. Sie war sich sicher, wenn sie Adrien je wiedersehen würde, dann in diesem Krankenhaus. Dort war sie ihm immerhin schon zweimal begegnet. Außerdem hatte sie einfach das Gefühl, an diesem Ort weitersuchen zu müssen. Es war bereits früher Abend, als sie das Krankenhaus erreichte. Wie gewohnt passierte sie die Eingangshalle, ließ ihren Blick über all die Menschen schweifen, ging an der Cafeteria vorbei, blickte auch dort hinein und fand nichts Auffälliges. Dann fuhr sie mit dem Fahrstuhl in die erste Etage, lief durch die Kardiologie, dann weiter zur Unfallambulanz und schließlich durchschritt sie die Urologie. Keine Spur von Adrien.

Schließlich befand sie sich in der dritten Etage und Emily musste sich auch heute wieder eingestehen, dass ihr Phantom nicht auftauchen würde. Also trat sie enttäuscht den Rückweg an. Zurück im Eingangsbereich drehte sie sich ein letztes Mal um, bevor sie auf den Ausgang zusteuern wollte. Plötzlich fing ihr Herz wie wild an zu schlagen, ein Adrenalinstoß durchfuhr ihren gesamten Körper. Sie sah Adrien, wie er hinter einem Patienten herlief, so als verfolge er diesen. Ja, genauso sah es aus. Sein engelsgleicher Anblick und die gewohnt schwarze Kleidung waren unverkennbar.

Adrien bewegte sich wie üblich geschmeidig und galant und schien Emily aus der Entfernung nicht zu bemerken. Seine ganze Konzentration galt diesem Mann. Gerade als sie in einen Korridor abbogen, nahm Emily die Verfolgung auf. Der Herr lief nichtsahnend dem Fahrstuhl entgegen. Wahrscheinlich wollte er zurück in sein Zimmer, dachte Emily. Was hatte Adrien bloß vor? Wieso verfolgte er ihn?

Es lief ihr eiskalt den Rücken herunter, als sie sah, wie er seine Hände auf die Schulter des Mannes legte. Dieser fiel nach einigen Sekunden zu Boden. Sofort sprintete sie hinüber um zu helfen. In der Zwischenzeit beugte sich Adrien zu dem Mann herunter und legte seine Hand auf dessen Brustkorb. Dieser fing qualvoll an zu schreien und stöhnte.

»Hör auf! HÖR AUF!«, schrie Emily. Abrupt drehte sich Adrien zu ihr um, ließ sich allerdings nicht beirren und machte weiter mit dem, was er tat. Das Schreien des Mannes wurde immer kraftloser.

»Hilfe, wir brauchen Hilfe!«, schrie Emily erneut, warf sich instinktiv zu dem Mann auf den Boden und versuchte verzweifelt Adrien beiseite zu drängen – mit aller Kraft. Dieser erhob sich und beobachtete, wie sie vergebens einen Puls suchte und sofort eine Herzmassage vornahm.

»Du kannst ihm nicht helfen, Emily. Er ist tot«, sagte er, als er sich direkt neben ihr befand.

Panik kroch in ihr hoch, angestrengt hielt sie dennoch an ihrer Herzmassage fest und versuchte, ihre Tränen einfach wegzuatmen. Doch das gelang ihr nicht. Sie bahnten sich ihren Weg von ihrer Nase, über ihre Wangen hinunter zum Kinn. Eine Schwester hatte bereits einen der Ärzte gerufen. Emily merkte noch, wie dieser hinzukam, sich an den Patienten tastete und sie schließlich beiseiteschob.

»Es tut mir sehr leid, Miss, er ist tot.«

Wie gelähmt saß sie auf dem Boden, ihre Augen waren leer.

Emily wusste nicht, wie lange sie dort gesessen hatte. Alles, was sie noch wusste, war, dass sie Marvins Stimme hörte, seine Hand spürte, die ihr übers Gesicht strich. Ihre Augen waren die ganze Zeit geöffnet.

»Komm, Emily, ich bringe dich jetzt nach Hause«, flüsterte er, zog sie hoch und brachte sie zu seinem Wagen.

Eine der Schwestern kannte Emily und Marvin. Des Öfteren hatte sie sich schon mit den beiden Sanitätern unterhalten und wusste, dass sie auch privat befreundet waren. Deshalb hatte sie vorgeschlagen, Marvin anzurufen.

»Ich bringe dich jetzt nach Hause, Kleines.«

Alles um sie herum schien aus Watte zu sein, innerlich allerdings war alles tonnenschwer, eine Last, die Emily immer weiter nach unten zog. Marvin trug sie bis in ihre Wohnung, legte sie auf ihre Couch und wickelte sie in eine Decke ein. Er versprach ihr, nach seiner Schicht noch einmal nach ihr zu schauen, gab ihr einen Kuss auf die Stirn und verließ die Wohnung.

Immer noch war sie unfähig zu reden, geschweige denn sich zu bewegen. Der Schockzustand, in dem sie sich befand, hielt sie gefangen. Es war ihr auch nicht bewusst, wie viel Zeit vergangen war, als sie sich endlich rührte und aufstand. Die Übelkeit, die sie nun überkam, war kaum zu ertragen. Schnell rannte sie zur Toilette und übergab sich. Wieder schossen ihr Tränen in die Augen. Es war schwer zu begreifen, was da vorhin geschehen war.

»Er hat ihn getötet«, hörte sie sich selbst mit brüchiger Stimme sagen. Sie ging zurück ins Wohnzimmer und legte sich wieder aufs Sofa. Ihre Beine zitterten wie Espenlaub, Kälte kroch in ihr hoch. Mit einem Handgriff hob Emily die Decke vom Boden auf, die sie zuvor auf dem Weg ins Badezimmer verloren hatte, um sich zuzudecken.

Was für ein kaltblütiges Wesen war Adrien? Wie konnte sie sich denn nur so in ihm getäuscht haben? Sie hatte immer angenommen, er wäre einer von den Guten, ein Held, der sie gerettet hatte. Dabei war er nur ein irrer Mörder und scheinbar war er noch nicht einmal ein Mensch.

Adrien sah die Tränen auf Emilys Gesicht, ihr Körper zitterte und fröstelte. Sie starrte ins Leere und schien gar nicht zu bemerken, dass er direkt vor ihr stand. Er hatte nicht gewollt, dass sie so etwas mit ansehen musste. Er hatte befürchtet, dass es eines Tages passieren würde – immerhin war sie Rettungssanitäterin und versuchte die sterbenden Menschen in Wearville zu retten. Seine Aufgabe wiederum bestand darin, eben diese Menschen in den Tod zu schicken. Diese Stadt war ihrer beider Bezirk.

Der Gedanke an sie hatte ihm keine Ruhe gelassen. Was ging wohl in ihr vor? Er hätte alles dafür gegeben, ihre Gedanken zu kennen, selbst wenn ihn diese Gedanken womöglich vernichtet hätten. Zu gern würde er ihre Erinnerungen manipulieren. Die Grausamkeit, deren Zeuge Emily eben geworden war, war für einen Menschen kaum zu verkraften, schon gar nicht für so einen zerbrechlichen wie sie, dachte der Todesbote. Sie sollte ihn nicht für einen Mörder halten, traumatisiert sein und Angst davor haben wegzugehen oder gar zu arbeiten. Das durfte nicht geschehen, auf keinen Fall. Das hatte diese Frau nicht verdient. Er musste ihr wohl oder übel die Wahrheit sagen. Emily hatte ohnehin schon viel zu viel mit angesehen. Zögerlich ging er noch ein paar Schritte auf sie zu. Sofort riss die junge Frau die Augen auf, als sie bemerkte, wer da vor ihr stand. Ihr Mund blieb offen stehen, die Worte wollten ihren Körper nicht verlassen.

Adrien gab einen tiefen Seufzer frei und begann zu reden: »Emily, dieser Mann musste sterben, weil das Schicksal beschlossen hatte, dass seine Zeit abgelaufen war.«

Nun sah sie ihn endlich an. »Und du bist also das Schicksal, du krankes Arschloch?« Sie fühlte Ekel und Verachtung in sich aufsteigen.

»Nein, ich bin nicht das Schicksal. Ich selbst habe keinen Einfluss darauf, was geschehen soll, ich bin nur der Bote des Schicksals«, erklärte Adrien vorsichtig und nahm dabei wahr, wie Emilys Blick ihn regelrecht durchbohrte. Blanken Hass und Wut erkannte er darin. Sie saß mittlerweile aufrecht auf ihrer Couch. Ihr Brustkorb bebte. Der Todesbote nahm Angst wahr, es war ihm, als höre er das Hämmern ihres Herzens, immer schneller und schneller, ihr Atem wurde von Sekunde zu Sekunde flacher.

»Bitte begreif doch, dass jedes Leben eines Tages sein Ende finden muss, um Platz für Nachkommen zu schaffen. Die einen müssen früher und die anderen später gehen. Dies ist seit Anbeginn der Zeit unabdingbar.«

Emily schüttelte verständnislos ihren Kopf. »Du bist ein Monster! Falls du mich auch töten willst, werde ich Widerstand leisten. Ich werde nicht in die Knie gehen! Dessen sei dir bewusst.«

Adrien fühlte einen Stich in seinem Inneren. »Ich will dich nicht töten. Deine Zeit ist noch nicht gekommen. Du sollst dich nicht fürchten, Emily. Um dir das zu sagen, bin ich gekommen«, erklärte er leise und sah sie dabei eindringlich an.

Erneut liefen Tränen ihre Wangen hinunter. Ihre Stimme würde zittern oder womöglich brechen, doch sie musste diese Frage stellen: »Was genau bist du?«

Adrien schluckte schwer, seine Gesichtszüge wurden bitter. »Ich bin der Tod«, sagte er einfach und klar.

Diese Worte waren für Emily wie ein Schlag ins Gesicht. Mit einer kleinen Geste hatte er sich vor ihren Augen in Rauch verwandelt. Fassungslos beobachtete sie, wie dieser sich nach und nach zersetzte und nichts zurückließ außer einem zerbrochenen, kaputten Herzen.

KAPITEL 11 – TODESENGEL

»Alles in Ordnung, Kleines?«, fragte Marvin vorsichtig nach.

Emily wurde aus ihren Gedanken gerissen. »Ja, mir geht es gut«, antwortete sie bestimmt und zwang sich zu einem Lächeln.

Ihr Kollege zog ungläubig eine Augenbraue nach oben.

»Wirklich, Marvin! Die ganze Sache mit meinem

Zusammenbruch ist jetzt eine Woche her. Bitte behandle mich nicht ständig wie ein rohes Ei und denk nicht immer, es wäre etwas mit mir, nur weil ich vielleicht mal nachdenklich aussehe!« Ernst blickte sie ihn an.

Er warf resigniert die Hände in die Luft. »Ist ja schon gut, Miss Walsh!«

Natürlich hatte er sich gewundert, als er seine Kollegin letzte Woche in einem regelrechten Schockzustand vorgefunden hatte, der ihm das Blut in den Adern hatte gefrieren lassen. Sie hatte versucht einen Mann mit einem Herzanfall wiederzubeleben – wie unzählige Male zuvor auch. Mit Erfolg oder auch ohne Erfolg. Aber der Punkt war, dass das zu ihrem Beruf gehörte und sie zuvor nie zusammengebrochen war, weil sie einen Verletzten nicht hatte retten können. Litt sie einfach unter einem Burnout, wie er vermutete? Er wollte sie beurlauben lassen, schlug ihr sogar eine Kur vor, doch diese sture Lady lehnte ab.

Die Sanitäter stiegen in ihren Rettungswagen, nachdem sie sich beide jeweils ein Sandwich sowie eine Flasche Cola von der Tankstelle geholt hatten. Ihr nächster Einsatz ließ nicht lange auf sich warten: Als über Funk die Meldung einging, dass es in der Hempshire Street einen schweren Verkehrsunfall gegeben hatte, machten sie sich mit heulenden Sirenen auf den Weg.

Unaufhörlich fragte sich Adrien, ob Emily ihm wohl geglaubt hatte, ob sie mittlerweile verstehen konnte, was er ihr zu erklären versucht hatte. Und noch eine andere Frage stellte sich ihm unweigerlich: Hielt sie ihn für ein Ungeheuer? Diese Frage ließ sich eigentlich mit 99,9-prozentiger Wahrscheinlichkeit mit ja beantworten. Man musste nun wirklich kein Empath sein um zu wissen, dass diese Frau ihn für das, was er war, hasste. Er verkörperte nun einmal genau das, was sie am meisten verabscheute. Und natürlich war der Todesbote ein eiskalter Killer, wobei er zugeben musste, dass das Wort eiskalt nicht mehr so ganz auf ihn zutraf. Er hatte gelernt zu fühlen. Dies wiederum hatte ihn zu der Erkenntnis gebracht, dass ihm sein Job keine Freude bereitete.

Adrien wusste mittlerweile genau, was Freude bedeutete. Er lernte bei jeder seiner Seelenführungen mehr über die menschlichen Emotionen. Er sah die Bilder der Erinnerungen von Menschen und fühlte dabei ihre Emotionen. Jedes Mal aufs Neue fühlte er die Stimmung, die in der jeweiligen Erinnerung eines Sterblichen lag. Und wenn er von einer der Seelen gefragt wurde, ob es ein schöner Ort sei, an den sie nun gebracht werde, so antwortete Adrien stets: »Ja, gewiss ist es ein schöner Ort. Ich selbst bin zwar noch nie dort gewesen, aber ich weiß, dass dort alle Familien wieder vereint werden um die Ewigkeit miteinander zu teilen.«

Die Augen des Todesboten wurden dann immer ganz warm und sogar ein Lächeln huschte über sein anfangs steinernes Gesicht. Die Tatsache, dass Emily Walsh ihn hassen könnte, versetzte ihm einen Stich und innerlich war es ihm, als ob er in zwei Richtungen gleichzeitig gezerrt wurde: Der eine Teil von ihm, der Todesbote, wollte alle Erinnerungen auslöschen, die nur im Entferntesten mit dieser Frau zusammenhingen. Der andere Teil wollte sie berühren, ganz einfach nur bei ihr sein. Beide Seiten trugen einen Kampf mit sich aus, der bis aufs Mark an seine Substanz ging, dem er nicht entfliehen oder Einhalt gebieten konnte. Adrien fühlte sich zerrissen und wie durch den Fleischwolf gedreht. Er spürte einen tiefen Schmerz. War es möglich, dass ein Todesbote lieben konnte? Und noch dazu einen Menschen? Immerhin zog es ihn immer wieder zu ihr hin, wenn auch nur gedanklich. Diese Frau faszinierte ihn auf eine Art und Weise, die ihm nicht vertraut war. Nannte man das Liebe? Nein, das konnte und wollte er einfach nicht glauben. Fühlen war eine Sache, aber lieben? Das würde gegen das Naturgesetz verstoßen und alles in Frage stellen, woran er seit Jahrtausenden glaubte.

Geduldig blickte Adrien auf sein Stundenglas und scheuchte nun seine Gedanken fort. Es war an der Zeit sein nächstes Todesopfer, Henry Forks, von seinem Körper zu trennen. Seit Monaten litt der kleine Junge schon an unerträglichen Schmerzen. Die Leukämie hatte sein Gesicht bis zur Unkenntlichkeit verzerrt. Er war nur noch ein kleines blasses Häuflein Elend, dass seine Erlösung genau in diesem Moment erhielt.

Sein nächster Auftrag führte Adrien in eine kleine Seitenstraße am anderen Ende der Stadt, wo Alan Denver, der gerade mit seinem Fahrrad die Hempshire Street entlangfuhr, von einem Fahrzeug überfahren werden sollte. So stand es in seiner Liste. Geschickt schlängelte sich Alan mit seinem Fahrrad am Rush-Hour-Verkehr vorbei. Der Todesbote stand ein paar Meter abseits und dirigierte die Gedanken des jungen Mannes, wie auch die eines Autofahrers. So sorgte er dafür, dass der Fahrer Alan erst viel zu spät bemerkte. Als das Stillstehen der Autos vom Grünwerden der Ampel beendet wurde, erfasste der grüne Cadillac Alan mit voller Wucht. Sofort rief einer der Passanten einen Rettungswagen. Binnen kürzester Zeit hatte sich eine Menschenschar um die Absperrung und den bewusstlosen, schwer verletzten jungen Mann versammelt. Adrien, der näher an den Sterbenden gerückt war, zückte nun sein Stundenglas und zählte die wenigen verbliebenen Sandkörner darin.

»Gehen Sie aus dem Weg! Lassen Sie uns durch!«, rief Marvin den gaffenden Leuten zu. Er und

Emily bahnten sich einen Weg durch die Meute, nicht darauf achtend, ob sie jemanden anrempelten. Der schwerverletzte Alan lag seitlich auf dem Boden, sein rechtes Bein war leicht verdreht. Er wies eine stark blutende Kopfwunde sowie einige Schürfwunden auf. Das weiße Shirt, das er trug, war zerfetzt und mit einer Blutspur überzogen.

»Kein Puls mehr«, sagte Marvin, der den jungen Mann vorsichtig in die stabile Seitenlage brachte um ihn wiederbeleben zu können. »Schnell, ich brauche den Defi!«, rief er seiner Kollegin zu.

Schleunigst holte Emily aus ihrer Rettungstasche den Defibrillator hervor und schnitt mit einer Schere das Shirt des Mannes, oder das, was davon übrig war, auf. Mit Schrecken stellte sie fest, dass Adrien da war und mittlerweile direkt über das Opfer gebeugt neben Marvin stand. Sie durfte sich nicht von ihm einschüchtern lassen. Es galt, das Leben dieses Mannes vor diesem kaltblütigen Wesen zu retten. Rasch setzte sie dem Unfall-Opfer eine Beatmungsmaske auf. Marvin lud das Gerät durch Zusammenreiben beider Elektroden auf und drückte es dann auf die Brust des Mannes. Ein Stromstoß folgte. Noch einmal lud er um einen weiteren Stromstoß freizusetzen. Der Bildschirm des Gerätes zeigte immer noch keine Herzfrequenz an.

Emily bat derweil einen Passanten um die Betätigung des Beatmungsgerätes, was im Prinzip so ähnlich funktionierte wie ein Blasebalg. Sie legte eilig eine Kanüle am Arm des Schwerverletzten, um ihm eine Injektion Adrenalin zu spritzen.

Der Todesbote verweilte nach wie vor neben dem Opfer und es durchfuhr sie von Neuem ein tiefer Schrecken. Wie ein Hammerschlag traf es sie, nur dass der Schlag nicht enden wollte. Da stand er vor ihr, seine Augen glommen, sein Mund war nur ein Strich. Diese Ernsthaftigkeit in seinem Gesicht, die ihr mitteilen wollte, dass sie keine Chance haben würde. Auch wenn Emily insgeheim wusste, dass das stimmte, wollte und konnte sie nicht aufgeben. Genauso schnell, wie sie zu diesem kaltblütigen Wesen aufgeschaut hatte, wendete sie sich jetzt wieder Marvin zu, der bereits den vierten Stromstoß freigab. Zu ihrer Enttäuschung reagierte der Verletzte immer noch nicht.

Das Gerät zeigte keine Herzfrequenz an.

»Noch ein Versuch«, kündigte Marvin mit zusammengebissenen Zähnen an und jagte den nächsten Stromstoß in den Körper des Mannes. Ein Raunen der Passanten, das von Sekunde zu Sekunde immer unruhiger und hektischer wurde, war um sie herum zu hören.

»Nein, töte ihn nicht, lass ihn zufrieden!«, knurrte Emily, die mehr und mehr um Fassung ringen musste, nun Adrien an.

»Es hat keinen Sinn, Emily. Er ist bereits tot und ich werde ihn mitnehmen«, entgegnete er.

Die eisige Stimme des Todes hatte gesprochen und fuhr ihr durch Mark und Bein. Natürlich waren ihr Kollege und sie machtlos gegen dieses höhere Wesen. Was hatte sie auch erwartet?

»Er ist tot«, sagte Marvin, und sah, wie seine Kollegin ins Leere starrte.

Adrien, der bemerkte, wie Emily ihn anschaute, bedachte sie mit einem äußerst skeptischen Blick. »Du musst endlich akzeptieren, dass ihr Menschen gegen das Schicksal machtlos seid«, sagte er mit ruhiger

Stimme zu ihr.

Blinde Wut und Verzweiflung durchfuhren sie. All ihre schlimmsten Alpträume schienen gerade wahr geworden zu sein. Ihre Augen füllten sich mit Tränen, ihre Kehle war wie zugeschnürt.

Nun erhob sie sich, die Augen immer noch auf das kalte Wesen gerichtet. »So, müssen wir das?« Herausfordernd blitzte sie ihn an, die Hände in die Hüften gestemmt und mit hervortretenden Wangenknochen. Emily trat einen Schritt näher an ihn heran.

»Du musst aufhören dagegen ankämpfen zu wollen«, stellte der Todesbote fest.

Verächtlich schnaubte sie und wieder scherte es sie in diesem Moment nicht, dass sie von einer Horde Menschen und auch von ihrem Kollegen irritiert beobachtet wurde.

»Was machst du da?«, hörte sie Marvin fragen, ignorierte ihn jedoch. Ihre ganze Aufmerksamkeit galt einzig und allein diesem kalten Wesen.

»Macht dir etwa Spaß, was du tust?«, fuhr sie fort. Ihre Stimme wurde zunehmend lauter. »Macht es dich glücklich Menschenleben zu nehmen und dabei noch weitere zu zerstören?«

Er antwortete nicht. Das machte sie nur noch wütender. Alans Seele stand direkt hinter Adrien und hörte ebenfalls aufmerksam zu. Verängstigt drehte er sich in alle Richtungen, blickte ständig hinüber zu seinem zugedeckten Leichnam. Dem Todesboten blieb das nicht verborgen.

»Einen kurzen Moment noch, Alan. Dann werde ich dir alles erklären und zeigen.«

»Schau mich gefälligst an, wenn ich mit dir rede!«, schrie Emily ihn an. Marvin begann auf seine Kollegin einzureden, sie solle damit aufhören, doch diese ging nicht darauf ein und ließ sich schon gar nicht unterbrechen.

»An den Mann, dem dieser Unschuldige vors Auto gefahren ist, hast du schon einmal an ihn gedacht? Er wird sich ein Leben lang Vorwürfe machen – nur wegen dir! Sein Leben ist zerstört.«

Ihre Stimme bebte. Adrien schwieg weiterhin.

»Emily, mit wem redest du da?«, schrie ihr Kollege und versuchte sie festzuhalten. Doch sie riss sich entschlossen von ihm los. Ihr ganzes Leben schien wie ein Kartenhaus in sich zusammenzufallen. Egal war ihr, was alle anderen von ihr dachten. In diesem Augenblick schien alles egal zu sein.

»Weißt du, was du bist? Ein Monster! Genau das bist du! Verschwinde endlich!«, keifte sie ihn an und ließ ihren Tränen wie auch ihrer Verzweiflung freien Lauf. Dann hob Emily eine Hand um ihn zu schlagen. Mitten ins Gesicht wollte sie ihn ohrfeigen. Doch alles, was sie erwischte, war eine schwarze Rauchschwade, die sich zwischen ihren Fingern zersetzte. Der Todesbote verschwand vor ihren Augen. Kraftlos sank sie zu Boden. Noch nie in ihrem Leben hatte sie sich derart hilflos gefühlt.

»Emily«, Marvin kniete sich sorgenvoll neben sie und legte ihren Kopf auf seinen Schoß.

»Was gibt es denn da zu glotzen?«, rief er der gaffenden Menschenmenge zu, bevor er sich wieder seiner Kollegin zuwandte. »Es wird alles gut, Kleines. Es wird alles wieder gut!«

KAPITEL 12 – DUNKLE GABE

Emily blickte hinüber zur Wanduhr. Die Zeiger verrieten ihr, dass es bereits drei Uhr morgens war. Auf ihrem Wohnzimmertisch stand eine dampfende Tasse Kaffee, die sie in jedem Fall wach halten würde. Nach ihrem zweiten Zusammenbruch vor zwei Tagen hatte Marvin sie beurlauben lassen. Das war das erste Mal gewesen, dass er den Vorgesetzten hatte raushängen lassen. So hatte sie ihn wirklich noch nie erlebt. Er hatte sogar damit gedroht ihrem Chef alles über ihr sonderbares Verhalten mitzuteilen, wenn sie nicht gehorchen würde. Es sei nur zu ihrem Besten hatte er gesagt. Sein sorgenvoller Blick dabei war ihr im Gedächtnis haften geblieben. Sicher meinte er es nur gut, das wusste sie. Er hatte sie sogar zu einem Arzt begleitet. Er hatte darauf bestanden, dass sie sich im Krankenhaus einmal komplett durchchecken ließ. Zu seiner Erleichterung konnte der Doktor vom körperlichen Standpunkt her nichts erkennen. Alles ließ sich auf ein Burnout-Syndrom zurückführen, aber auf jeden Fall sollte sie einige Gespräche mit einem Psychologen führen. Es sei keine Schande sich Hilfe zu holen, hatte Marvin gemeint.

»Dieser Job ist knochenhart, jeder hat so einen Typen nötig.« So hatte Marvin seinen Standpunkt bekräftigt.

Emily hatte zu allem ja und Amen gesagt, da sie keine Kraft mehr hatte irgendwelche Kämpfe auszufechten. Das hatte sie mit Adrien schon zur Genüge getan. Sie war nicht verrückt und brauchte auch keinen Psychologen. Gerade saß sie im Schneidersitz auf ihrer Couch, ihr Laptop lag auf ihrem Schoß und sie googelte zielstrebig. Als Suchbegriff gab sie Sensenmann ein, da »Tod« einfach zu ungenau war.

Er war eindeutig ein Sensenmann. Die schwarze Kleidung sowie das Töten und nicht zu vergessen seine Worte über das unaufhaltsame Schicksal hatten sie auf den Begriff gebracht. Allerdings zeigten die meisten Abbildungen und Skizzen keinen attraktiven jungen Mann, sondern meist ein Skelett mit einem Umhang und einer Sense. Der Volksmund nannte das Wesen auch »Gevatter Tod«. Nie hätte Emily für möglich gehalten, dass diese Erzählungen wahr sein könnten. Sie versuchte, alles über dieses Wesen in Erfahrung zu bringen und das Internet lieferte ihr viele alte Erzählungen und Schauermärchen über ein kaltes Wesen, das an der Tür eines jeden Menschen klopfte, der auf seiner Liste stand, um ihn mitzunehmen und ins Jenseits zu führen. Dabei kannte es kein Erbarmen. Mit eisig kalter Stimme sprach es. Dieses Wesen hatte keinerlei Gefühl in sich. Es war nun einmal das, was es war.

Interessiert las sie einen Zeitungsartikel, der bei ihrer Suche auf einer der vielen Websites aufgetaucht war. Bei dem Autor handelte es sich um einen gewissen Jerome Baker. Er hatte in seiner Heimat New York einige kleine Erfolge als Buchautor auf dem Gebiet der Parapsychologie erzielen können. Seinen Erzählungen zufolge ging er dem Mythos der Jenseitskontakte anhand einiger Selbstversuche genauer auf den Grund – allerdings nicht wie es andere taten. Emily hatte Gläserrücken oder Beschwörungen mit Kerzen vor Augen gehabt, was immer mal wieder von Leuten, die sie persönlich für Spinner hielt, getan wurde. Doch sie staunte nicht schlecht, als sie das Wort Nahtoderfahrung las.

Nach einen Autounfall vor 14 Jahren hatte Jerome angeblich seine erste Erfahrung dieser Art gehabt: Er habe in einem sterbenden Zustand wahrgenommen, wie ein Todeswesen seinen besten Freund, der mit ihm zusammen im Auto gewesen war, mitgenommen habe. Er berichtete sogar von einer Sanduhr, die dieses Wesen bei sich getragen habe. So eine Sanduhr hatte sie bei Adrien gesehen, erinnerte sie sich. Jerome hatte diesen Autounfall nur knapp überlebt. Seitdem, so meinte er, habe sich ein Kanal zur geistigen Welt geöffnet. Um diesen Kanal noch weiter zu öffnen, so erklärte er, habe er sich einige Male in Lebensgefahr gebracht. In seinem Buch schrieb er über Medikamentencocktails, Schlaftabletten oder auch Stromschläge. Immer war ein Arzt bei ihm gewesen, der ihn rechtzeitig wiederbelebte. Wie konnte ein Mann, der dem Tod nur knapp von der Schippe gesprungen war, sich nur so undankbar und so überhaupt nicht demütig zeigen, indem er das Schicksal immer wieder aufs Neue herausforderte? Darauf konnte sie sich keinen Reim machen.

Er berichtete von einer Art Zwischenwelt, in der er

sich in diesen Momenten befand. Was Emily natürlich am meisten interessierte, war die Tatsache, dass er nach diesem Unfall vor 14 Jahren in der Lage war diese Todeswesen, Todesboten, wie er sie nannte, sehen zu können. Sie seien allesamt makellos und wunderschön. Ein kaltblütiger Todesengel ohne Gefühle oder Regung, so beschrieb Jerome seine Begegnungen mit diesen Wesen. Es gab also nicht nur eines von ihnen, sondern mehrere und alles passte perfekt zu Adriens Beschreibung, schlussfolgerte Emily. Es war unglaublich! Er konnte sie sehen, genau wie sie es seit einiger Zeit auch konnte. Hatte das vielleicht etwas mit ihrem Autounfall damals zu tun? Aber wieso zeigte sich diese Gabe dann erst jetzt? Sie stieß auf einen Link zu Jeromes E-Mail-Adresse, nachdem sie seinen Namen in das Googlesuchfeld eingegeben hatte. Sie nahm noch einen kräftigen Schluck Kaffee, bevor sie sich entschloss Jerome Baker von ihren Erlebnissen zu schreiben und ihn um eine Antwort zu bitten. Entweder würde dieser Typ zurückschreiben um seine Meinung kundzutun oder er würde es bleiben lassen. Sie hatte nichts zu verlieren.

Also begann Emily sämtliche Geschehnisse sorgfältig aufzuzählen und zu beschreiben. Schlussendlich drückte sie auf den Senden-Button. Das wäre erledigt. Dann ließ sie sich gegen fünf Uhr morgens müde in ihr Bett fallen.

Sie schlief bis in den Mittag hinein. Ihre Reisetasche stand bereits seit gestern Nachmittag gepackt vor ihrem Bett. Endlich hatte Emily die Zeit gleich für mehrere Tage – sie wusste noch nicht wie lange – nach Summingen zurückzukehren. Da Grandma Elise für zwei Wochen mit ihrer Freundin auf einer Kreuzfahrt war, lud Becky sie ein, solange bei ihr zu wohnen. Sie sollte momentan nicht allein sein. Gut, dass Elise nichts von den ganzen Horrorgeschichten wusste. Sie sollte ihre Reise genießen, ohne sich um ihre Enkelin sorgen zu müssen.

Becky war die Einzige, die sie ins Vertrauen gezogen hatte. Diese war zugegebenermaßen anfangs skeptisch gewesen, versuchte ihr aber dennoch zu glauben. Emily wusste ziemlich genau, wie krank und verrückt sich das alles anhören musste: Ein todbringendes überirdisches Wesen, das sie als Einzige seit Kurzem sehen und hören konnte, tötete vor ihren Augen und die halbe Stadt hielt sie für eine halluzinierende Geisteskranke, ihr Kollege eingeschlossen. Sie wollte Becky später die ausgedruckten Seiten ihrer nächtlichen Recherche zeigen und war schon gespannt, was diese dazu zu sagen hatte, besonders zu diesem Jerome Baker. Also duschte sie rasch, schmiss sich in ihre bequeme Jeans und ihre karierte Bluse und fuhr los.

Ihre Freundin wohnte nicht weit von ihrem Elternhaus entfernt in einem Mietapartment in der Longson Street. Die Häuser in dieser Gegend ähnelten sich fast wie ein Ei dem anderen. Becky lebte in einer mittelgroßen, gemütlichen Apartmentwohnung. Die Küche und das Wohnzimmer bestanden aus einem Raum. Dafür war dieser ziemlich groß und ließ ausreichend Platz für zwei Sofas, die sich gegenüberstanden, sowie einen stämmigen Eichentisch und ein Bücherwandregal, welches sich über sechs Etagen erstreckte. Becky stand bereits freudestrahlend vor ihrer Tür und nahm Emily sofort die Tasche aus der Hand um sie zu umarmen.

»Ich freue mich so, Liebes! Komm rein. Mi casa es tu casa! Fühl dich ganz wie zu Hause.«

Sogleich ließ sie sich mit ihr auf einem ihrer Sofas nieder. Der Tisch war mit einem Erdbeerkuchen sowie zwei Tassen frisch gebrühtem Kaffee gedeckt, dessen Duft Emily verführerisch in die Nase stieg.

»Wie geht es dir jetzt gerade?«, erkundigte sich ihre Freundin vorsichtig.

»Tja, die halbe Stadt hält mich für eine Geisteskranke, aber ansonsten geht es mir ganz gut.«

Ihren Sarkasmus ignorierend strich Becky ihr einfühlsam die Haare aus dem Gesicht. »Es ist sicherlich nicht so schlimm, wie du vielleicht glaubst«, versuchte sie sie zu trösten und hielt ihr eine Tasse Kaffee entgegen.

Emily nahm diese mit einem mehr als ernsten Gesichtsausdruck entgegen, der keinen Zweifel daran ließ, was sie von Beckys Statement hielt.

»Na gut, du hast dich vor der halben Welt blamiert. Aber weißt du was?«, fragte Becky und schickte ein aufmunterndes Lächeln in Emilys Richtung. »Ich glaube dir. Das meine ich ernst, mein Schatz. Es hört sich zwar alles unbegreiflich an, aber ich weiß, dass du ganz sicher alle Tassen im Schrank hast.«

Emily lächelte. »Danke, es bedeutet mir sehr viel, dass wenigstens du mir glaubst, wenn noch nicht einmal Marvin das tut«, seufzte sie und schob sich ein Stück Kuchen in den Mund.

»Du hast am Telefon noch irgendetwas von Informationen gesagt, die du gesammelt hast.«

Sofort wurde die Aufregung in Emilys Gesicht sichtbar und sie zeigte ihrer Freundin sämtliche Skizzen, Notizen und Artikel der letzten Nacht.

Becky begutachtete alles mit großen Augen und hörte aufmerksam zu. »Okay, fassen wir noch einmal zusammen«, meinte sie, als Emily fertig war, »Adrien, dieser Sensenmann, rettet dir dein Leben, du verabredest dich mit ihm, er verschwindet, du siehst einige Zeit später zweimal dabei zu, wie er einem Menschen das Leben raubt. Aber wieso hat er dich gerettet? Das scheint keineswegs sein Stil zu sein. Und wieso kannst du so einen überirdischen Typen plötzlich wahrnehmen?«

Emily schüttelte ratlos den Kopf. »Oh, wenn ich das bloß wüsste!«

Nachdenklich biss Becky sich auf die Lippe. »Weißt du, wenn ich es nicht besser wüsste, würde ich sagen, dass er dich irgendwie gern hat.«

Erneut schüttelte Emily den Kopf. »Becky, hast du mir nicht zugehört? Er ist ein sogenannter Todesbote, ein Wesen ohne Gefühle oder dergleichen, er ist ein kaltblütiges Monster und er macht mir Angst.« Sie schluckte schwer, ehe sie fortfuhr. »Er steht für all das, was ich verabscheue und wogegen ich seit Jahren zu kämpfen versuche. Und jetzt muss ich feststellen, dass alles, was ich immer geglaubt habe, eine Lüge war. Wir Menschen sind einer höheren Macht hilflos ausgeliefert. Wenn sie etwas beschlossen hat, haben wir nicht die geringste Chance«, erklärte sie.

»Aber wieso hatte er sich mit dir verabredet?«

Emily hob resigniert die Hände. »Ich habe nicht die geringste Ahnung.«

Als nächstes zeigte sie ihrer Freundin die Recherchen zu Jerome Baker. Sie erzählte davon, dass ihre Eindrücke eines gewissen Todesboten identisch mit seinen Erfahrungen zu sein schienen, von der Sanduhr, die sie auch in Adriens Händen gesehen hatte, bis hin zu seinen Selbstversuchen und seiner angeblichen Gabe diese Geschöpfe sehen zu können.

Becky lief es eiskalt den Rücken hinunter. »Oh, Mann! Ihr hattet beide einen Autounfall, bei dem ihr nur knapp überlebt habt! Aber wieso kannst du sie erst jetzt sehen? Und wieso nur Adrien? Während dieser ganzen Zeit gab es bei dir und Marvin doch sicherlich mehr als zwei Opfer, die ihr nicht retten konntet. Dann hättest du doch noch andere von diesen Todestypen sehen müssen!«

Ja, da hatte ihre Freundin recht. Es gab sicherlich noch einige Opfer, doch gesehen hatte sie, wenn überhaupt, nur Adrien, sonst niemanden. »Ich kann mir da selbst keinen Reim drauf machen. Aber ich habe diesem Jerome Baker alles in einer E-Mail geschildert, die er hoffentlich beantworten wird.«

Sofort stand Becky auf, zog ihr Tablet aus einer der Schrankschubladen und streckte es ihr entgegen. »Hier, bitte! Logg dich in dein E-Mailkonto und schau nach, ob sich schon etwas getan hat. Ich kenne dich doch, das lässt dir jetzt keine Ruhe mehr.«

Emily tat, wie ihr geheißen, und tatsächlich hatte sie Post von Jerome Baker.

»Was ist? Guck nicht nur, Schatz. Lies vor!«, forderte Becky sie auf.

Also begann Emily vorzulesen: *»Hallo Miss Walsh, am besten könnte ich ein paar Ihrer Fragen in einem Vieraugen-Gespräch beantworten. Ich habe in zwei Tagen eine Vorlesung in Detroit/Michigan. Am besten kommen Sie am Donnerstag in die Lobby des Riverwalk Hotels, in dem ich logieren werde. Seien Sie bitte um drei Uhr am Nachmittag dort. Die genaue Adresse und Fahrtbeschreibung entnehmen Sie dem beigefügten Anhang. Mit freundlichen Grüßen Jerome Baker. P.S.: Kommen Sie bitte allein!«*

Emily war schon ein bisschen mulmig zumute. Das war bereits in zwei Tagen. Dieser Kerl erschien ihr mehr als eigenartig und suspekt. Sie wusste schließlich nicht, was er ihr alles sagen würde. Dennoch wünschte sie sich mehr Klarheit und eine Erklärung zu ihrer plötzlich aufgetretenen »Begabung«. Und dies war der einzige Weg, der sich ihr im Moment erschloss.

KAPITEL 13 – SCHMERZ

Ein eigenartiges Grummeln machte sich in ihrem Bauch breit, ihr Mund war auf einmal ganz trocken und dieses unbehagliche Gefühl in Emily wurde von Minute zu Minute intensiver. Sie betrat die Lobby des Riverwalk Hotels in der Erwartung einen Mann zu treffen, der all ihre Fragen beantworten könnte. Wovor genau hatte sie eigentlich solche Angst? Ihr Weltbild war bereits erschüttert und sie zweifelte sogar mittlerweile daran, dass sie in ihren Sanitäterjob zurückkehren würde.

Sie gab dem Portier an der Rezeption Bescheid, dass Mr. Jerome Baker sie erwarte. Sogleich rief dieser im fraglichen Zimmer an und bedeutete Emily kurz im Eingangsbereich Platz zu nehmen. Diese Warterei machte das alles nicht gerade besser. Sie warf einen Blick auf ihre Armbanduhr. Es war bereits acht Minuten nach drei. Nervös wippte sie mit ihrem Bein auf und ab. Es war ihr daran gelegen alles ganz schnell hinter sich zu bringen, um wieder nach Summingen fahren zu können.

»Guten Tag, Miss Walsh!«, hörte sie eine raue Stimme hinter sich sprechen.

Sie drehte sich um. Vor ihr stand ein großer schlanker Mann. Sie schätzte sein Alter auf etwa Mitte vierzig, er hatte einen Vollbart und dunkles, schulterlanges Haar. Außerdem trug er ein schwarzes T-Shirt unter seinem Sakko. Durch seine Jeans und Turnschuhe wirkte Jerome zwar lässig, aber auch modern gekleidet.

»Hallo Mr. Baker!« Zur Begrüßung erhob sie sich und streckte ihm eine Hand entgegen. Sofort begrüßte er sie mit einem festen Händedruck.

»Ich bin Jerome. Ist es in Ordnung, wenn ich Emily sage?«, fragte er und schenkte ihr ein charmantes Lächeln.

»Ja, natürlich.«

»Einmal hier entlang!« Jerome führte sie einen Raum weiter zum Hotel-Restaurant. »Darf es ein Kaffee sein?«, erkundigte er sich höflich, nachdem beide an einem der Tische Platz genommen hatten.

»Ja, gerne. Ein Milchkaffee, bitte.«

Sofort winkte er einen der Kellner zu sich. »Wir hätten gern zwei Milchkaffee«, bestellte er kurz und knapp. »Also gut, Emily, Sie sagten mir, dass sie Sanitäterin seien und einen schwarz gekleideten Mann in der Nähe von sterbenden Personen gesehen hätten, den niemand außer Ihnen bemerke?«, kam er sofort zum Punkt.

Emily nickte. »Ja, so war es. Vor einigen Monaten sind wir uns das erste Mal begegnet. Er rettete mich vor einem heranrasenden Auto, aber das hatte ich Ihnen ja bereits alles in meiner E-Mail geschrieben.«

Jeromes Blick wurde ernst. »Ich weiß. Allerdings möchte ich die ganze Geschichte noch einmal von Ihnen erzählt bekommen«, erklärte er und sah sie ruhig an. »Sie sagten, Sie trafen sich mit ihm an einem öffentlichen Ort?«

Wieder nickte sie. »Ja, das ist richtig.« Nachdenklich rieb er sich den Nasenrücken.

»Wie lange genau saßen Sie beieinander?«

Emily atmete lange aus. »Mal überlegen ... Das war nicht lange, vielleicht eine halbe Stunde. Wieso?«

Ohne auf ihre Frage einzugehen, fragte er weiter: »Wie fühlten Sie sich währenddessen? Ich meine nicht emotional, sondern körperlich. Hatten Sie Atembeschwerden oder ein Schwindelgefühl? Irgendetwas dergleichen?« Seine Miene war noch immer ernst.

»Ich musste nach einiger Zeit husten und bekam schlecht Luft«, erinnerte sie sich zurück.

»Kurz darauf muss er aufgestanden und verschwunden sein«, schlussfolgerte Jerome. »Die Todesboten können nicht sonderlich lange in der Nähe von Menschen verweilen, ohne dass diese dadurch sterben. Wissen sie, er hat eine tödliche Energie in sich. Deshalb bleiben sie in der Regel den Menschen fern, denen es noch nicht bestimmt ist diese Welt zu verlassen«, erklärte er.

»Sie meinen etwa ...«

Sofort unterbrach Jerome sie. »Nein, keine Sorge, er wollte Sie nicht töten. Wenn Ihre Zeit gekommen wäre, hätte er das längst getan.«

Emily schnaubte. »Ja, aber wieso hat er mir damals geholfen? Und wieso kann ich ihn sehen? Wie ist das möglich? Ich hatte bis vor Kurzem nie die Fähigkeit seinesgleichen zu sehen. Ich wusste noch nicht einmal, dass sie existieren! Warum um Himmels Willen wissen Sie denn so viel über diese Wesen?« Abrupt wurde Emily still, als der Kellner an ihren Tisch kam um ihre Getränke zu servieren.

»In Ihrem Beruf haben sie des Öfteren mit sterbenden Menschen zu tun. Haben Sie auch andere seiner Art gesehen?, erkundigte sich Jerome vorsichtig, nachdem der Kellner wieder verschwunden war.

»Nein, entweder ich habe in diesen Momenten nichts und niemanden gesehen und wenn doch, dann war es nur Adrien.«

»Seinen Namen hat er Ihnen auch genannt?«, hakte Jerome überrascht nach.

»Ja. Könnten Sie mir jetzt bitte endlich Antworten auf meine Fragen geben und nicht alles wiederholen, was ich Ihnen schon längst mitgeteilt habe?« Nun wurde sie langsam ungehalten. Ihr war bewusst, wie unhöflich sie war, aber sie konnte sich nicht länger zurückhalten. Er schien noch mehr zu wissen. Wieso sagte er denn nichts? »Wieso genau führen Sie diese Nahtodversuche durch? Ich finde das alles nicht einleuchtend. Sie sagen, diese Todesboten erscheinen nur Menschen, deren Zeit abgelaufen ist und dennoch können Sie diese Wesen sehen, obwohl Ihre Zeit keineswegs abgelaufen ist. Wie funktioniert das?«

Jerome räusperte sich auffällig und stierte zu Boden. Er wirkte nervös.

Eigenartiger Typ, dachte Emily.

»Sie brauchen sich vor diesem Wesen nicht zu fürchten. Es ist wichtig, dass Sie ihn bei seiner Arbeit nicht behindern.«

Emily wollte gerade sagen, dass es wohl eher umgekehrt sei, schluckte diesen Satz jedoch herunter.

»Und wenn es Ihnen möglich ist, tun Sie so, als ob Sie ihn nicht sehen würden.«

Nun platzte ihr allmählich der Kragen. »Hören Sie mal! Ich kann doch nicht einfach so tun, als ob ich nicht sehe, wenn er einen Menschen abmurkst! Die Frage ist doch, warum ich ihn überhaupt sehen kann. Was ist der Grund dafür? Gibt es vielleicht eine Möglichkeit das abzustellen? Wie soll ich denn weiter als Rettungssanitäterin arbeiten, wenn mir dieser Typ immer wieder in meinen Einsätzen begegnet? Damit komme ich einfach nicht klar!« Der Kloß in ihrem Hals wurde immer dicker, das Wasser stand ihr in den Augen. »Verstehen Sie doch, ich bin verzweifelt und habe Angst. Mein ganzes Leben wurde auf den Kopf gestellt.«

Beschämt schaute Jerome zu Boden. »Bitte nicht weinen! Sie sind eine junge, starke Frau. Sie schaffen das alles am leichtesten, wenn Sie in eine andere Stadt ziehen. Lassen Sie sich versetzen und alles wird gut.«

Emilys Augen wurden immer größer. »Versetzen lassen? Soll er sich doch versetzen lassen! Ich habe in Wearville nette Kollegen und Freunde gefunden und ich will das Leben, das ich mir hier aufgebaut habe, nicht aufgeben!«

Jerome lachte auf. »Diesen Gefallen wird er Ihnen wohl kaum tun. Das kann er auch gar nicht. Es ist sein Gebiet, noch dazu wahrscheinlich nicht sein einziges.«

Nun wurden ihre Augen noch größer. »Was soll das heißen, nicht sein einziges Gebiet? Der Kerl ist auch in andern Städten zu finden?« Das Entsetzen stand ihr ins Gesicht geschrieben.

»Es ist durchaus möglich, dass er mehrere Bezirke hat, in denen er Seelen holt«, antwortete er.

Das wurde ja immer besser. Wie weit müsste sie dann wohl wegziehen, um Adrien nie wieder begegnen zu müssen? Und eine Garantie, dass sie ihn in einer neuen Stadt nie wiedersehen würde, hatte sie so auch nicht.

»Das alles ist leider nicht so einfach, wie Sie denken, Emily. Ich glaube, Sie sind durch irgendein Schlüsselerlebnis in Ihrer Vergangenheit zu dieser Fähigkeit gekommen. Sie müssen versuchen, in sich hineinzuhorchen um sich zu erinnern. Ich vermute, dass da schon lange etwas in Ihnen schlummerte, was erst jetzt zum Vorschein kam. Und das so einfach abzustellen, wie Sie es formuliert haben, wird nicht funktionieren.«

Das waren ja tolle Aussichten. »Warum wissen Sie so viel über die Todesboten? Haben Sie je mit ihnen gesprochen?«, wollte Emily wissen.

»Ja, das habe ich«, sagte er knapp. Nervös zwirbelte Jerome an seinem Bart und wurde dabei immer unruhiger.

»Aber wieso kann ich nur Adrien sehen? Wenn ich entsprechende Fähigkeiten hätte, so wie Sie, dann müsste ich sie doch alle sehen können.« Emilys Stimme wurde lauter.

»Denken Sie bitte nicht mehr so viel darüber nach. Und bitte befolgen Sie meinen Rat die Stadt zu verlassen. Es würde Ihnen nicht gut tun, wenn Sie es nicht täten. Sie müssen ihm fern bleiben. Das ist wichtig, sonst begeben Sie sich in große Gefahr! Haben Sie das verstanden?«

»Warum begebe ich mich dann in Gefahr? Sie sprechen in Rätseln. Wollen Sie mir noch etwas sagen?«

Jerome schwieg. Er wusste mehr, als er bereit war zu sagen, so viel stand fest. Irgendetwas schien er zu verheimlichen. Der geborene Lügner war er nun wirklich nicht gerade. Hektisch winkte er den Kellner zu sich um die Rechnung zu bezahlen.

»So, ich muss dann wieder zurück auf mein Zimmer um mich auf meine Vorlesung vorzubereiten«, meinte er, nachdem er gezahlt hatte. »Es war nett Sie kennenzulernen, Emily.« Zum Abschied drückte er ihr eines seiner handsignierten Bücher in die Hand. »In meinem neuen Buch geht es um Kontakte zu anderen Dimensionen«, warf er noch schnell ein, ehe er das Restaurant verließ.

»Lassen Sie mich nicht so hier stehen! Sie wissen doch mehr als Sie sagen!«, rief sie ihm noch hinterher, doch er reagierte nicht.

Wirklich viel hatte sie nicht herausfinden können, dachte Emily, als sie in ihrem Auto saß um die Rückfahrt nach Summingen anzutreten. Ihre Fragen waren nicht beantwortet worden.

Immer wieder hallte Jeromes Stimme durch ihren Kopf: »Sie müssen ihm fern bleiben, sonst begeben Sie sich in große Gefahr!« Warum hatte er ihr nicht gesagt, wieso?

Als sie gegen Abend Beckys Wohnung erreichte, hatte diese gerade eine Kanne Pfefferminz-Tee aufgesetzt. Frustriert und wortlos ließ Emily sich auf das Sofa plumpsen.

»Was hast du herausgefunden, Süße?«, wollte ihre Freundin nun von ihr wissen. Becky stellte die heiße

Kanne und zwei Tassen auf den Tisch und setzte sich neben sie auf das Sofa.

Emily seufzte tief.

»So schlimm?«, hakte ihre Freundin nach.

Emily begann zu erzählen.

»Oh Mann, ich an deiner Stelle würde auch die Stadt nicht wegen diesem Kerl verlassen wollen«, erklärte Becky nach Emilys Bericht verständnisvoll. »Wenigstens weißt du jetzt, dass sich diese Todestypen für gewöhnlich nicht in der Nähe von Menschen aufhalten. Womit wir wieder zu meiner Theorie kommen ...«

Wütend blitzte Emily ihre Freundin an. »Hör endlich auf mit diesem Schwachsinn!«

Aber Becky blieb hartnäckig. »Ich weiß, dass du das jetzt nicht hören willst, aber du musst zugeben, dass es irgendwie zusammenpasst: Erst rettet er dich, dann geht er mit dir aus. Und das alles, weil du ihm egal bist? Und erinnere dich mal, wie du mir von diesem gutaussehenden Mann vorgeschwärmt hast! Du warst richtig verknallt in ihn.«

Emily musste zugeben, dass sie keinerlei Erklärung dafür hatte, warum Adrien das alles getan hatte.

»Er ist kein Mensch, Becky! Damals hielt ich ihn noch für einen Mann. Doch jetzt kenne ich sein grausames Gesicht.« Sie musste schwer schlucken, ehe sie weitersprach: »Es hört sich fast wie einer deiner Kuppelversuche an. Und ich sage dir gerne noch einmal, dass er ein todbringendes Wesen ist, kein Mensch! Du hast nicht gesehen, wie erbarmungslos er den Menschen das Leben aussaugt, ich schon!« Bei der Erinnerung daran, machte sich erneut ein dicker Kloß in Emilys Hals breit.

»Ist ja gut, Süße. Es tut mir leid, natürlich hast du recht«, sagte Becky und legte einen Arm um die verzweifelte Emily. »Niemals würde ich meine Freundin mit so einem Monster verkuppeln wollen. Diese ganze Geschichte klingt mehr als nur unheimlich und verrückt. Du bleibst jetzt erst einmal bei mir«, beschloss sie. »Ich habe es geschafft, ein paar Tage frei zu bekommen. Zusammen werden wir uns schon gut überlegen, wie es für dich weitergeht. Es wird alles wieder gut, glaub mir.«

Emily wusste mal wieder nicht genau, wie ihre Freundin es geschafft hatte ihr ein Lächeln ins Gesicht zu zaubern, doch sie hatte es geschafft.

An diesem Abend brachte Emily es sogar endlich fertig, sich ein wenig zu entspannen. Becky beschloss beim China-Imbiss gebratene Nudeln für sie beide zu bestellen. Sie aßen, tranken Wein und lachten über alte Geschichten. Einen Abend lang vergaß sie ihre Sorgen und fühlte sich wie damals, vor zehn Jahren, als ihre Welt noch in Ordnung zu sein schien.

»Guten Morgen, du Schnapsdrossel«, flüsterte Becky ihr ins Ohr und rüttelte vorsichtig an ihr.

Benommen und noch nicht richtig wach lag Emily mit einer Decke um die Hüften auf dem Sofa.

»Es ist fast zwölf!« Leicht nach vorn gebeugt, frisch geduscht und auch schon angezogen stand Becky vor ihrer Freundin.

»Zwölf was?«, fragte Emily immer noch benommen und rieb sich die Augen.

»Na, Mittag natürlich, du Nase!«

Langsam richtete sie sich auf. In der vergangenen Nacht war wirklich zu viel Alkohol geflossen. Ihr Schädel schmerzte bei jeder Bewegung.

»Hast du auch so tierische Kopfschmerzen?«

»Oh, ja, die hatte ich auch, bis ich meine Wundertabletten genommen habe.«

Stolz hielt Becky ihr eine der Schmerztabletten entgegen. Ohne zu zögern steckte Emily sich diese in den Mund und schluckte.

»So ist´s brav.«

»Nimmst du immer noch diese blöden Tabletten, statt mal zum Arzt zu gehen?«, wollte sie dann von ihrer Freundin wissen.

»Papperlapapp, mir geht es bestens«, entgegnete diese. »Und jetzt mache ich uns erst mal einen starken Kaffee!«

Schnurstracks und gut gelaunt marschierte Becky zur Küche hinüber, während Emily sich noch einmal ausgiebig streckte, ehe sie sich erhob um ihr zu folgen. Träge ließ sie sich auf einem der Barhocker nieder und sah zu, wie ihre Freundin mit der Kaffeemaschine hantierte. Wie konnte ein Mensch nach so einem Saufgelage nur so frisch und munter sein?

»Ich werde schnell duschen gehen. Wenn der Kaffee durchgelaufen ist, werde ich auch schon wieder zurück sein.« Zielstrebig lief Emily die Treppen nach oben in Richtung Badezimmer. Plötzlich klirrte und schepperte es in der Küche. Eilig rannte sie wieder die Treppen hinunter. Augenblicklich traf sie der Schlag, als sie ihre Freundin leblos auf dem Boden liegen sah und dann Adrien erblickte, der neben ihr, dicht über sie gebeugt, hockte.

»Nein! Nein, tu das nicht!«, schrie sie aufgebracht. Ihr Herz pochte bis zum Hals und Angstschweiß legte sich auf ihre Stirn.

Adrien blickte zu ihr auf. Überraschung und Enttäuschung spiegelten sich in seinem sonst so ausdruckslosen Gesicht. Was machte Emily hier? Er wusste zwar, dass Becky Clarkson ihre Freundin war, aber er hatte nicht damit gerechnet, sie hier anzutreffen.

»Ich flehe dich an, Adrien«, sprach sie mit zitternder Stimme weiter. »Bitte verschone Becky. Sie ist noch viel zu jung zum Sterben. Bitte tu das nicht!« Verzweiflung und Tränen gewannen die Überhand.

Er hielt kurz inne und sah zu, wie Emily vorsichtig immer näher an ihn herantrat. So viel Angst hatte er noch nie in ihren Augen gesehen. »Emily«, begann er vorsichtig und merkte, wie er selbst schwer schlucken musste. In der Sanduhr, die sich in seiner linken Hand befand, fiel bereits das letzte Korn. Er hätte es längst tun müssen, doch er zögerte. Er hatte noch nie gezögert. »Ihre Zeit ist nun einmal abgelaufen«, fuhr der Todesbote fort.

Emily gab ein keuchendes »Nein!« von sich. Wie konnte sie den Tod nur vom Gegenteil überzeugen? »Das glaube ich nicht! Sie ist jung und gesund. Rette sie, wie du mich damals gerettet hast! Bitte, Adrien!«, bettelte sie mit brüchiger Stimme.

Er seufzte und rieb sich die Schläfe. »Das mit dir damals war etwas völlig anderes! Du wärst nicht gestorben. Du hättest auf jeden Fall überlebt, ob ich nun eingeschritten wäre oder nicht. Dir war es im Gegensatz zu deiner Freundin nicht vorherbestimmt zu sterben«, stellte er klar. »Ich weiß, für einen Menschen ist es schwer zu verstehen. Es hat jedoch alles seinen Sinn und Zweck. Und irgendwann wirst du es einsehen. Ich muss es tun.« Ruhig legte er seine Hand auf Beckys Kopf.

»Nein, nicht!«, schrie sie erneut, warf sich zu ihrer

Freundin auf den Boden und versuchte Adrien von ihr wegzudrängen, was ihr natürlich nicht gelang. Unerschütterlich und schwer wie ein Stein, verharrte der Todesbote in seiner Position.

»Emily, bitte sei vernünftig und lass mich meine Arbeit machen. Ich habe keine andere Wahl, deine Freundin auch nicht. Du musst loslassen, auch wenn es dir schwer fällt.« Er sprach immer noch mit ruhiger Stimme auf sie ein und sah sie eindringlich an.

»Oh Gott! Nein! Bitte tu das nicht!« Ihre Knie zitterten. Wenn es um ihr eigenes Leben gegangen wäre, hätte sie nicht ansatzweise so viel Angst gehabt wie in diesem Augenblick. Niemals könnte und würde Emily akzeptieren, dass dieses Wesen ihr Becky nahm. Sie würde nicht einfach kampflos mit ansehen, wie sie starb, also begann sie mit aller Kraft, die sie aufbringen konnte, auf Adrien einzuschlagen, sie trat ihn, biss ihn sogar in seine Hand, doch der Todesbote zeigte keine Regung und ließ sich weder durch Worte noch durch Taten von seinem Auftrag abbringen, auch wenn es ihn noch nie so viel Überwindung gekostet hatte wie in diesem Moment.

Nachdem Beckys Herz aufgehört hatte zu schlagen, erhob er sich und warf einen Blick auf Emily, die neben ihrer Freundin lag und ihre Hand fest umklammert hielt, so als wolle sie diese nie mehr loslassen. Ihre verzweifelten Schreie wurden zu einem leiderfüllten Wimmern. Sie hatte keine Kraft mehr, alles in ihr war vollkommen leer.

Sie so zu sehen versetzte Adrien einen Stich. Noch nie hatte er solch einen grausamen Schmerz, der ihn zu zerreißen drohte, gefühlt. Er sagte kein Wort. Was hätte er schon sagen können? Er verließ das Haus mit Beckys Seele und ließ eine gebrochene Emily zurück.

KAPITEL 14 – ANGST

Überall in Emilys Wohnung verteilt standen Umzugskartons. Beckys Tod war nun zwei Monate her. Die Ursache war ein geplatztes Blutgerinnsel in ihrem Kopf gewesen. So war es dem offiziellen Bericht der Pathologie zu entnehmen. Wie oft hatte Emily ihr gesagt, dass sie zum Arzt gehen sollte!

Der Schmerz über Beckys Verlust saß tief und so

beschloss Emily schweren Herzens die Stadt zu verlassen, da es ihr unmöglich erschien in ihren Beruf als Sanitäterin zurückzukehren. Sie wollte Adrien nie wieder begegnen.

Der Mietvertrag für ihre neue Wohnung in Boston war bereits unterschrieben, ihre Arbeitsstelle längst gekündigt. Marvin war sehr traurig über ihre Entscheidung, verstand allerdings ihre missliche Lage. Natürlich hatte Emily ihm nicht gesagt, dass sie sich nach wie vor im Stande fühlte mit einem Sensenmann zu kommunizieren, der nebenbei auch noch ihre beste Freundin getötet hatte. Ein Platz in der Gummizelle wäre ihr nach diesem Geständnis sicher gewesen. Als offizielle Begründung gab sie an, dass sie sich dem Job als Sanitäterin nervlich nicht mehr gewachsen fühlte. Der Rest war reine Formsache gewesen. Was Marvin nicht verstehen konnte, war, dass sie deshalb auch noch gleich ihren Wohnort wechseln musste. Deshalb hatte sie behauptet, dass sie sich an der Bostoner Uni eingeschrieben habe um dort einige Fächer zu belegen. Dann waren die Fragen nach und nach verebbt und das war alles, was sie wollte.

Am Vorabend ihres Umzugs verabschiedete sie sich unter Tränen von Marvin, Claire, Kiara und Jeremia – nicht ohne ihnen das Versprechen zu geben, sie jeden Monat zu besuchen. Es war alles andere als einfach ihrem alten Leben den Rücken zu kehren, noch einmal ganz von vorne anzufangen. Mit dem Erbe ihrer Eltern und ihrem Gesparten konnte Emily sich einige Zeit lang über Wasser halten, bis sie einen geeigneten Job für sich finden würde. Auch Elise wollte sie so oft besuchen, wie es ihr nur irgend möglich sein würde. Aber sie konnte weder in Summingen noch in Wearville bleiben. Mit beiden Städten verband sie grausame Erinnerungen. Es war kaum zu ertragen. Sie wünschte sich jeden Tag aufs Neue, dass Adrien sie anstelle ihrer Freundin geholt hätte. Ihr ganzes Leben war in tausend Stücke zerrissen worden, ein riesengroßer Scherbenhaufen war alles, was noch übrig war. Allerhöchstens drei Stunden konnte sie nachts schlafen und keine Nacht verging, in der sie nicht die grausamen Bilder verfolgten, wie der Todesbote ihre Freundin holte.

Nun stand Emily in ihrer leergeräumten Wohnung

und zählte die vielen beschrifteten Kartons. Unweigerlich sprang ihr die Reisetasche ins Auge, die bereits seit zwei Monaten an ihrer Wohnungstür vor der Garderobe stand. Es war die Tasche, die sie dabei gehabt hatte, als sie bei Becky gewesen war. Bisher hatte sie sich nicht getraut sie auszupacken. Zögerlich griff sie nach der Tasche und öffnete sie. Alte Wäsche, ihr Kulturbeutel sowie das Buch »Andere Dimensionen«, das ihr Jerome Baker nach ihrem Treffen geschenkt hatte, waren darin. Sie nahm es in die Hand und begann darin zu blättern. Es stand etwas von Zwischenwelten darin, eine Welt zwischen Himmel und Erde, das sogenannte Fegefeuer.

Sie ging ein paar Schritte nach rechts um sich auf einem der Kartons niederzulassen und weiter zu lesen. Dabei fiel ihr unachtsam das Buch aus der Hand. Als Emily sich bückte um es aufzuheben, sah sie einen Zettel. Dieser musste wohl aus dem Buch gerutscht sein, schlussfolgerte sie. Neugierig hob sie ihn auf und begann zu lesen:

Liebe Emily, ich konnte Ihnen bei unserem Treffen nicht die ganze Wahrheit über mich und die Todesbo-

ten erzählen. Es ist alles andere als einfach zu erklären. Bitte haben Sie Verständnis. Ich musste Sie warnen. Ich hoffe, dass Sie meine Ratschläge befolgen werden, da Sie sich ansonsten in große Gefahr begeben. Ich sehe es als meine Pflicht an, Ihnen meine Handynummer auf diesen Zettel zu schreiben. Bitte zögern Sie nicht mich anzurufen, falls es doch zu einem schlimmen Ereignis kommen sollte. Ich wünsche Ihnen weiterhin alles Gute. Jerome Baker.

Das war eine überaus merkwürdige Botschaft. Etwas Schlimmes war allerdings schon geschehen. Es gab niemanden, mit dem sie in der ganzen Zeit über die schrecklichen Erlebnisse hatte reden können. Jerome war der Einzige, der ihr glauben würde, dem sie sich anvertrauen konnte. Also nahm sie ihr Handy zur Hand und wählte seine Nummer.

Es war bereits spät in der Nacht. Adrien saß gedankenverloren auf einem leeren Platz in der U-Bahn. Er wusste noch nicht einmal genau, durch welche Stadt diese eigentlich fuhr. Irgendwie hatte er im Laufe der Zeit Gefallen daran gefunden mit diesem Verkehrsmittel zu fahren. Das tat er ausschließlich nachts, denn dann war es dort ruhig und so gut wie menschenleer. Es gab kaum Gedanken oder Stimmen, die er hörte. Er saß auf einem Fensterplatz in der hintersten Ecke und beobachtete die vorbeiziehenden Gebäude und Laternen, unzählig viele Lichter, die in der Dunkelheit der Nacht erstrahlten, um eine ganz neue Welt zum Vorschein zu bringen. Seit Wochen schon ging ihm die Frage nicht mehr aus dem Kopf, wie es Emily wohl ging. Aber wie sollte es ihr schon gehen? Ihre einzige Freundin war nun fort, für eine unbestimmte Zeit unerreichbar für sie.

Es war ihm, als könne er ihren Schmerz fühlen. Es klang verrückt, doch er konnte sich als Todesbote plötzlich ein Bild davon machen, wie es einem Sterblichen in der Trauerphase ging. Nie zuvor hatte er realisiert, wie viel Schmerz er anderen mit seinem Tun zufügte. Aber er war nicht verantwortlich dafür, er war lediglich ein Rädchen im Getriebe des Schicksals. Und das Schicksal hatte nun einmal über Beckys Tod entschieden. Todesboten waren und würden immer die schwarzen Engel des Himmelreiches sein. Das waren die Regeln.

Aber niemals würde Adrien die Trauer und den Schmerz in Emilys Gesicht vergessen können. Er stieg aus, ging die Stufen des U-Bahn-Zugangs hinauf und blickte in das Schwarz des Himmels. Nachdenklich rieb er sich die Stirn. »Was geschieht nur mit mir?« Diese Worte verklangen in der Finsternis der Nacht. Der Wind trug sie bedingungslos fort, ohne eine Antwort darauf zu geben.

Mit nur einem Wimpernschlag transportierte er sich nach Wearville, direkt vor Emilys Häuserblock stand er nun und schaute zu ihrem Fenster hinauf.

»Schluss jetzt!«, sagte er zu sich selbst. Wenn sie ihn sähe, würde das die ganze Sache nur noch schlimmer machen und das wollte er nicht. Für die nächsten drei Stunden hatte er keine Aufträge mehr zu erledigen. Anstatt des Wortes »Auftrag« benutzte Adrien jetzt allerdings nur noch den Begriff »Seelenführung«. Menschen waren schließlich keine Dinge. So viel hatte er erst nach Tausenden von Jahren auf dieser Welt gelernt.

Ziellos bog er in eine kleine Seitenstraße ein. Ein

Windstoß zerzauste sein Haar, spielte damit wie mit einem Zweig. Eine innere Unruhe trieb ihn an einfach immer und immer weiter geradeaus zu gehen. Eine ganze Weile tat er das, genoss die Stille, bis ihn stampfende, schnelle Schritte aus seinem Trott rissen. Ein olivfarbener Mantel streifte seinen Arm. Er konnte sich nicht entsinnen, überhaupt jemals von einer laufenden Person gestreift worden zu sein. Als er aufblickte, traute er seinen Augen kaum: Es war Emily. Es schien so, als wäre sie vor jemandem auf der Flucht, so verängstigt wirkte sie, geradezu panisch und gehetzt, ohne ihn überhaupt bemerkt zu haben. Irgendetwas stimmte nicht. Sofort nahm er die Verfolgung auf. Für gerade einmal den Bruchteil einer Sekunde hatte er den fehlenden Rückstand zwischen ihnen aufgeholt. Flink und geschmeidig bewegte sich der Todesbote fort. Geräuschlos wie eine Katze war er darum bemüht, nicht zu nahe an sie heranzutreten. Auf keinen Fall sollte sie mitbekommen, dass er sich in ihrer Nähe aufhielt. Nachdem sie in die nächste Seitenstraße eingebogen war, zog sie das Tempo weiter an.

»Wo willst du nur hin, Emily Walsh?«

Nach wenigen Metern erreichte sie das Parkhaus in der Buccer-Street, das sich zentral in der Einkaufsstraße Wearvilles befand. Geschwind trat sie hinein und erklomm die Treppen, anstatt in den Fahrstuhl einzusteigen. All das passierte rasend schnell.

»Merkwürdig«, dachte Adrien, »mit dem Fahrstuhl wäre sie doch viel schneller gewesen.«

Es waren genau acht Stockwerke, ehe sie sich auf dem Parkhausdach befand, wo sie dann mitten auf dem steinigen Pflaster stehen blieb. Nicht einmal ein Keuchen war von ihr zu hören. Mittlerweile war er näher an sie herangetreten, so nahe, dass er sie hätte berühren können. Emily jedoch bemerkte den verräterisch kalten Atem auf ihrer Haut nicht, für den Adrien sich kurz zuvor noch verflucht hatte. Er biss sich auf die Unterlippe und verfolgte, wie sie bis an den Rand des Parkhausdaches trat. Dort angekommen hielt sie inne. Hatte sie etwa vor zu springen? Es sah ganz danach aus.

Ein Schauer legte sich über seinen gesamten Körper. Die Welt schien plötzlich aufgehört zu haben sich zu drehen. Es war so still geworden, dass man eine fallende Stecknadel hätte hören können. Alles in ihm verfolgte nur noch ein Ziel: Er musste sie retten. So wie damals vor dem fahrenden Auto.

»Nein, tu es nicht!«, brüllte er, während seine Hände ihre Schultern zurückhielten.

Emily reagierte nicht. Stattdessen streckte sie ihr linkes Bein über den Abgrund.

»Emily, hörst du mich?«, fragte er.

Keine Antwort.

Vorsichtig drehte er sie zu sich herum, damit er sie anschauen konnte. Willenlos ließ sie es geschehen. In ihren Augen vernahm er nichts als Leere.

»Emily?«, versuchte er es erneut.

Wieder keine Reaktion. Sie schien mit offenen Augen zu schlafen, eine Art Trancezustand, so vermutete er.

Dann riss sie sich aus seinem Griff, dabei befand sie sich bereits mit einem Bein auf der steinigen Erhebung, unter ihr die breite Straße mit gelben und roten Lichtern, die aus der Höhe allesamt verschwommen aufflackerten. Gerade als Emily zum Sprung ansetzen wollte, packte Adrien sie und hielt mit seinen Händen ihre Taille fest umklammert. Vorsichtig zog er sie in seine Arme. Er trug sie ein paar Meter zur Mitte des Parkhausdaches, setzte sie sanft ab und schaute ihr konzentriert ins Gesicht. Immer noch war es leer und ausdruckslos. Ihre Augen, die durch ihn hindurchblickten, schienen starr und müde zu sein.

»Kannst du mich hören?«, flüsterte er ihr zu. Keine Antwort. Forschend suchte er ihr Gesicht nach einer Regung ab, aber da war nichts. Immer noch hielt er sie mit beiden Händen fest, aus Angst, sie könne noch einen Versuch starten in die Tiefe zu springen.

»Wach auf, Emily! Wach auf!«, rief er und begann sie zu rütteln. »Hörst du mich? Wach auf!«

Ein leises Stöhnen war zu hören. Benommen schüttelte Emily ihren Kopf und rieb sich die Stirn. »Was ist passiert? Wo bin ich?«

Adrien atmete tief durch, ehe er antwortete. »Du wolltest gerade vom Parkhausdach springen.«

Ihre Gesichtszüge verhärteten sich, als sie nun vollständig aus ihrem Dämmerzustand erwachte und bemerkte, wer sich da über sie beugte.

»Was machst du denn hier?"« Entsetzt starrte sie

den Todesboten an. Ihre Worte klangen schneidend wie ein Messer, während sie ihn mit einem vernichtenden und misstrauischen Blick bedachte und sich ruckartig von ihm losriss. Als sie genügend Abstand geschaffen hatte, schnaubte sie verächtlich.

»Ich habe dich gerettet«, antwortete Adrien auf ihre Frage.

Skeptisch sah sie zu ihm hinüber. Den Hass und den Schmerz, die immer noch in ihr tobten, wollte und konnte sie nicht zügeln. »Das stimmt nicht!«, keifte sie. »Du hast irgendetwas mit mir gemacht, du Teufel! Reicht es dir nicht, was du mir bereits angetan hast?« Ihr Körper zitterte vor Wut. Die Hände hatte sie zu Fäusten geballt, mit denen sie diesem Monster nur allzu gern einen Denkzettel verpasst hätte.

»Du kannst dich wirklich an nichts erinnern?«, fragte er eindringlich.

»Was soll der Blödsinn?! Wenn ich auch auf deiner komischen Liste stehe, dann tu es endlich! Los, bringen wir es hinter uns!«, forderte sie ihn auf und breitete ihre Arme herausfordernd vor ihm aus.

Fast unmerklich warf Adrien den Kopf in den

Nacken. Er hasste diesen Tonfall in ihrer Stimme, er ließen ihn zusammenzucken. »Nein, du stehst auf keiner Liste! Ich weiß genauso wenig wie du, was hier gerade eben passiert ist! Ich habe dich davor bewahrt zu springen, ob du mir nun glaubst oder nicht. Nur deshalb bin ich hier!«, stellte er klar.

Der Todesbote merkte plötzlich selbst, wie erregt seine Stimme klang und wie er um Fassung ringen musste. Sein Kiefer trat merklich hervor.

Emily schien das nicht zu beeindrucken. Ihre Augen glommen zornig und Adrien entging nicht, wie sie sich immer weiter von ihm entfernte. Gerade hatte sie noch gewirkt, als wollte sie auf ihn losgehen.

»Ich will dir nichts tun. Wirklich!«, beteuerte er und hob dabei ergeben beide Hände in die Luft.

»Wieso sollte ich dir glauben? Vielleicht hast du mich ja dazu manipuliert das zu tun!«

Adrien schüttelte den Kopf.

»Und noch einmal: Wieso sollte ich dir glauben? Verschwinde endlich aus meinem Leben! Ich weiß gar nicht, was du darin zu suchen hast, wenn du mich doch, wie du sagst, nicht töten willst! Ist das so eine

Art Hobby von dir?«

Langsam senkte er seine Hände wieder und trat vorsichtig ein paar Schritte näher. »Dass du deine Freundin verloren hast, tut mir leid, aber es gab keine andere Möglichkeit für sie. Das Schicksal ist nun einmal unwiderruflich und ihre Zeit war leider abgelaufen.«

»Abgelaufen?«, wiederholte Emily giftig. »Du hast sie umgebracht! Kaltblütig hast du sie aus ihrem Leben gerissen!« Ihre Stimme überschlug sich. Vergebens kämpfte sie gegen die aufkommenden Tränen an.

»Emily«, begann Adrien von Neuem, »ich habe schon einmal versucht es dir zu erklären. Ich besiegle lediglich das Schicksal der Menschen. Und das steht schon fest. Ich bin bloß der Bote. Das ist nun einmal meine Aufgabe!«

Sie schnaubte. »Deine Aufgabe ist es Menschenleben zu zerstören. Wie beispielsweise das des Autofahrers, den du damals im Glauben gelassen hast, einen Menschen auf dem Gewissen zu haben!« Wieder wich sie zwei Schritte von ihm zurück.

»Nein, das stimmt so nicht!", widersprach er. »Die Gedanken sämtlicher Menschen, die auch nur im Entferntesten in diesen Unfall involviert waren, habe ich verändert, ganz besonders natürlich die des Fahrers. Die Ampel war kaputt. Zumindest glauben das jetzt alle Beteiligten!«

Sie ignorierte seinen Erklärungsversuch. »Du hast mein Leben zerstört. Alles war in bester Ordnung, bis du plötzlich aufgetaucht bist!«

Ernst sah er sie an. »Nein, das war es nicht! Seit deine Eltern gestorben sind, hast du Probleme damit den Tod zu akzeptieren. Besonders in deiner Arbeit als Rettungssanitäterin hattest du immer wieder Schwierigkeiten ihn hinzunehmen. Doch er ist allgegenwärtig, ein wichtiger Teil dieser Welt. Du musst lernen, diese Tatsache genauso anzunehmen wie das Leben selbst und versuchen endlich loszulassen.«

»Was weißt du von meinen Eltern? Hast du sie etwa auch geholt?«, fragte Emily entsetzt.

Erneut schüttelte Adrien den Kopf. »Nein, das habe ich nicht.«

»Was genau willst du eigentlich von mir? Warum

hast du mich nicht einfach springen lassen?« Erschöpft setzte Emily sich mitten auf den kühlen Boden und vergrub ihr Gesicht in ihren Händen. Sie hatte einfach keine Kraft mehr.

»Deine Zeit ist noch lange nicht gekommen, Emily«, erklärte der Todesbote ruhig.

»Da bin ich aber beruhigt«, schnappte diese sarkastisch.

Vorsichtig trat er näher an sie heran und setzte sich dann zu ihr auf den Boden. »Du musst endlich anfangen richtig zu leben! Das tust du schon lange nicht mehr«, warf er ein und hoffte endlich zu ihr durchzudringen.

Der Mond lugte zwischen den Wolken hervor und tauchte alles in schummriges Licht. Die Stadt um sie herum wirkte still und friedlich. Adrien machte selbst in der Dunkelheit eine sagenhaft gute Figur. Der Bogen seiner Lippen war symmetrisch geschwungen, seine Haut so rein wie Porzellan und aus seinen Bernsteinaugen schaute er sie unschuldig an. All das änderte nichts an ihrer Einstellung zu ihm. In ihren Augen war er der Feind. Sie schluckte schwer und drehte sich seitlich von ihm weg, um nicht mehr in seine Augen schauen zu müssen.

»Was ist? Was hast du?« Seine Stimme hatte nie weicher und besorgter geklungen als in diesem Moment.

Emily seufzte schwer, als er sich ihr zum wiederholten Male näherte. Sie hatte weder die Kraft zurückzuweichen, noch zu protestieren.

»Wieso hast du mich nicht einfach gewarnt? Dann hätte ich mich wenigstens noch von ihr verabschieden können!«, schluchzte sie bekümmert.

»Das wäre gegen die Regeln gewesen. Ich durfte dir nichts sagen. Außerdem hätte mein Boss dann davon erfahren und der weiß nicht, dass du mich sehen kannst. Wer weiß, was Nicholas dann tun würde«, erklärte Adrien und kämpfte gegen den aufsteigenden Drang an seinen Arm um sie zu legen.

»Halt! Warte mal! Du hast einen Boss?« Überrascht starrte sie ihn an.

Er nickte kaum merklich. »Er gibt uns die Listen mit den Aufträgen. Mehr will ich dir dazu auch nicht sagen denn ...«

»... das ist gegen die Regeln«, beendete Emily seinen Satz.

Wieder nickte er. Seine Gesichtszüge waren weich, er betrachtete sie eingehend und ein Lächeln umspielte seine Lippen. Das war das erste Mal, dass sie ihn lächeln sah. Und sie konnte nicht anders als zurück zu lächeln.

Eine Zeit lang saßen beide einfach so nebeneinander ohne ein Wort zu sagen. Dann durchbrach Adrien die Stille. »Ich soll dir etwas von Becky ausrichten.«

Dieser Satz schlug bei Emily ein wie ein Blitz.

»Normalerweise ist auch das gegen die Regeln, aber ich habe ja ohnehin schon gegen sie verstoßen. Ich soll dir von ihr sagen, dass sie nicht traurig ist. Sie sagte, sie habe mehr Liebe und Glück in ihrem kurzen Leben erfahren dürfen als so manch anderer in einem langen. Sie schätzt sich glücklich dich als Freundin gehabt zu haben. Dafür ist sie unendlich dankbar. Sie liebt dich.«

Tränen kullerten ihre Wangen hinunter. »Ich liebe dich auch, Becky«, rief sie in den Nachthimmel hinein. »Kann sie mich hören?«, fragte sie den Todesboten.

»Ja, das kann sie. Dort, wo sie ist, geht es ihr gut«, antwortete er sanft.

Wieso sagte er das alles? Er war doch ein gefühlloses Wesen, also müsste es ihm doch egal sein, ob sie traurig über Beckys Tod war oder nicht. Aber irgendwie war er darum bemüht sie zu trösten. »Was geht hier vor, Adrien? Warum befinde ich mich hier auf diesem Parkhausdach, von dem ich beinahe heruntergesprungen wäre und kann mich an nichts mehr erinnern? Ich habe Angst.«

Ihre Blicke trafen sich in diesem Moment und entwickelten eine Sogwirkung, die beide immer tiefer in die Augen des anderen versinken ließ. Emily spürte wieder diese Anziehungskraft, die dieser Mann auf sie ausübte und die ihr den Atem raubte.

»Wie hast du mich überhaupt gefunden?«, fragte sie ohne den Blick von ihm zu lösen.

»Du bist mir quasi vor die Füße gelaufen, du warst nicht ansprechbar. Dann bin ich dir eben gefolgt«, gab er nachdenklich zurück.

»Du hast mich schon wieder gerettet.« Emilys Stimme wurde weich. »Du hättest mich einfach springen lassen können. Ich habe erfahren, dass ihr Todesboten keinerlei Empfindungen hegt. Ihr wärt nicht in der Lage Gefühle auszudrücken oder zu empfangen.« Sie hielt kurz inne. »Du bist anders.« Sachte legte sie eine Hand auf seinen Arm.

Kaum wahrnehmbar zuckte Adrien zusammen. Sein Gesichtsausdruck wurde wieder ernst. Abrupt stand er auf. »Ich bringe dich jetzt nach Hause.« Unsicher fuhr er sich durchs Haar. »Zu lange darfst du als Mensch nicht in meiner Nähe bleiben. Das ist lebensgefährlich für dich«, beendete er seinen Satz.

»Ich weiß.«

Beide fuhren mit dem Fahrstuhl ins Erdgeschoss und verließen das Parkhaus.

»Woher weißt du so viel über uns Todesboten?«, wollte er nun wissen, als sie nebeneinander die Straße entlang liefen.

»Nach diesen ganzen Vorfällen wollte ich mich schlau machen. Also traf ich mich mit Jerome, einem Autor, der imstande ist mit euch zu kommunizieren.«

Adrien schien eine Weile über das Gesagte nachzudenken. Das alles wurde ja immer suspekter. Jetzt sollte es auch noch einen Sterblichen geben, der sie alle sehen konnte. So etwas müsste sich doch herumgesprochen haben. Außerdem gefiel es ihm überhaupt nicht, dass Emily sich an ihren nächtlichen Ausflug nicht erinnern konnte. Sie wurde manipuliert, so viel war klar. Er hegte einen bösen Verdacht, wollte sie jedoch nicht beunruhigen.

»Darf ich dich noch etwas fragen?«, ergriff Emily zaghaft das Wort, als beide vor ihrer Wohnungstür standen.

»Natürlich«, gab er zurück.

»Warum kann ich dich, ausschließlich dich, sehen? Ich meine, das hat doch etwas zu bedeuten, oder?«

Er seufzte. »Ich weiß nicht genau.« Er überlegte, musste dann lächeln. Emily genoss diesen Anblick. »Das erste Mal habe ich dich gesehen, als du gerade verzweifelt versucht hast einen Mann wiederzubeleben, dessen Seele ich holen musste. Ich habe gesehen, wie du um sein Leben gekämpft hast. Du warst traurig und niedergeschlagen. Dann fiel mir plötzlich auf, dass ich nichts hören konnte.«

Verblüfft starrte sie ihn an. »Du konntest nichts hören?«

Adrien schmunzelte. »Ja, ich höre die Gedanken der Menschen, kann ihre Erinnerungen manipulieren, wenn es wichtig für meine Handlungen ist«, erklärte er. »Du scheinst irgendwie immun gegen mich zu sein. Ich habe noch nie einen deiner Gedanken hören können. Ich hätte dir so gern einige schlimme Erinnerungen nehmen wollen«, sagte er in einem bitteren Tonfall.

»Nein, das hätte ich nicht gewollt«, sagte Emily und griff nach seiner Hand.

Dem Todesboten war es, als sprühten Funken an der Stelle, wo sie ihn berührte.

»Erinnerungen und Erfahrungen sind wichtig. Man muss daran wachsen und von ihnen lernen.« Eindringlich schaute sie Adrien an.

Dieser löste vorsichtig seine Hand von ihrer. Er sah so unsagbar schön und engelsgleich aus, dass es ihr erneut den Atem verschlug. Die Warnsignale ihres Körpers ignorierte sie dabei vollkommen. Seit etwa zwanzig Minuten litt sie an einem Schwindelgefühl, das immer stärker wurde, und hielt sich daher dezent an ihrem Türrahmen fest. Den Hustenreiz hatte sie bis jetzt noch unterdrücken können. Auch das Sprechen kostete sie zunehmend mehr Kraft. Dennoch sollte dieses schöne Wesen noch nicht verschwinden.

»Du solltest jetzt nach drinnen gehen«, drängte er schließlich.

Emily schlug die Augen nieder. »Werden wir uns wiedersehen?«

Adrien hielt kurz inne. »Ja, das werden wir«, entgegnete er und löste sich vor ihren Augen in Rauch auf.

KAPITEL 15 – NICHOLAS

Adrien konnte sich noch nicht ganz aus Emilys Nähe entfernen, nur so weit, dass ihr geschwächter Körper sich wieder von seiner tödlichen Wirkung erholen konnte. Also machte er direkt vor ihrem Häuserblock Halt.

Was da eben geschehen war, ließ ihm einfach keine Ruhe. Unruhig blickte er zu ihrem Fenster hinauf. Er würde hier noch ein Weilchen stehen bleiben und aufpassen, bis die nächste Seele ihn erwartete.

»Glaubst du wirklich, dass du sie jetzt noch beschützen kannst?«, erklang eine Stimme, die Adrien zusammenzucken ließ.

Rasch drehte er sich um. Ein Mann mit schulterlangen Haaren und Bart stand vor ihm und musterte ihn eingehend. »Sie können mich sehen?«, fragte der Todesbote ungläubig, obwohl er die Antwort bereits kannte.

»Ja, das kann ich sehr wohl. Mein Name ist Jerome Baker. Emily hat mir alles über dich erzählt«, erklärte der Fremde ruhig.

»Sie hat mir auch von Ihnen erzählt«, gab er knapp zurück und beäugte ihn misstrauisch. Hier stimmte etwas ganz und gar nicht. »Was suchen Sie hier bei ihr zu Hause?« Adriens Stimme hatte einen bedrohlichen Charakter angenommen.

Jerome schüchterte dies allerdings überhaupt nicht ein. Er kam sogar ein paar Schritte näher. »Das Gleiche könnte ich dich fragen! Ich habe Emily gewarnt. Nicht nur deine Strahlen sind tödlich für sie. Ist dir eigentlich klar, was du ihr mit deinem ständigen Auftauchen eingebrockt hast? Was du euch beiden eingebrockt hast?«

Adriens Augen wurden groß.

»Und Emotionen hat der Knabe auch noch! Ich wusste es! Ich wusste es von Anfang an. Nachdem Emily mir erzählt hat, dass du ihr geholfen hast, Zeit mit ihr verbracht hast, war es mir eigentlich klar.«

Wie gebannt und völlig perplex hörte Adrien zu, wie Jerome ohne Punkt und Komma immer weiter redete. »Ein Todesbote mit Gefühlen! Weißt du eigentlich, was für ein Skandal das für Nicholas ist?«

Ihm blieb der Mund offen stehen. »Woher kennen Sie Nicholas? Und wieso wissen Sie so viel über uns?« Diese Nacht wurde wirklich immer sonderbarer.

»Nicht hier, mein Junge«, erwiderte er und führte Adrien ein paar Straßen weiter in die Parkanlage, wo beide sich auf einer Holzbank niederließen.

»Sprechen Sie schon!«

»Also schön, ich war einst einer von euch«, sagte Jerome simpel.

»Das ist nicht möglich!«, bezweifelte der Todesbote unter energischem Kopfschütteln.

»Das ist sehr wohl möglich, Junge. Woher sonst wüsste ich von deinem Boss, euren Stundengläsern, die ihr vor jeder Seelenführung benutzt, von den Todeslisten? Oder von der Zwischenwelt Okasis? Ihr seid allesamt wunderschön.« Bei diesem Satz musste er schmunzeln. »Ich hatte es ganz vergessen. Unsterblich, für immer jung und makellos. Dennoch ...« Er ließ den Satz abreißen und hielt einen Augenblick inne. »Ich werde meine Entscheidung ein Mensch geworden zu sein niemals bereuen. Ich bin froh, nicht mehr als seelenlosen Roboter für diesen Abschaum arbeiten zu müssen, endlich frei zu sein, auch wenn das ironischerweise bedeutet, den einzigen Menschen verloren zu haben, den ich je geliebt habe.« Bei den letzten Worten nahm seine Stimme einen bitteren Tonfall an.

Adrien war immer noch fassungslos, doch er unterbrach Jerome nicht und hörte aufmerksam zu.

»Weißt du, es ist jetzt mittlerweile fast zwanzig Jahre her. Ich steckte in einer ähnlichen Situation wie du. Damals war ich so unwissend und taub. Dann traf ich in einem Krankenhaus auf Sofia. Sie war Patientin dort. Ich sah in ihre Augen und auf einmal war alles so anders, so fremd und so schön. Sehr oft begegnete ich ihr vor oder nach meinen Seelenführungen. Dann ließ ich es zu. Genau wie du ...«

Mit einem Finger zeigte Jerome nun auf Adrien, der schwer schlucken musste.

»Ich ließ zu, dass sie mich sehen konnte. Ob bewusst oder unbewusst – du hast das auch für Emily gewollt. Sonst hätte sie dich niemals wahrnehmen können«, stellte er klar.

»Ich kann das alles nicht glauben! Wie ...« Adrien fuhr sich mit beiden Händen durch die Haare, ließ dann den Satz abreißen.

»Wie es möglich ist, dass ich sterblich geworden bin, meinst du?«, vervollständigte Jerome die Frage, die Adrien unter den Nägeln brannte. »Sie haben es dir nie gesagt, mein Junge, oder vielmehr Nicholas hat es nie erwähnt, doch auch ihr seid Geschöpfe, die das Recht auf einen freien Willen haben. Wenn du etwas mit jeder Faser deines Seins willst, dann wird es auch geschehen. Du musst dich nur fest genug dazu entschließen.« Er legte eine Hand auf Adriens Schulter.

»Ich weiß ganz genau, was du gerade durchmachst. Dein Herz hat erst vor Kurzem angefangen zu schlagen und dein Boss darf dieses Pochen auf keinen Fall bemerken. Es wäre ein Verrat an der Gefährtenschaft, das ist dir doch wohl klar!«

Adrien atmete hörbar aus. »Natürlich ist mir bewusst, dass Nicholas keine auch noch so kleine Abnormalität dulden würde.« Wieder fuhr er sich durch Haar, vergrub dann sein Gesicht in den Händen.

»Ganz richtig. Den Todesboten ist es in der Regel nicht bestimmt Gefühle zu entwickeln. Es beeinträchtigt die Arbeit.«

Adrien schnaubte. »Das stimmt. Das erste Mal in meinem Dasein habe ich vor ein paar Wochen gezögert es zu tun. Ich bin immer noch ein wenig verwirrt und weiß im Grunde nicht, was ich machen soll«, sprach Adrien sich nun aus. »Was meinten Sie damit, als Sie sagten, dass ich Emily auch noch auf eine andere Art in Gefahr bringen könnte?«

Jerome strich sich übers Kinn. »Die Gefährtenschaft ist keineswegs so integer, wie du annimmst. Ganz besonders Nicholas nicht.« Was er dann sagte, klang bitter. »Damals steckte ich in genau demselben Schlamassel wie du. Immer habe ich versucht meine Gedanken und Gefühle vor meinen Gefährten und vor Nicholas zu verstecken. Ich konnte nicht mehr. Ich wollte doch nur mit Sofia zusammen sein. Und dann entschied ich mich auch dafür, wenn du verstehst, was ich meine«, sagte er und warf einen Blick auf Adrien.

»Sie haben sich dazu entschlossen ein Mensch zu werden.«

Jerome seufzte. »Genau. Ich bin nie glücklicher gewesen. Du kannst dir nicht vorstellen, wie das ist.« Ein Lächeln umspielte seinen Mund. »Ich hatte Hunger, ich hatte Durst und wusste doch eigentlich überhaupt nicht, was das genau bedeutete. Nie hatte ich mir Gedanken darum gemacht. Alles war neu und aufregend. Endlich konnte ich mit ihr zusammen sein, sie küssen, berühren, ohne Angst davor haben zu müssen ihr Leben zu gefährden. Die Zeit, die ich mit Sofia verbringen konnte, war die schönste in meinem Leben.«

Fasziniert lauschte Adrien jedem Wort. »Was ist mit ihr geschehen?«, wollte er nun wissen und bemerkte das schmerzerfüllte Gesicht, das Jerome nun aufsetzte.

»Nicholas hat sie getötet oder viel mehr töten lassen.«

Verdattert warf der Todesbote ihm einen Blick zu. »Sie muss auf einer der Listen gestanden haben.«

Kopfschüttelnd widersprach Jerome. »Wieder falsch, mein Junge. Ich sagte ja bereits, dass die Gefährtenschaft alles andere als integer ist. In seinen Augen war es Verrat, ein Skandal. Nicholas befürchtete, dass sich das in unseren Kreisen herumsprechen könnte. Ein ehemaliger Todesbote liebte einen Menschen. Was, wenn es mir einige andere gleich tun würden? Das wollte er auf keinen Fall zulassen. Sofia war nicht todgeweiht, das kann ich dir versichern.«

Adrien musste um Fassung ringen. »Das verstehe ich nicht. Wir halten uns immer genau an die Pläne, die uns vom Himmelreich geschickt werden, alles hat System und seine gerechte Ordnung. So etwas darf er gar nicht tun!«, warf er ein.

»Er hat es aber getan, mein Junge.« Jerome seufzte erneut. »Also musste ich versuchen allein zu leben und das wurde plötzlich zum Fluch. Ich zog mich mehr und mehr zurück, versuchte kein Aufsehen zu erregen. Sie sollten mich in Ruhe lassen, was sie auch taten. So wendete ich mich der Schreiberei zu. Ich begann einen großen Teil meines Wissens über das Sterben und die Todesboten zu Papier zu bringen, erdachte dazu einer mehr oder weniger glaubwürdige Geschichte, dass ich die Todesboten bei Nahtodexperimenten getroffen hätte. Die Versuche habe ich wirklich gemacht, um Sofia zu finden, aber natürlich habe ich dabei keinen einzigen von euch getroffen. Den Leuten gefielen meine Bücher auf jeden Fall, todkranke Menschen bekamen Hoffnung auf ein Leben danach. Vor ein paar Wochen dann erreichte mich Emilys E-Mail. Ich fiel aus allen Wolken. Sollte sich diese Geschichte wirklich wiederholen? Ich musste es herausfinden und sie kennenlernen. Dann bekam ich vor einigen Stunden einen Anruf von ihr. Sie erzählte mir vom Tod ihrer besten Freundin und dass du sie geholt hast. Und sie hat auch bemerkt, dass du gezögert hast.«

Adrien nickte.

»Sicherlich hat Nicholas dich bespitzeln lassen und weiß schon mehr, als du glaubst. Emily schwebt in höchster Gefahr. Während unseres Telefonats hörte ich plötzlich, wie sie den Hörer fallen ließ und keine Antwort mehr gab. Ich wusste, dass etwas nicht stimmte. Also machte ich mich kurzerhand auf den Weg zu ihr, ich fuhr so schnell, wie ich konnte. Und dann sah ich euch zusammen in ihre Wohnung gehen.«

Nun wurden auch Adriens Gesichtszüge ernst. »Ich fand Emily auf einem Parkhausdach, sie wäre beinahe gesprungen, kann sich jetzt aber an nichts erinnern. Ich hatte bereits einen Verdacht, wer dahinterstecken könnte, hielt es andererseits aber nicht für möglich. Bis jetzt.«

Jerome kräuselte die Stirn. Er schien nachzudenken. »Nicholas weiß es. Das vorhin war eine Falle und du bist direkt hineingetappt.«

Das durfte alles nicht wahr sein! Was hatte er nur angerichtet? Nie hätte er jemals ihre Nähe suchen dürfen. Wenn ihr etwas geschah, würde er sich das nie verzeihen.

Auch wenn ihn diese ganzen Vorwürfe zerfleischten, so stand jetzt seine nächste Seelenführung an. Er bat Jerome ein Auge auf Emily zu haben, obwohl er wusste, dass kein Sterblicher gegen die Kräfte eines Todesboten ankäme. Was geschehen würde, wusste Adrien nicht. Er hatte mehr Angst als jemals zuvor.

KAPITEL 16 – GEFÄHRLICHE NÄHE

Adrien hielt Emilys Gesicht in beiden Händen, gab ihr einen sanften Kuss auf die Stirn. Das ging ihr durch und durch. Eine unnatürliche Hitze machte sich in ihrem gesamten Körper breit, ein Brennen wie von einem Lauffeuer erfasste in Sekundenschnelle jede Faser ihres Körpers. Nun legte er eine Hand um ihre Taille und zog sie ganz nah an sich heran. So nah, dass sie meinte, ihre Körper würden miteinander verschmelzen. Zärtlich fuhr sie ihm mit den Fingern durchs Haar. Gerade, als sie bereit war, ihn leidenschaftlich zu küssen, ertönte ein Klingeln, das zunehmend lauter wurde, aufdringlicher, und sie schließlich aus ihrem wunderschönen Traum riss.

Die Geschehnisse der letzten Nacht, ihre Begegnung mit Adrien, waren eine Achterbahnfahrt der Gefühle gewesen. Erst wollte Emily ihn ohrfeigen, hasste ihn für das, was er darstellte, und nun erkannte und verstand sie endlich, dass er keineswegs das mörderische Böse in Person war, sondern ein dunkler Engel mit gebrochenen Flügeln und einer Seele.

So aufgekratzt, wie sie es gewesen war, hatte sie es gerade erst geschafft einzuschlafen. Wer würde denn um diese Zeit an ihrer Tür klingeln? Ihr Wecker auf dem Nachttisch zeigte 9:23 Uhr an. Rasch stieg sie aus ihrem Bett, warf sich einen Morgenmantel über und schlich vorsichtig zur Tür. Das penetrante Klingeln war immer noch zu hören. Da war wohl jemand ganz besonders hartnäckig. Vorsichtig lugte sie durch den Spion und erkannte, dass da draußen Jerome Baker auf ihrer Türschwelle stand und darauf wartete hineingelassen zu werden. Nun erinnerte sie sich auch wieder, dass sie am Vorabend bei ihm angerufen hatte. Alles, was danach passiert war, war weg, ein kompletter Filmriss.

»Guten Morgen, Jerome«, begrüßte Emily ihn, nachdem sie geöffnet und ihn hereingebeten hatte.

Er schenkte ihr ein herzliches Lächeln. »Emily, ich

habe mir wirklich Sorgen um dich gemacht«, sagte er fast schon väterlich zu ihr und ließ sich auf der Wohnzimmercouch nieder.

»Es tat gut gestern mit dir zu reden und ich freue mich, dass du extra meinetwegen hergekommen bist. Es ist alles noch viel verrückter geworden, als es ohnehin schon war«, begann diese zu erzählen und setzte sich nun direkt neben ihn.

»Ich weiß bereits alles von Adrien«, unterbrach er sie und blickte in ihr verblüfftes Gesicht.

»Äh, woher?«, war alles, was Emily gerade herausbekam, so verdattert war sie.

Jerome seufzte. Es nützte ja alles nichts. Dieses Mädchen war in Gefahr, es ging hier um sie und somit hatte Emily auch das Recht, alles über seine Vergangenheit als Todesbote zu erfahren, wie auch über Adriens und seinen grausigen Verdacht.

»Oh, mein Gott! Ich wusste, dass du mir etwas verheimlichst, aber damit habe ich nun wirklich nicht gerechnet. Es tut mir so leid, was dir widerfahren ist. Das alles muss furchtbar für dich gewesen sein«, gab sie nachdenklich zurück, nachdem er mit seiner Erläuterung fertig war. »Und du meinst wirklich, dass dieser Nicholas mir schaden will?«

Jerome fuhr sich mit einer Hand durchs Gesicht. »Ja, genau das meine ich. Ich bin der Meinung, dass du vorerst nicht allein bleiben solltest. Wenn es dir recht ist, hole ich mein Gepäck aus dem Hotel und bleibe fürs Erste bei dir«, schlug er vor.

»Ich ziehe morgen nach Boston«, entgegnete sie und zeigte auf die vielen Umzugskartons, die um sie herumstanden. »Es ist wirklich sehr lieb von dir, dass du dich um mich sorgst, aber wenn es wirklich stimmt, was du sagst, würde ich dich ebenfalls in Gefahr bringen. Immerhin bist du keiner mehr von ihnen und somit genauso manipulierbar und verletzlich wie ich.«

»Emily, ich will auf keinen Fall, dass sich diese Geschichte wiederholt, verstehst du? Ich habe zwar keine Superkräfte wie Adrien, aber er kann dich nicht immer beschützen und kann sich schon gar nicht sonderlich lange in deiner Nähe aufhalten«, gab er zu bedenken und bedachte sie mit einem durchdringenden Blick.

»Hat Adrien noch etwas über mich gesagt?« Gestern, nach dieser Aufregung, hatte sie ganz versäumt ihm zu erzählen, dass sie morgen nach Boston ziehen würde. Als Todesbote konnte er sich natürlich überall hin teleportieren. Doch was, wenn er es nicht tun würde? Sie wollte ihn unbedingt noch einmal sehen.

»Ist das deine einzige Sorge? Du stehst wahrscheinlich im Fadenkreuz des gefährlichsten Wesens, das das Universum zu bieten hat, und alles, woran du denkst, sind deine Schmetterlinge im Bauch!?«

Emilys Gesicht hatte nun einen leicht roten Farbton angenommen.

»Schlag ihn dir aus dem Kopf, Mädchen! Die ganze Sache ist zum Scheitern verurteilt. Ich weiß, wovon ich rede. Es vergeht kein Tag, an dem ich mir keine Vorwürfe mache, denn ohne mich würde Sofia noch leben, wäre wahrscheinlich längst verheiratet und hätte Kinder. Stattdessen ist ihre Seele in Okasis gefangen.« Man sah Jerome deutlich an, wie sehr er mit sich ringen musste. Diese tragische Geschichte hatte er wohl nie ganz verarbeitet.

»Okasis, ist das nicht eine Zwischenwelt? Ich habe in deinem Buch davon gelesen«, ergänze sie.

»Gut, aufgepasst. Okasis ist eine Dimension, die

zwischen Himmel und Erde existiert. Es gibt die verschiedensten Theorien und Erzählungen zu diesem Ort. Dort landen für gewöhnlich Selbstmörder und Ermordete. All die Seelen, deren Tod nicht vorherbestimmt war. Die Kirche sagt dazu auch Fegefeuer oder Purgatorium, allerdings werden die Seelen nicht gereinigt und vorbereitet um ins Jenseits zu gelangen, sondern bleiben für alle Zeit dort gefangen und erleiden furchtbare Qualen«, beendete er den Satz.

»Das ist ja schrecklich! Sofia ist dort? Deshalb hast du also diese Versuche durchgeführt, in denen du für einige Minuten tot warst. Um sie zu finden?«

Jerome nickte ihr anerkennend zu. »Du bist sehr klug und besitzt wirklich eine schnelle Auffassungsgabe. Ja, so ist es. Ich wollte sie finden. Doch leichter ist es eine Nadel im Heuhaufen zu erwischen. Dieser Ort ist unsagbar groß. Bei jedem Versuch landete ich an einer anderen Stelle. Wenn ich es schaffen würde, sie irgendwie da rauszubringen, hätte ihre Seele womöglich eine Chance ins Jenseits zu wandern«, erklärte er.

»Aber wie willst du das denn schaffen? Das scheint unmöglich zu sein.«

»Keineswegs. Eine Seele besitzt eine sehr komplexe, feine, ja, fast unsichtbare Materie. Diese muss nur an meiner Seele haften bleiben, sich sozusagen festhalten und schon kann sie mit mir in diese Welt zurückkehren, zwar noch etwas ziellos, aber immerhin besser als an diesem schrecklichen Ort zu verweilen. Auf diese Weise konnte ich schon einige von ihnen zurückbringen.«

Emily staunte nicht schlecht. Wenn ihr irgendjemand vor etwa einem Jahr mit so einer Story gekommen wäre, hätte sie ihn wahrscheinlich ausgelacht.

»Ich hoffe, du verstehst jetzt, dass es besser für dich ist Adrien nicht mehr wiederzusehen. Er hofft nach wie vor, dass die Ereignisse der letzten Nacht nicht Nicholas' Werk waren. Ich allerdings weiß es besser und du kannst von Glück reden, wenn er nichts weiter gegen dich unternimmt. Adrien bedeutet nur Gefahr. Natürlich hat er Gefühle für dich, sonst hätte er das alles nicht auf sich genommen. Du kannst dir nicht vorstellen, wie schwer es ist, alle Erinnerungen an dich vor seinem Boss zu verbergen. Er wird komplett von ihm durchleuchtet. Das ist mehr als nur anstrengend«, stellte Jerome klar. »Ihr habt keine Zukunft. Jede Berührung könnte tödlich für dich ausgehen. Willst du etwa auch in Okasis landen? Das wäre nämlich die sichere Konsequenz.«

Eine Zeit lang musste Emily über das nachdenken, was Jerome zu ihr gesagt hatte, auch dann noch, als er längst wieder zurück in sein Hotelzimmer gefahren war. Sie hatte darauf bestanden. Es würde so oder so nichts an der Situation ändern. Und vielleicht würde Nicholas auch gar nicht weiter gehen. Immerhin hatte Adrien sich nicht wie Jerome dazu entschlossen sterblich zu werden. Und falls es wirklich Grund zur Sorge für sie gab, wollte sie ihn nicht auch noch in Gefahr bringen. Dennoch hatte Jerome darauf bestanden in Wearville zu bleiben, in ihrer Nähe, falls sie ihn brauchte. Das Hotel, in dem er logierte, war keine fünf Autominuten von ihrer Wohnung entfernt.

Bisher hatte sein Chef Adrien nicht zu sich zitiert. Alles war wie immer gewesen. Er traf im Krankenhaus sogar auf Asalon und Ebrafit. Keiner seiner Gefährten machte einen merkwürdigen Eindruck, als ob sie etwas wüssten oder dachten, stellte er beruhigt fest. Er hoffte nach wie vor, dass Emily nun in Sicherheit war. Er beschloss ein letztes Mal zu ihr zu gehen um ihr zu sagen, dass sie höchstwahrscheinlich nichts mehr zu befürchten hatte. Er wusste bereits von Jerome, dass sie morgen in eine andere Stadt ziehen würde und so wollte er sich noch von ihr verabschieden. Noch während er das dachte, fand er sich auch schon in ihrer Wohnung, mitten in ihrem Wohnzimmer wieder.

Emily, die gerade aus der Küche kam, machte große Augen und bedachte ihn mit einem bezaubernden Lächeln. »Ich habe gehofft, dass du kommst. Wie du siehst, habe ich gepackt und werde morgen nach Boston fahren«, sagte sie und zeigte auf die Kartons.

»Es ist gut, dass du ein neues Leben beginnst. Das ist das Beste für dich.« Verlegen kratzte er sich am Hinterkopf. »Ich bin eigentlich auch nur gekommen um mich von dir zu verabschieden und um dir zu sagen, dass du mit höchster Wahrscheinlichkeit von Nicholas nichts zu befürchten hast.«

Emily, die immer noch am Kücheneingang stand,

ging mit sicheren Schritten auf ihn zu und fing seinen betrübten Blick auf. »Ich will dir noch einmal für alles danken, was du für mich getan hast und mich dafür entschuldigen, dass ich anfangs so uneinsichtig war und dich für Beckys Tod verantwortlich gemacht habe.«

Immer noch stand der Todesbote da und musterte sie aufmerksam. »Du brauchst dich nicht dafür zu entschuldigen. Das ist menschlich«, gab er mit sanfter Stimme zurück.

Sie wollte ihn nicht gehen lassen. Jetzt, da er bei ihr war, wollte sie ihn festhalten, so lange es nur ging und es wenigstens mit einer Umarmung versuchen. Das könnte er ihr nicht verwehren. So ging sie noch einige Schritte näher auf ihn zu, bis sie vor seinen Füßen Halt machte, ihm tief in die Augen schaute und sich anschließend an ihn schmiegte und ihre Arme auf seinen Rücken legte.

Adrien war wie erstarrt. Völlig unbeholfen ließ er seine Arme an seinem Körper herunterbaumeln. Nach einigen Sekunden löste er sich aus ihrer Umarmung und schob sie galant zur Seite. »Körperkontakt zwischen einem Todesboten und einer Sterblichen kann tödlich enden«, ermahnte er sie.

»Das ist alles, was du mir noch zu sagen hast?« Traurig blickte sie zu Boden. »Das tut weh.«

Adrien seufzte und rieb sich die Schläfen. »Ja, ich habe Gefühle entwickelt. In all den Jahrtausenden meines Daseins habe ich nicht gewusst, wie sich Freude, Schmerz oder Liebe anfühlen. Das alles waren für mich nur leere Worte ohne Bedeutung. Bis zu dem Tag, als ich dich das erste Mal gesehen habe.«

Ein warmes Gefühl erfasste Emily.

»Als ich dich zum ersten Mal gerettet habe, sah ich dein gesamtes Leben. Ich sah all die wichtigen, traurigen und schönen Momente, die dir widerfahren sind. Ich habe wirklich schon viele Menschenleben gesehen«, Adrien atmete tief ein und ließ dann ein zaghaftes Lächeln über seine Mundwinkel gleiten, »doch bei dir war es anders.«

Durchdringend sah er sie an. Unbeschreiblich verletzlich wirkte er in diesem Moment und so engelsgleich, dass es sie beinahe schmerzte.

»Plötzlich habe ich deine Freude, deine Trauer und

deinen Schmerz gespürt. Auf einmal wurde mir klar, was das alles bedeutet, wie es sich anfühlt. Ich sah in deine Seele. Du hast mich bis zu einem gewissen Grad menschlich gemacht, Emily Walsh.«

Emily wusste nicht, wie ihr geschah. Das alles zu hören, ließ sie einmal mehr realisieren, dass sie die gleichen Gefühle für ihn hatte.

»Alles in meinem Leben hat sich verändert, als ich dir das erste Mal begegnet bin«, begann sie stockend. »Ich habe sofort gewusst, dass du anders bist und schon immer spüre ich diese besondere Verbindung zwischen uns, so als ob wir zusammengehören. Ich kann mir nicht helfen, aber das fühle ich in deiner Gegenwart.« Sacht griff sie nach seiner Hand, musterte ihn dabei aufmerksam und legte dann ihre Handfläche in seine.

Adriens Gesicht verzerrte sich, er wirkte unendlich traurig und müde. Zugleich strahlte er jedoch Erleichterung und Erlösung aus. Dann widersprach er ihr. »Wir gehören nicht zusammen. Wir können niemals zusammen sein.« Schwer und grimmig erklang seine Stimme, während er sich aus ihrem Griff löste.

»Du weißt, dass das nicht stimmt«, protestierte Emily mit zusammengepressten Lippen.

»Nein, Emily, wir könnten nie eine menschliche Beziehung eingehen, so wie du sie kennst. Zu lange in meiner Nähe und du überlebst es nicht. Schon eine zu lange Umarmung, das wäre ... Ich weiß noch nicht einmal, ob du das verkraften würdest. Es ist einfach unmöglich«, eröffnete er ihr rigoros, schüttelte den Kopf und wand seinen Blick von ihr ab.

Emilys Herz setzte einen Schlag aus, ihre Brust schnürte sich eigenartig zusammen. »Dann führen wir eben keine normale Beziehung«, meinte sie schließlich. »Wir brauchen eben erst einmal Zeit, um bestimmte Grenzen auszumachen. Keiner hat gesagt, dass es einfach werden würde. So schnell passiert mir nichts. Ich bin hart im Nehmen, wie du weißt. Wir sollten es versuchen.«

Adrien drehte sich wieder zu ihr um. Sein Gesicht hatte zu seiner ursprünglichen Härte zurückgefunden und versetzte Emily einen Stich.

»Nein, ich werde dich einer solchen Gefahr nicht aussetzen. Meine Gefährten und Nicholas würden eines Tages dahinter kommen. Dieses Risiko dürfen wir niemals eingehen. Das kann und will ich nicht zulassen, Emily. Sei bitte vernünftig!«

Eine kraftlose Leere gefolgt von Schwindel und Kopfschmerzen waren ihre Reaktion darauf. Sie war nicht sicher, ob es an den besagten Todesstrahlen oder an seiner Abfuhr lag. »Aber ich habe Gefühle für dich entwickelt, Adrien. Noch vor ein paar Wochen hätte ich es nie für möglich gehalten, das jemals zu dir zu sagen, obwohl meine Gefühle für dich im Grunde schon immer existierten, wenn auch unterbewusst, irgendwo tief versteckt.« Immer noch sah sie ihm tief in die Augen und musste schwer schlucken.

Eine unsichtbare Kuppel legte sich über die beiden. Keiner von ihnen schaffte es seinen Blick vom anderen zu lösen. Erneut näherte sich Emily ihm, legte sanft eine Hand in seinen Nacken. Dann nährten sich ihre Lippen den seinen. Immer näher und näher kam sie an ihn heran.

Wie gebannt sah sich der Todesbote außer Stande, zu protestieren. Eine merkwürdige Hitze stieg in ihm auf und ein eigenartiges Kribbeln durchfuhr seinen ganzen Körper, als er ihre Lippen schmeckte. Als ob es das Natürlichste auf der Welt wäre, erwiderte er ihren Kuss. Erst zaghaft, dann immer bestimmter und inniger. Er umfasste mit beiden Händen ihre Hüften und zog sie näher an sich heran. In diesem Moment gab es nur noch sie beide. Noch nie hatte sich etwas so richtig und so gut angefühlt.

Ganz plötzlich standen Emilys Lippen still und bewegten sich nicht mehr. Dann musste Adrien hilflos mit ansehen, wie sie leblos in seine Arme sank.

KAPITEL 17 – GEFÄHRTEN

Langsam kam Emily zu sich. Ihr Schädel brummte so stark, als wäre ein ganzer Laster hindurch gefahren. Vorsichtig begann sie ihre Glieder zu strecken und stellte fest, wie sehr diese schmerzten. Ihr war, als wäre sie zusammengeschlagen worden.

Als sie die Augen öffnete, stellte sie fest, dass sie ausgestreckt auf ihrer Couch lag. Jerome saß ihr gegenüber auf einem Sessel und musterte sie beklommen.

»Wie fühlst du dich?«, fragte er. Sein Tonfall wie auch sein Gesichtsausdruck ließen darauf schließen, dass er sich ernsthaft sorgte. »Kannst du dich erinnern, was geschehen ist?«

Natürlich konnte Emily das. Sie und Adrien hatten sich geküsst. Es war unglaublich gewesen. Nie zuvor war sie zärtlicher und leidenschaftlicher geküsst worden. Dann war ihr plötzlich immer schwindeliger geworden, sie hatte keine Luft mehr bekommen und das Bewusstsein verloren. Das war alles, was sie noch wusste. Seine Frage beantwortend nickte sie Jerome zu. Doch schon diese Bewegung verursachte ein unsäglich schmerzhaftes Pochen in ihrem Kopf. Sie verzog gequält das Gesicht und stöhnte leise auf.

»Ich hoffe, dieses Erlebnis dient dir als Lehre und Warnung!«, tadelte er sie. »Wie konntet ihr beide nur so unvernünftig sein? Hast du denn wirklich nichts aus meiner Geschichte gelernt, Emily?« Er warf ihr einen vorwurfsvollen Blick zu.

»Es ist alles halb so schlimm, Jerome, wirklich.«

Verächtlich schnaubte er. »Natürlich nicht. Nur so schlimm, dass du vor Schmerzen kaum im Stande bist dich zu regen!« Jeromes Stimme bebte regelrecht. »Du hättest sterben können! Ist dir das eigentlich klar?«

»Bitte nicht so laut, mein Kopf!«, protestierte Emily und rieb sich die Schläfen.

»Weißt du eigentlich, wie viel Glück du hattest? Adrien hat mich sofort geholt und ich bin froh, dass ich keinen Notarzt rufen musste.« Jeromes Miene wurde zunehmend finster.

»Wie geht es Adrien?« Jerome stieß ein Lachen aus, ein bitteres Lachen voller Ironie. »Du warst halb tot und möchtest wissen, wie es ihm geht?«

»Ja, das will ich! Ich muss mit ihm sprechen!«

Nun schlug der ehemalige Todesbote beide Hände über dem Kopf zusammen. Das konnte alles nicht wahr sein. Diese Frau war unbelehrbar und unverbesserlich.

»Adrien kommt nicht mehr. Er hat sich dazu entschlossen unsichtbar für dich zu sein. Sobald er es auch fest genug will, wird es geschehen, Emily. Das ist das Beste für dich«, gab Jerome ernst zurück.

»Nein! Das ist eben nicht das Beste für mich!« Der

Kloß in ihrem Hals wurde immer dicker.

»Sei doch vernünftig! Er hat sich so entschieden, weil du ihm wichtig bist. Er will nicht, dass dir etwas passiert. Akzeptier das doch bitte!«

Nein, das konnte sie nicht. Der Gedanke daran, dass sie ihn nie wiedersehen würde, für den Rest ihres Lebens, versetzte ihr einen heftigen Stich, einen nicht enden wollenden Stich.

Adrien stand direkt vor Nicholas' Räumlichkeiten und wartete darauf sein Büro betreten zu können um sich seine neue Liste abzuholen. Es würde ihn heute mehr Konzentration und Kraft denn je kosten seine Gedanken komplett auszuschalten. Was da vor ein paar Stunden mit Emily geschehen war, hatte ihm einen enormen Schrecken eingejagt, von dem er sich immer noch nicht so ganz erholt hatte. Und er machte sich unentwegt Vorwürfe, dass er es soweit hatte kommen lassen. Gott sei Dank lebte sie, es gehe ihr den Umständen entsprechend gut, hatte Jerome gesagt. Gar nicht auszudenken, wenn sie durch sein Verschulden gestorben wäre und in Okasis gefangen bliebe.

Darüber wollte er erst gar nicht weiter nachdenken und konnte es auch im Moment nicht. Sein Kopf war leer.

Er blickte zur Tür und versuchte dabei so gelassen wie möglich zu sein. Diese öffnete sich nun, einer seiner Gefährten trat hinaus. Mit einem Kopfnicken gab er Adrien zu verstehen, dass er nun eintreten durfte. Er tat, wie ihm geheißen.

Nicholas saß in seiner gewohnten Position an seinem riesengroßen Marmortisch, seine kalten Augen fixierten ihn. Irgendetwas Finsteres lag darin, was er nicht deuten konnte.

»Sei gegrüßt, Adrien«, sagte er nun in einem monotonen Tonfall, »du bist hier um deine Liste abzuholen, Gefährte?« Es war mehr eine Feststellung als eine Frage. Seine Augen blieben weiter an Adrien haften.

Dieser blieb nach wie vor gelassen und ruhig. »Jawohl, Nicholas«, entgegnete er und passte sich dem Tonfall seines Vorgesetzten an.

»Nun, Gefährte, kurzfristig musste ich deine Liste noch einmal überarbeiten. Es gab da eine Änderung, die ich noch vornehmen musste. Aber nun ist sie fertig.«

Wann hatte Nicholas je eine Liste überarbeiten müssen?

»Geh sie in aller Ruhe durch. Dann wirst du wissen, warum ich das gemacht habe«, antwortete sein Boss auf seine Gedanken.

Entschlossen nahm Adrien das zusammengerollte Pergamentpapier aus Nicholas blassen langen Händen und las darin. Wie er es kannte, standen genau fünfzig Namen auf der Liste, nach Todesdatum und -zeitpunkt sortiert und jeweils vor der Position eine römische Ziffer für den genauen Überblick. Hinter jedem Namen stand auch die Todesursache. Eifrig ging er diese durch. Ganz unten fand er eine 51. Position. Solch eine Abweichung war noch nie vorgekommen. Neben dieser Ziffer stand der Name *Emily Walsh*.

Wie ein Kartenhaus fiel seine Fassade zusammen. Nicholas schien den Augenblick auszukosten, auch wenn seine Miene nichts verriet. »Glaubst du wirklich, dass mir entgangen ist, dass du dich einer Nicht-Todgeweihten zu erkennen gegeben, offenbart und somit gegen die Regeln verstoßen hast, Adrien?« Seine

Stimme blieb kühl und seine Worte trafen den Angesprochenen wie tausend Nadeln. »Nessofin hat dich im Krankenhaus mit dieser Sterblichen gesehen«, fuhr Nicholas fort. »Also bat ich ihn ein Auge auf dich zu haben. Als er mir dann wenig später davon berichtete, wie du gezögert hast eine Todgeweihte umzubringen, war das einfach unentschuldbar für mich. Also wollte ich anhand eines kleinen Tests herausfinden, wie weit du bereit bist für diese Frau zu gehen und wie ich erfahren habe, gehst du einfach zu weit.«

Adrien musste schwer schlucken, eine unglaubliche Angst überkam ihn in diesem Moment, er schaffte es nicht länger dagegen anzukämpfen und musste es auch nicht. Nicholas wusste alles. »Was soll das? Sie ist nicht todgeweiht! Das darfst du nicht tun!« Auch seine Stimme, die vor Erregung bebte, hatte er nun nicht mehr unter Kontrolle, von seiner Mimik ganz zu schweigen.

»Und ob ich das kann. Du hast gegen unsere Regeln verstoßen.« Mit einem knochigen Finger zeigte er mitten in Adriens emotionales Gesicht. »Du bist eine Schande für die Gefährtenschaft!«

Adrien atmete tief ein. »Ich bitte dich, Nicholas, verschone sie! Sie zieht in eine andere Stadt, die außerhalb meines Bezirks liegt. Außerdem bin ich von nun an wieder unsichtbar für sie. Sie kann nichts dafür!«, flehte der Todesbote.

Nicholas zeigte sich gänzlich unbeeindruckt. »Verzweiflung steht dir nicht, Gefährte. Aber das werde ich dir auch noch austreiben, genauso wie den Rest dieser Emotionen. So etwas muss im Keim erstickt werden. Ich dulde keinen Verrat und keinen Ungehorsam. Es ist beschlossen. Du kannst gehen.« Bestimmt und gebieterisch erklang Nicholas' Stimme.

Adrien wusste, dass er im Grunde nichts mehr ausrichten konnte. Sein Chef ließ nicht mit sich handeln. Wie betäubt verließ er das Büro. Was sollte er jetzt bloß tun? Er lief durch die Gassen Wearvilles, einfach immer nur geradeaus. Er musste nachdenken. Ein Pochen und ein Stechen tobten in seiner Brust. Er konnte nicht glauben, was da gerade geschehen war.

Er holte das Pergamentpapier noch einmal hervor und stierte auf die Nummer 51. *Emily Walsh* stand darauf als letzte Position. Er sollte sie töten. Der Todesbote konnte es nicht fassen. Das durfte einfach nicht wahr sein! Dazu war er nicht fähig. Doch selbst, wenn er sich weigerte, so würde der Auftrag von einem seiner Gefährten erledigt werden. Jerome hatte von Anfang an recht gehabt mit seiner Theorie. Mit ihm müsste er über alles sprechen. Adrien konnte einfach nicht zulassen, dass sie starb. Kampflos würde er nicht aufgeben. Es musste eine Möglichkeit geben diesen ganzen Wahnsinn zu stoppen. Eher würde er nicht ruhen.

KAPITEL 18 – ES IST, WAS ES IST

Immer wieder musste Emily daran denken, was Adrien zu ihr gesagt hatte. »Wir können niemals zusammen sein.« Wie er ausgesehen hatte, als er das gesagt hatte, so verletzlich und so voller Schmerz, niemals würde sie das vergessen können. Seine Augen, so finster und starr.

Sie persönlich interessierten die möglichen Konsequenzen auf eine unvernünftige Art und Weise herzlich wenig. Sie wollte bei ihm sein, ihn spüren, berühren. Koste es, was es wolle! Eigentlich wollte sie heute mit einem Teil ihres Gepäcks nach Boston zu ihrer neuen Wohnung fahren. Den Rest der Kartons hätte sie zusammen mit ihren Möbeln nächstes Wochenende mithilfe einer Umzugsfirma holen lassen. Ein Bett, welches sich bereits in ihrer neuen Wohnung befand, hätte fürs Erste ausgereicht. Vor ein paar Tagen hatte sie es noch so eilig gehabt hier weg zu kommen. Und jetzt? Nein, so einfach konnte sie nicht aus Wearville verschwinden. Ein paar Tage länger hier würden wohl keinen Unterschied machen.

Sie musste zuerst versuchen Adrien zu finden und ihm sagen, dass er sich ihretwegen nicht schuldig fühlen musste. Es war alles in Ordnung mit ihr – davon wollte sie ihn überzeugen. Mittlerweile verspürte Emily keinerlei Schmerzen mehr. All diese Gifte waren nun aus ihrem Körper gewichen, ihre Kräfte waren zurückgekehrt.

Nun beschloss sie als erstes zu duschen und ihre Zähne zu putzen. Kritisch stand sie vor ihrem Badezimmerspiegel und musterte die dunklen, ja, fast schwarzen Flecken, die ihre Oberarme zierten. Jerome hatte ihr erklärt, dass es sogenannte Ovuls waren, auch Todesflecken genannt. Das waren die Spuren, die ein Todesbote hinterließ, der einem Sterblichen zu nahe kam. Solche Flecken sollten zeigen, wie nahe man dem Tod gewesen sei, hatte er ihr erklärt. Immerhin waren sie noch nicht schwarz gewesen. Diese Flecken waren das Einzige, was ihr von Adrien noch geblieben war. Sie wusste natürlich selbst, wie irrsinnig sich das anhören musste. Emily hatte noch nie zuvor so starke Gefühle für einen Mann gehabt. Genau genommen war er ja nicht einmal ein Mensch. Doch auch das war ihr egal. Ihn aufgeben? Das konnte sie nicht. Irgendwie musste sie ihn finden. Aber wie fand man einen Unsichtbaren?

Dann kam ihr eine Idee. Jerome konnte Adrien auf jeden Fall sehen. Als Ex-Todesbote konnte er jedes dieser Geschöpfe wahrnehmen. Sie brauchte also Jerome um an ihn heranzukommen. Kurzer Hand rief sie ihn an und verabredete sich mit ihm.

Sie machte sich auf den Weg zu seinem Hotel in der Innenstadt. Emily kannte das Fallster vom Sehen her sehr gut. Es war ein Fünf-Sterne-Hotel und alles andere als billig. Der Abverkauf seiner Bücher musste also wirklich hervorragend laufen, dachte sie, als sie das Hotel betrat.

Jerome saß bereits in der Lobby und wartete auf sie. Energisch winkte er Emily zu sich hinüber. Er wirkte angespannt und fahrig, so ähnlich wie damals, als sie ihn zum ersten Mal getroffen hatte. Sein Gesicht schien um Jahre gealtert zu sein. Sie erschrak, als sie die tiefen Ränder unter seinen Augen wahrnahm.

»Was hast du auf dem Herzen, Emily?«, fragte er mit belegter Stimme und bot ihr den Sessel neben sich an. Nein, er war nach wie vor kein guter Schauspieler. Vielmehr schien er derjenige zu sein, der etwas auf dem Herzen hatte.

Ein bisschen eingeschüchtert begann Emily zu erzählen: »Ich bleibe noch einige Tage länger in Wearville als gedacht, aber das habe ich dir ja bereits am Telefon mitgeteilt«, begann sie und blickte noch einmal unsicher zu ihm hinüber. »Den Grund kannst du dir sicher denken, oder?«

Jerome seufzte. Es war ein schwacher, resignierter Laut. »Du wolltest doch in Boston ein neues Leben beginnen. Dann tu das doch endlich und mach es Adrien und dir nicht noch schwerer«, er blickte betrübt zu Boden, während er das sagte.

»Bitte, Jerome, ich möchte wenigstens noch einmal mit ihm sprechen, bevor ich abreise.«

Jerome wirkte geradezu abweisend. Er war kaum bereit ihr in die Augen zu schauen. »Ich gehe jede Wette ein, dass du gerade mit dir haderst überhaupt nach Boston zu ziehen. Jetzt, da Adrien in deinen Augen kein blutrünstiges Monster mehr ist«, meinte dieser und war sich dabei sicher.

In der Tat hatte er recht. Sie wollte anfangs nur so schnell wie möglich fort aus dieser Stadt, wollte ihm nie wieder begegnen. In ihren alten Beruf konnte sie auch nicht zurück, doch diese starken Gefühle für Adrien hatten ihre Sichtweise wieder komplett auf den Kopf gestellt. Außerdem wollte Emily gern in der Nähe von Marvin, Claire und Elise bleiben. Vielleicht war der Entschluss wegzugehen, etwas überstürzt gewesen.

»Ich kann dir nur raten, nach Boston zu gehen. Oder fahr ein paar Tage woanders hin, einfach weg. Mach ein bisschen Urlaub und genieß dein Leben. Was nützt es, wenn du dich und ihn quälst? Es ändert ja doch nichts an der Situation«, redete er auf sie ein und umschloss dabei ihre Hände mit seinen. Diese Geste hatte etwas Flehendes an sich und machte sie stutzig.

»Was ist los, Jerome? Du weißt doch sicher irgendetwas! Hat Adrien mit dir gesprochen? Ich weiß, dass ihr in Kontakt steht. Bitte keine Geheimnisse mehr!«

Immer noch schaffte er es nicht ihr in die Augen zu schauen. Das reichte als Beweis dafür, dass sie mit ihrer Annahme richtig lag.

»Jerome, bitte!«

Er gab ihr keine Antwort.

»Du hilfst mir also nicht ihn zu finden und es gibt eine bestimmte Sache, über die du auch nicht sprechen willst«, stellte Emily verärgert fest und lauschte weiterhin seinem Schweigen. »Also schön! Ich brauche dich nicht! Dann werde ich es eben ohne deine Hilfe versuchen. Ich dachte, wir wären Freunde, aber da habe ich mich wohl getäuscht!«

Mit diesen Worten verließ sie das Hotel und stieg wütend in ihr Auto um loszufahren. Als erstes knöpfte sie sich die Krankenhäuser vor. Dort hielt er sich sehr oft auf. Jeden Gang und jede Ecke durchforstete sie. Aber es gab keine Spur, keinen Hinweis auf ihn. Eine ganze Weile ging sie spazieren. Durch Parkanlagen und Einkaufsstraßen. Ohne Erfolg.

Niedergeschlagen fuhr sie zurück nach Hause. Die Wahrscheinlichkeit Adrien irgendwo zufällig zu begegnen war zugegebenermaßen gering. Und falls das mit seiner Unsichtbarkeit keine Lüge war, war es zudem ausgeschlossen.

Emily musste versuchen sich abzulenken, da sie sonst durchdrehen würde. Sie begann ihre Umzugskartons allesamt in die hinterste Ecke ihrer fast leeren Wohnung zu schieben. Dort würden sie ihr weniger im Weg stehen. Außer ihrer Wohnzimmermöbel, einem Kleiderschrank und ihrem Bett war die Wohnung komplett kahl und wirkte geradezu trostlos. Das passte zu ihrer Stimmung.

In der Nacht, als sie im Bett lag, verspürte Emily plötzlich einen eisigen Schauer am Rücken. Dieser erfasste in Windeseile ihren gesamten Körper. Dann vernahm sie einen kalten Atemzug im Nacken. Sie war sich sicher, dass Adrien da war.

»Adrien? Ich weiß, dass du da bist«, sagte sie leise. »Bitte, zeig dich!« Sie starrte ins Leere und verlangte eine Antwort, bekam aber keine. »Es geht mir gut. Du musst dir keine Vorwürfe machen. Bitte, tu mir das nicht an, Adrien!« Ihr Flüstern verwandelte sich langsam in ein Weinen. Beklommen wickelte sie sich in ihre Bettdecke. »Bleib wenigstens so lange bei mir, bis ich eingeschlafen bin.«

In Jogginghose und Tanktop verharrte Emily im Schneidersitz auf einem ihrer Küchenstühle. Es war fünf Uhr in der Frühe und sie konnte nicht mehr schlafen. Der Morgen dämmerte bereits. Aus dem Fenster blickend sah sie dabei zu, wie die Sonne sich nun langsam erhob und immer kräftiger und heller erstrahlte. Sie genoss dieses Schauspiel voller Einklang und Harmonie, bis plötzlich ein Klopfen an ihrer Tür die Stille durchbrach und Emily abrupt aufschrecken ließ.

Als sie die Tür öffnete, wurde sie mit einem engelsgleichen Antlitz belohnt, Millionen kleine Schmetterlinge tanzten in ihrem Bauch. Adrien stand tatsächlich vor ihrer Tür. Der Stein, der in diesem Moment von ihrem Herzen fiel, als sie in seine Bernsteinaugen blickte, war wahnsinnig groß. Erleichtert seufzte sie und begrüßte ihn mit einem breiten Grinsen auf dem Gesicht, welches sie anfangs noch versuchte zu unterdrücken.

Niedergeschlagen blickte Adrien zu Boden. Als er sich zuletzt in ihrer Wohnung befunden hatte, hatte Emily wenig später halb tot in seinen Armen gelegen. Scheinbar hatte sie es schon völlig vergessen. Er hingegen konnte das nicht.

»Ich wollte sehen, wie es dir geht«, erklärte er ihr mit belegter Stimme. Jetzt wanderten seine Augen hinauf zu den ihren. Sein Blick war immer noch finster.

»Wieso klopfst du denn? Du hättest doch auch einfach vor mir erscheinen können«, fragte sie und versuchte das Eis zwischen ihnen zu brechen.

»Ich wollte es gern auf die menschliche Art machen. Außerdem will ich nicht einfach so vor dir auftauchen und dir einen Schrecken einjagen, zumal du immer noch geschwächt zu sein scheinst«, beendete Adrien seinen Satz und sah sie dabei eindringlich und voller Sorge an.

»Mir geht es wirklich gut. Es ist alles halb so schlimm.« Mit einer Handbewegung bedeutete sie ihm auf dem Sofa Platz zu nehmen.

Der Todesbote zögerte erst, ließ sich dann aber doch dort nieder. »Alles halb so schlimm, wie?«, echote er, deutete mit einem Zeigefinger auf die dunklen Flecken an ihren Armen und atmete lange aus. »Jerome hat mir erzählt, dass du nicht locker lässt und dich auf die Suche nach mir gemacht hast.«

»Ich musste wissen, wo du steckst und wie es dir geht«, verteidigte sie sich und setzte sich neben ihn aufs Sofa.

Er seufzte. Verständnislos stierte Adrien zu ihr hinüber, erhob sich und nahm den Platz im Sessel gegenüber ein.

»Ich werde nicht gleich tot umkippen, nur weil du neben mir sitzt.«

Der Todesbote wirkte jetzt deutlich angespannt. »Bitte versteh doch, dass das alles keinen Sinn hat. Ich will dich nicht töten und vor ein paar Tagen war ich ganz nah dran.« Noch einmal seufzte er und rieb sich die Stirn. »Bitte, Emily, geh nach Boston, leb dein Leben, versuch es zu genießen und glücklich zu sein.«

Gerade als sie etwas darauf erwidern wollte, schnitt Adrien ihr das Wort ab.

»Ich bin noch nicht fertig. Lass mich bitte ausreden!« Seine Worte waren streng und ließen keinen Widerspruch zu.

Wie konnte er nur so abweisend sein? Sicher meinte er es gut. Dennoch konnte sie seine unterkühlte Art kaum ertragen.

»Ich will nicht, dass du nach mir suchst. Du bist ein Mensch, der sein Leben genießen sollte. Ich bin ein Todesbote und für dich eine tickende Zeitbombe, die jeden Moment explodieren könnte.« Aufgeregt strich er sich durchs Haar und wirkte nun trostlos.

»In Ordnung, Adrien. Ich werde mich daran halten und nicht mehr nach dir suchen«, versprach Emily kurzentschlossen.

Ungläubig schaute dieser zu ihr auf.

»Unter einer Bedingung«, fuhr sie fort. Eindringlich schaute sie dem Todesboten in die Augen. »Sieh mich an und sag mir, dass dir unser Kuss nichts bedeutet hat, dass du nichts dabei empfunden hast. Wenn du das kannst, erfülle ich dir deinen Wunsch.«

Adrien biss sich auf die Unterlippe. Innerlich begann er einen Kampf mit sich auszutragen. Er wollte Emily ansehen und ihr sagen, dass ihm der Kuss nichts bedeutet hatte. Das wäre eine glatte Lüge gewesen, aber dadurch würde für sie vieles einfacher. Es würde einfacher für sie werden ein neues Leben zu beginnen. In der Zwischenzeit würde er versuchen Nicholas umzustimmen. Er würde auf keinen Fall aufgeben, bis er eine Lösung gefunden hätte. Wieso nur kamen diese Worte nicht über seine Lippen?

Langsam erhob Emily sich und ließ sich auf der Lehne des Sessels neben Adrien nieder. Vorsichtig nahm sie seine Hand. Unmerklich zuckte er zusammen. »Ich wusste, dass der Kuss dich nicht kalt gelassen hat.«

Augenblicklich begann die Luft vor Spannung im Raum elektrisierend zu knistern. Diese unbekannte Wärme durchzog Adriens kalten Körper aufs Neue. Er musste schwer schlucken, bis er sich dann schließlich doch aufraffte, sich aus ihrem Griff löste und aufsprang.

»Emily«, begann er und schüttelte dabei seinen Kopf. Seine Augen so voll Traurigkeit, dass es sie schmerzte. »Es geht nicht! Ich hätte dich niemals in diese Gefahr bringen dürfen. Nur weil ich die Kontrolle verloren habe, wärst du beinahe gestorben!« Erneut schaute er bekümmert zu Boden. »Ich will, dass du lebst! Genieß bitte dein Leben! Ohne mich!«

Emily, die immer noch auf der Sessellehne verharrte, sprang jetzt ebenfalls auf. »Was ist los, Adrien? Du hast jetzt zum dritten Mal deutlich betont, dass ich mein Leben genießen soll. Jerome hat gestern genau das Gleiche zu mir gesagt. Irgendetwas stimmt hier nicht! Ihr beide verheimlicht etwas vor mir und ich möchte jetzt endlich wissen, was es ist!«

Nervös ging er auf und ab. Wie ein kleiner Junge, der bei einer Dummheit ertappt wurde, wirkte er. Er schien mit sich zu hadern, setzte an, brach den Satz wieder ab, hielt inne und setzte sich schließlich zurück in den Sessel.

»Bitte setz dich«, forderte er sie auf.

Emily kam seiner Bitte nach und wartete auf seine Antwort. Sein Verhalten jagte ihr eine Heidenangst ein.

»Bitte sprich schon!«, drängte sie angespannt.

Adrien musste schwer schlucken und sie merkte, wie er deutlich mit sich ringen musste, bevor er mit der Sprache herausrückte.

»Als ich dich letzte Woche vom Parkhausdach geholt habe und du dich daraufhin an nichts mehr erinnern konntest, hatte das eine Ursache«, begann er. »Es war ein Test meines Vorgesetzten, wie weit ich bereit wäre für dich zu gehen. Du wurdest von einem meiner Gefährten manipuliert.« Er hielt kurz inne und sah Emily an. »Ihm ist nicht entgangen, dass wir Kontakt zueinander haben«, stammelte er und seufzte. Erneut sah er in Emilys fragendes Gesicht und zögerte.

Ruhig hielt diese seinem Blick stand. »Raus mit der Sprache! Ich habe ein Recht es zu erfahren.«

Bekümmert starrte Adrien auf den Boden. »Du stehst auf meiner Todesliste.«

KAPITEL 19 – SEHNSÜCHTE

Langsam hob Adrien seinen Kopf und schaute Emily forschend in die Augen. Es war ihm unsagbar schwer gefallen diesen Satz über seine Lippen zu bekommen. Es schien ihm, als hallten seine Worte immer noch von den Wänden wider, schneidend und vernichtend erklangen sie und bohrten sich tief in sein Herz.

Schweigend fing Emily den Blick des Todesboten auf. Sie wirkte ruhig und gefasst.

»Hast du verstanden, was ich gerade zu dir gesagt habe?«, hakte er vorsichtig nach.

Sie nickte bloß.

Adrien atmete aus. »Bitte Emily, sag etwas! Sprich mit mir!«

Sie war noch immer ruhig und verzog keine Miene. »Wie viel Zeit habe ich noch?«, fragte sie schließlich.

Er schüttelte den Kopf. »Ich werde das niemals zulassen, Emily! Hörst du? Ich werde es nicht tun!«, sagte er bestimmt.

»Dann wird es einer deiner Gefährten erledigen.«

»Nein! Das lasse ich niemals zu! Das verspreche ich dir. Dieses Schicksal ist dir nicht bestimmt!« Schmerzverzerrt klang seine Stimme, sein Blick war voller Verzweiflung und Wut.

Einen Moment lang schien Emily über seine Worte

nachzudenken. »Das wirst du nicht schaffen.«

Er stand auf und setzte sich neben sie aufs Sofa.

»Sag mir, wie viel Zeit ich noch habe!« Gefasst sah sie ihn an.

Adrien schluckte kaum merklich. »16 Tage«, entgegnete er.

»Okay. Danke, dass du so ehrlich zu mir warst.«

Der Gefühlsausbruch, den er von ihr erwartet hatte, blieb aus. Wie konnte sie denn nur so ruhig bleiben? »Zuerst wollte ich es dir nicht erzählen. Jerome und ich hielten es dann doch für das Beste, dich nicht verrückt zu machen und zu ängstigen. Nimm es ihm also nicht übel, dass er geschwiegen hat.«

Wieder nickte sie nur.

»Es ist alles meine Schuld! Wäre ich dir nicht zu nahe gekommen, wäre das alles nie passiert. Ich verspreche dir, dass ich einen Weg finden werde Nicholas zu von seinem Plan abzubringen«, sagte der Todesbote und sah Emily immer noch eingehend und voller Sorge an.

»Es ist nicht deine Schuld! Ich werde nie bereuen dich kennengelernt zu haben.«

»Kannst du mir etwas versprechen?«

»Alles, was du willst«, erwiderte er und streichelte sanft ihren Nacken.

»Falls du keinen Weg findest, will ich, dass du es tust.«

Erschrocken riss er die Augen auf. »Nein, das kannst du nicht von mir verlangen! Das schaffe ich einfach nicht! Ich liebe dich!« Zum ersten Mal sprach er es aus. Er nahm sie in seine Arme und hielt sie einen Moment lang fest. Es tat so gut und schmerzte gleichzeitig so sehr.

Tränen rollten über Emilys Gesicht.

»Ich werde nicht eher locker lassen, bis ich einen Ausweg gefunden habe«, flüsterte er ihr ins Ohr.

Es war gegen zwei Uhr in der Frühe. Entschlossen stieg Jerome in seinen schwarzen BMW und fuhr die Landstraße entlang. Gerade hatte er einen Anruf von der stark alkoholisierten Emily erhalten. Sie hatte ihn gebeten, sie aus irgendeiner Bar mit Namen Orange abzuholen. Er konnte sich den Grund ihrer Trunkenheit gut ausmalen. Adrien hatte ihr die Wahrheit gesagt. Er konnte ihr nicht verdenken, dass sie sich erst einmal betrinken musste. In ihrer Situation hätte wohl jeder so gehandelt. Die Aussicht, in einer Zwischenwelt ohne Frieden oder die Hoffnung auf Erlösung gefangen genommen zu werden, konnte einen bestimmt ganz schön mitnehmen.

Nach etwa zwanzig Minuten hatte er sein Ziel erreicht. Das Orange lag im ländlichen Teil von Wearville. Er wusste zwar nicht genau, warum es sie ausgerechnet in diese abgelegene Kneipe verschlagen hatte, dennoch würde er sie, wenn es nötig war, auch da raus tragen. Er parkte am Waldesrand und ging ein paar Meter. Es war lau und sternenklar draußen. Die Luft roch erdig und nach Tannen. Die orangefarbene Leuchtreklame war sicher auch aus hundert Metern Entfernung noch sichtbar, dachte er gerade, als er sich mit schnellen Schritten darauf zu bewegte.

Sofort sah er Emily, als er das Orange betrat. Lässig saß sie vorn an den Tresen gelehnt und kippte gerade ein Glas Wodka in sich hinein. Im Hintergrund wurde Countrymusic gespielt, überall an den Wänden hingen Cowboyhüte und Schwarz-Weiß-Bilder von

Pferden und Cowboys. Der Schuppen erinnerte an den Saloon aus einem alten Western. Links neben Emily saß ein glatzköpfiger Kerl, der unentwegt zu ihr hinüber stierte. In ihrem Zustand hielt der Typ sie wohl für leichte Beute.

»Hier bin ich, Emily«, sagte Jerome und ließ sich auf dem Barhocker rechts von ihr nieder.

»Oh, Jeroooome! Schön, dass du meinem Lebensabend beiwohnst«, lallte sie etwas unverständlich. »Noch mal zwei Wodka für mich und meinen guten Freund«, rief sie dem Barkeeper zu.

Mit einer lässigen Handbewegung hatte dieser auch schon eingeschenkt und schob ihr beide Gläser entgegen. Grinsend nahm Emily diese in die Hände. Eins kippte sie auf ex, das andere streckte sie Jerome entgegen.

»Komm, wir gehen jetzt nach Hause. Du hast genug gehabt«, beschloss dieser entschieden und versuchte sie vom Hocker zu ziehen.

»Ich komme ja gleich«, protestierte sie und leerte mit einem Ruck das Glas, das für ihn bestimmt war.

»Eigentlich hätte ich dich gar nicht aus dem Bett klingeln brauchen. Genauso gut hätte ich auch selbst fahren können. Es spielt eh keine sonderlich große Rolle mehr«, nuschelte sie und ließ ihre Arme über den Tresen gleiten.

»Sag so was nicht, Emily! Ich bringe dich jetzt nach Hause und du schläfst dich erst einmal aus«, schlug er vor.

»Und morgen früh sieht die Welt wieder ganz anders aus? Ja, bis auf die Kleinigkeit, dass ich in 15 Tagen sterben und in Okasis gefangen sein werde!«, erklärte sie nun verbittert.

Rasch drehte Jerome sich nach links und nach rechts und sah sich um. Der Glatzkopf machte ein dusseliges Gesicht, wobei Jerome nicht wusste, ob der Typ immer so doof aus der Wäsche schaute oder ob er an dem, was Emily gesagt hatte, Anstoß nahm.

»Nicht so laut!«, tadelte er.

Doch Emily war dermaßen betrunken, dass es sie keineswegs scherte, ob die Leute sie verdattert anstarrten oder nicht.

»Los, komm schon. Sei vernünftig, Emily!«

Es kostete ihn ein hartes Stück Arbeit die volltrunkene junge Frau aus der Bar und hinein in sein Auto zu lotsen. Jerome war unendlich erleichtert, als er sie schließlich schlafend in ihr Bett tragen konnte. Er beschloss die Nacht auf ihrer Couch zu verbringen.

Ein wenig verschlafen und mit einem Brummschädel tippelte Emily gegen Mittag in ihr Wohnzimmer und war erstaunt Jerome auf ihrer Couch sitzend vorzufinden.

»Hallo!«, sagte sie mit verschlafener Miene zu ihm. »Was machst du denn hier?«

Er schnaubte. »Hast du völlig vergessen, wie du dich in dieser Kneipe hast volllaufen lassen und mich dann angerufen hast?«

Jetzt dämmerte es ihr wieder und alle Erinnerungen kamen zurück, auch die von Adriens Todesnachricht. Resigniert ließ sie sich neben ihm nieder.

»Ich kann gut verstehen, dass du dich gestern ein bisschen gehen gelassen hast«, erklärte er verständnisvoll und rieb ihr mit den Fingerspitzen über den Oberarm.

»Ach, Jerome, ich will auch nicht mehr jammern.

Das würde ja sowieso nichts bringen. Es ist, wie es ist", sagte sie und stieß einen Seufzer aus.

»Du weißt, dass Adrien dich liebt und versucht einen Weg zu finden um dich zu retten«, versuchte Jerome sie ein wenig aufzubauen.

»Du weiß selbst am besten, dass sich dieser Nicholas nicht umstimmen lässt. Du musst mir wirklich nichts vormachen. Ich sehe den Tatsachen ins Auge!«

Einfühlsam tätschelte er ihr über den Rücken. Er musste zugeben, dass er Adriens Versuchen mehr als skeptisch gegenüberstand. »Ich weiß, dass du Angst hast, Emily. Ich finde es bewundernswert, wie du mit der ganzen Situation umgehst.« Er hatte sich gewünscht ihr mehr Hoffnung machen zu können – wenn es denn Hoffnung gegeben hätte. »Egal, wie die ganze Sache hier ausgehen wird, du fängst gefälligst an die kommenden Tage zu genießen«, forderte Jerome sie in einem aufgesetzt fröhlichen Tonfall auf. »Was wünschst du dir?«

Fragend schaute er zu Emily. Diese hielt kurz inne. »Ich wünsche mir mehr Zeit mit Adrien verbringen zu können.« Dieser Satz sprudelte nur so aus ihr heraus.

Augenblicklich bedachte er sie mit einem vorwurfsvollen Blick. »Du weißt genau, dass das nicht möglich ist. Es ist viel zu gefährlich für dich.«

Emily gab ein ironisches Lachen von sich. »Was habe ich denn noch großartig zu verlieren? Sag es mir bitte!«

Jerome schüttelte den Kopf. »Du weißt genau, was beim letzten Mal mit dir passiert ist, als du ihm zu nahe gekommen bist! Willst du etwa riskieren noch eher gehen zu müssen?« Seine Stimme war lauter geworden.

»Bitte Jerome, du willst einer Sterbenden doch ihren letzten Wunsch nicht abschlagen ...« Mit großen Augen sah sie ihn an. »Ich liebe ihn. Du selbst weißt doch am besten, wie man sich in so einer Situation fühlt! Ich werde aufpassen und wenn ich merke, dass ich auf einmal schlecht Luft bekomme oder mir schwindelig wird, werde ich ihn bitten erst einmal wieder zu verschwinden. Bitte hilf mir Adrien davon zu überzeugen!«

Immer noch eindringlich blickte sie in Jeromes Augen. Abgekämpft gab dieser nun nach. »Also schön, versuchen wir es. Aber nur unter einer Bedingung!«

Emily nickte eifrig.

»Ihr werdet den Ort, nein, am besten das Land wechseln, euch außerhalb seines Bezirks aufhalten. Adrien müsste zwar aufpassen, dass keiner von ihnen mitbekommt, wohin er sich teleportiert, das dürfte aber machbar sein. Dann werde ich dich begleiten und ein Auge auf dich haben«, fuhr er fort. »Außerdem wirst du versprechen, dass du bei den ersten Anzeichen einer Ohnmacht Bescheid gibst, damit Adrien fürs Erste verschwinden kann. Ganz nebenbei muss er ja auch noch seine Aufträge erledigen.«

Freudestrahlend fiel sie Jerome um den Hals. »Ja, ich werde mich an deine Anweisungen halten«, versprach sie.

»Ich habe ein Haus in Glengarriff, Irland. Das ist perfekt«, sagte er.

»In Ordnung. Ich werde mich heute von den Haydens und Elise verabschieden. Dann könnten wir morgen direkt los.«

KAPITEL 20 – GLENGARRIFF

Emily nutzte diesen Tag um sich von allen Menschen zu verabschieden, die sie liebte. Sie ging noch ein letztes Mal zu Marvin und seiner Familie. Es war merkwürdig, sich gleich ein zweites Mal von ihnen zu verabschieden, zumal der letzte Abschied erst einige Tage zurücklag. Marvin hatte gewitzelt, dass Emily schon Sehnsucht nach ihnen habe, bevor sie überhaupt weg sei. Sie musste ihre Tränen unterdrücken. Es war anstrengender, als sie gedacht hatte, und verlangte ihr enorm viel ab. Außerdem musste sie von ihrer Reise erzählen und dass sie deshalb in den nächsten zwei Wochen nicht vorbeischauen könne. Aber niemand wusste, dass sie niemals wiederkommen würde.

Als sie dann bei ihrer Großmutter war, konnte Emily die Tränen nicht mehr im Zaum halten. Sie schloss Elise ganz fest in ihre Arme und heulte wie ein Schlosshund.

»Ist ja gut, mein Kind. Ich bin nicht aus der Welt«, hatte sie gemeint. Doch diese Aussage brachte Emily erst recht zum Schluchzen.

Am Abend packte sie ihre Reisetasche. Jerome

hatte bereits die Flugtickets organisiert und würde sie morgen früh abholen. Es war ein eigenartiges Gefühl zu wissen, dass sie ihre letzte Nacht in Wearville verbringen würde. Vor Aufregung konnte sie kein Auge zu tun. Immer wieder wälzte sie sich in ihrem Bett hin und her.

Gegen Mittag saßen Jerome und sie dann im Flieger Richtung Glengarriff, Irland. Schon immer fand Emily, dass dieses Land ein faszinierendes Fleckchen Erde sei. Eigentlich konnte sie sich keinen schöneren Ort vorstellen um ihre letzten Tage dort zu verbringen.

»Alles in Ordnung?«, fragte Jerome, als das Flugzeug gerade abhob, um in die Lüfte zu steigen.

Sie biss sich auf die Lippen. »Ja, bis auf die Tatsache, dass ich alle Menschen, die ich liebe, nie wiedersehen werde!« Ihre Stimme brach, doch ganz entschlossen schluckte sie den Kloß in ihrem Hals wieder herunter. Mitfühlend griff Jerome nach ihrer Hand. Er fand einfach keine aufbauenden Worte. Also schwiegen beide eine Zeit lang einfach nur.

»Er wird doch kommen, oder Jerome?«, durchbrach Emily plötzlich die Stille.

»Ich habe mit ihm geredet und er wird kommen!«
Erleichterung überkam sie, wobei sie im Grunde schon gewusst hatte, dass Adrien ihrer Bitte nachkommen würde.

Völlig begeistert ließ Emily ihr Gepäck am Türeingang fallen. Schon bevor sie Jeromes Haus betraten, hatte es von außen mehr als paradiesisch und wunderschön gewirkt. Der Garten war zwar verwildert und mit Unkraut übersät gewesen, dennoch hatte das dem Haus keinen Abbruch getan. Sogar der Efeu an den Außenseiten des Hauses hatte etwas märchenhaftes, fand Emily. Sie staunte nicht schlecht, als sie die alten Perserteppiche und den Kamin erblickte, die sich im großen Wohnzimmer erstreckten. Die prunkvollen Schränke aus Buchenholz waren allesamt verstaubt, über der Wohnzimmergarnitur lagen Abdeckplanen. Fast jeder Winkel war mit Spinnweben behangen. Offensichtlich war dieses Haus seit Jahren nicht mehr besucht worden.

»Es war Sofias Haus«, erklärte Jerome traurig. »Sie hat mir kurz vor ihrem Tod die Schlüssel in die

Hand gedrückt.«

Ein wenig unsicher schlurfte er von der Türschwelle hinein ins Haus.

»Wie lange bist du nicht mehr hier gewesen?« wollte Emily von ihm wissen.

Zuletzt waren wir zusammen hier, vor etwa neunzehn Jahren. Ich hab es seitdem nie geschafft hierher zurückzukehren – bis jetzt.«

Nur um ihr zu helfen überwand Jerome seine inneren Dämonen. Emily legte einen Arm um seine Schulter. Man sah ihm deutlich an, dass alle Geister der Vergangenheit gerade zum Leben erwachten, wobei es natürlich auch schöne und nicht nur traurige Erinnerungen gab.

»Ist schon gut, Emily«, sagte er, »ich habe so viele schöne Erinnerungen an diesen Ort.«

Sie wagte es nicht diese Frage zu stellen, doch sie nahm an, dass Sofia in diesem Haus gestorben war.

Jetzt, da Jerome seine Fassung wiedergefunden hatte, zeigte er ihr den Rest des Hauses: die große Landhausküche, die sich im nächsten Raum befand, wie auch ein Esszimmer mit ebenfalls abgedeckten

Möbeln. Das Schlafzimmer und die beiden Gästezimmer sowie das Bad befanden sich im oberen Stockwerk. Eine hölzerne Wendeltreppe führte sie hinauf.

»Das Haus muss wieder auf Vordermann gebracht werden«, beschloss Emily. Also fuhren sie mit dem Mietwagen, den Jerome organisiert hatte, in die Stadt um Putzmittel, Bettwäsche und Lebensmittel zu kaufen.

Vollkommen geschafft ließ Emily sich am frühen Abend auf ihr Bett fallen. Die Knochen schmerzten ihr vom vielen Putzen und Scheuern, aber nun befand sich das Haus in einem halbwegs guten Zustand. Sie konnten zufrieden sein. Den Rest würden beide nach und nach erledigen.

»Wie fühlst du dich?«, erklang eine samtige Stimme.

Emily fuhr hoch und sah, wie Adrien vor ihrem Bett stand und sie eingehend musterte. Er war so schön. Dass er jetzt wirklich hier bei ihr war, konnte sie kaum glauben. Und es machte sie sehr glücklich. »Es geht mir gut«, erwiderte sie freudestrahlend.

Adrien setzte sich langsam und auch ein wenig zögerlich neben ihr auf die Bettkante.

»Schön, dass du gekommen bist.« Immer noch strahlte sie in seine Bernsteinaugen, die zunehmend trauriger wirkten.

»Emily, ich weiß nicht, ob das wirklich so eine gute Idee war.« Er seufzte. »Ich genieße wirklich jede Sekunde mit dir. Am liebsten wäre ich den ganzen Tag mit dir zusammen. Aber das geht nun einmal nicht. Ich könnte es mir nie verzeihen, wenn wieder etwas außer Kontrolle geraten würde.«

Sie fing seinen besorgten Blick auf. Ein Kribbeln erfasste ihren Bauch und anschließend ihren gesamten Körper. Emily nahm seine Hand in ihre und hielt sie fest umschlossen. Diese Geste ging Adrien durch und durch und eine Hitzewelle durchflutete ihn.

»Wenn es dir in irgendeiner Weise schlecht geht, musst du es mir sofort sagen!«, forderte er und schaute immer noch besorgt drein.

»Im Moment könnte es mir nicht besser gehen«, entgegnete Emily grinsend.

Sachte legte er seine andere Hand auf ihre Schulter und streichelte sie. Sie genoss die Nähe und seine

Streicheleinheiten und schmiegte den Kopf an seine starke Schulter. Etwa eine Minute verharrten beide in dieser Position, keiner von ihnen sagte ein Wort, bis Adrien sich vorsichtig von ihr löste und aufstand.

»Einer von uns muss ja der Vernünftige sein«, sagte er und warf ihr einen neckischen Blick zu. »Worauf hast du Lust? Was willst du unternehmen? Ich stehe dir voll und ganz zur Verfügung«, fügte er hinzu und schenkte Emily das wunderschönste Lächeln, das sie je gesehen hatte.

Sie schlug einen Spaziergang an der Meeresbucht vor. Die Küste lag nur einige Minuten von hier entfernt. Schnell sagten sie Jerome Bescheid und machten sich dann auf den Weg. Die Bucht war von majestätischen Bergen umgeben. An diesem Anblick konnte Emily sich gar nicht satt sehen. Die Wellen schlugen auf den Steinen auf und brachen, die Luft war kraftvoll und voller Frische. Tief sog sie diese ein und blickte in den orange- roten Himmel. Die Sonne würde in ein paar Minuten untergehen. Immer wieder schaute sie Adrien an, als ob sie nicht glauben konnte, dass er hier, an diesem wundervollen Ort, wirklich neben ihr lief.

»Was ist?«, fragte er lächelnd.

»Nichts. Es ist nur ...« Sie ließ den Satz abreißen.

»Es ist nur was?« Fordernd schaute Adrien sie an.

»Es ist nur so schön dich bei mir zu wissen«, meinte sie und nahm seine Hand. Beide schlenderten verträumt am Strand entlang. Nach einer ganzen Weile merkte Emily plötzlich, wie ihre Knie immer weicher wurden und sie immer schneller atmen musste.

»Mir wird schwindelig, Adrien«, sagte sie schließlich zu ihm.

»Komm, ich bringe dich wieder zu Jerome und verschwinde dann«, antwortete er kurz entschlossen. »Wir hätten nicht so weit gehen dürfen. Soll ich dich tragen?«

Sie schüttelte den Kopf. »Nein, es geht schon.« Es ärgerte sie, dass ihr Körper zu schwach war um diesen Strahlen auch nur ein Weilchen länger Einhalt zu gebieten. Jeder Schritt fiel ihr auf einmal unsäglich schwer, ihre Beine fühlten sich an wie Blei und die Müdigkeit, die sie überkam, zwang sie regelrecht in die Knie. Mit einem Satz nahm der Todesbote sie auf den Arm und trug sie zurück ins Haus. Er bewegte sich so schnell vorwärts, dass er bereits zwei Minuten später in Emilys Zimmer stand und sie aufs Bett legte.

Angestrengt riss sie ihre Augen auf. »Es geht mir gut. Ich bin nur etwas müde und brauche Ruhe.«

Adrien schaute sie skeptisch und besorgt an ohne jedoch etwas darauf zu erwidern.

»Du kommst doch morgen wieder, oder? Versprich mir, dass du wiederkommst!«

Er nickte kaum merklich. »Ich verspreche es.«

Am nächsten Morgen kam Emily gestärkt und ausgeruht herunter in die Küche. Es roch verführerisch nach Rührei und Speck, dem Essen, das Jerome gerade zubereitete.

»Guten Morgen!«, rief er ihr fröhlich zu.

Adrien schien ihm nichts von ihrem kleinen Schwächeanfall gestern erzählt zu haben. Er hätte ihr nur wieder eine seiner Standpauken gehalten. Es war alles halb so schlimm gewesen. Sie war bereit, das in Kauf zu nehmen, damit sie mehr Zeit mit diesem wunderschönen Wesen verbringen konnte. Den guten Morgen gab sie zurück.

»Es verspricht ein wundervoller Tag zu werden. Sollen wir gleich mit der Fähre nach Garinish Island fahren?«, schlug Jerome vor.

»Ja, gerne.«

Nach dem Frühstück fuhren sie los um die nächste Fährte zu erreichen. Die Überfahrt führte sie an steilen Klippen und uraltem Gestein vorbei.

»Sieh mal da, Jerome!«, rief sie ihm während der Schifffahrt zu und zeigte auf einige Robben, die sich auf einem großen Felsen sonnten. Der Angesprochene war jedoch alles andere als in der Lage auf die Robben, geschweige denn auf Wellen zu blicken. Etwas angespannt und grün im Gesicht saß er auf seinem Sitzplatz und hielt sich den Bauch.

»Ich hätte vorher nichts essen sollen«, fluchte er. »Als ich noch kein Mensch war, hatte ich solche Probleme nicht. Da konnte ich mich von hier bis nach Afrika teleportieren«, flüsterte er ihr gequält ins Ohr.

Nachdem Jerome sich einige Male übergeben hatte, erreichten sie schließlich die Insel. Diese war gigantisch und zeichnete sich besonders durch ihren Artenreichtum an Bäumen, Sträuchern, Stauden, Rhododendren und Azaleen aus. Hier wuchsen Monterey-Kiefern, Laternenbäume, Feuersträucher und Magnolien in vollster Schönheit und Pracht. Das waren nur einige der unzähligen Gewächse, die Emily innerhalb weniger Minuten erspähen konnte. Überall wuselten interessierte Touristen herum und schossen ein Foto nach dem anderen. Einige ältere irische oder englische Ladys, sie konnten es nicht genau ausmachen, schnatterten aufgeregt und gingen hin und her. All das schien den immer noch blassen Jerome ein wenig zu überfordern. Zugegebenermaßen war es ein bisschen anstrengend, musste Emily zugeben. Die alten Schnatterweiber waren in der Tat laut und nervig. Gut, dass diese Insel so weitläufig war und es viel zu sehen gab.

Sie gingen zuerst in den italienischen Garten, den sie fast für sich allein hatten. Umgeben von herrlich bunten Blumen und exotischen Pflanzen befanden sich hier mediterran wirkende Gebäude, Skulpturen, Treppen, Arkaden und Terrassen. Auf dem Pfad entlang des Sumpfbeetes gelangten sie zum griechischen Tempel. Von dort aus hatte man einen guten Ausblick über die Bantry Bay hinüber zu den Caha Mountains. Es war märchenhaft schön, wie aus einem längst vergessenen Traum. Vom Tempel wiederum führte sie ihr Weg durch den Dschungel. Dieser Weg war gesäumt von Riesenfarnen und seerosenbedeckten Teichen. Auch das Klima dort war fast schon subtropisch.

Im Tal des Glücks angekommen, machten Emily und Jerome eine kleine Rast.

»Es ist wunderschön hier«, stellte sie fest und ließ sich neben ihm auf einer Bank nieder. »Ich hätte gern ein paar Fotos gemacht, aber die könnte ich mir ja doch bald nicht mehr ansehen.«

Mitleidig nahm Jerome ihre Hand. Trotz der Kürze der Zeit, die sie sich jetzt kannten, war sie mehr und mehr wie eine Tochter für ihn geworden. Es schmerzte ungemein, nichts für sie tun zu können. Alles, was ihm blieb, war ihr wenigstens noch einen schöne Zeit zu bescheren.

»Komm«, sagte er nur, »wir müssen weiter. Es gibt hier noch so viel zu entdecken.« Er setzte ein aufmunterndes Lächeln auf und zog Emily mit einen Ruck auf die Beine.

Gerade, als sie weiterlaufen wollten, erschien Adrien vor ihnen. Er war nach wie vor die beste Medizin für sie, dies wusste der Ex-Todesbote, so ironisch sich das auch anhören mochte.

»Adrien!« Sofort klang Emily fröhlicher.

»Ich werde dann doch noch ein Weilchen hier auf der Bank Pause machen«, meinte er grinsend und ließ die beiden allein weiterlaufen.

»Woher weißt du eigentlich immer so genau, wo wir uns gerade befinden? Ich meine, wie stellt man das als Todesbote an?«, wollte sie von ihm wissen, als sie den Martello Tower besichtigten.

»Nun, ich muss mich nur fest auf die jeweiligen Personen konzentrieren, schon bin ich da.«

»Wie lange bist du schon ein Todesbote?«

Adrien nannte den Zeitraum ohne großartig nachdenken zu müssen. »21.465 Jahre.«

Emily staunte nicht schlecht. »Und davor?«

»Ich kann mich nicht erinnern. Ich kann mich noch an sämtliche Details der genannten Jahre erinnern, nur nicht daran, was davor war«, gab er nachdenklich zurück.

Sie dachte einen Moment lang darüber nach. »Das ist ja eigenartig. Es muss ja einen Anfang gegeben haben.«

Der Todesbote nickte. »Ich war einst ein Mensch. Dann bin ich gestorben und zum Todesboten geworden. Das ist bei uns allen so. Deine Vergangenheit, dein gesamtes früheres Leben ist auf einmal ausgelöscht, existiert nicht mehr.«

Sie zog eine Grimasse. »Das ist ja schrecklich! Und wie wird man plötzlich ein Todesbote?«

»Das ist von verschiedenen Faktoren abhängig. Man wird ausgewählt und wird dann vor die Wahl gestellt, ob man das will oder nicht. Ich tat es.« Sein Blick wurde plötzlich ernst und finster.

Emily nahm seine Hand. Es scherte sie keineswegs, dass Touristen sich über sie wundern würden. In diesem Moment gab es nur sie und ihn.

Abrupt blieb sie stehen, als sie sich bereits auf dem Rückweg zu Jerome befanden. Mit großen Augen näherte sie sich Adrien, vorsichtig visierte sie seine Lippen an. Der Moment schien perfekt inmitten dieses wunderschönen, paradiesischen Ortes. Doch ganz sacht wich er ihren Lippen aus, indem er seinen Kopf zur Seite drehte. »Wir müssen vorsichtiger sein. Wenn wir beide wieder die Kontrolle verlieren würden, könnte ich es nicht ertragen.«

Ganz Unrecht hatte er natürlich nicht, doch Emily spürte, wie sie nach jedem Treffen mit Adrien immer widerstandsfähiger wurde. So schnell wurde ihr nicht mehr schwindelig. Sogar jetzt nahm sie nur einen ganz leichten Schwindel wahr, wobei sie schon fast eine Stunde nebeneinander herliefen. Es schien von Mal zu Mal besser zu werden und länger zu dauern, bis irgendwelche Symptome ihrem Körper einen Streich spielten. Deshalb nahm sie sich fest vor, dass der denkwürdige Kuss von neulich nicht ihr letzter gewesen sein würde.

KAPITEL 21 – HERZ AN HERZ

Die kommenden Tage waren mehr als traumhaft für Emily. Sie besuchte mit Adrien die schönsten Plätze, die Glengarriff zu bieten hatte: sämtliche Buchten, alte Ruinen und Wälder wie den Glengarriff Forest. Hier ragten alte Eichenbäume knochig in den Himmel und wechselten sich mit Tannengehölzen ab. Sie erkundeten Abschnitte, die direkt am Glengarriff River entlang führten und einer alten Märchenwelt entsprungen zu sein schienen, sie tollten wie die Kinder in Bächen und Seen.

Emily entdeckte eine völlig neue Seite an Adrien, eine kindliche und unschuldige Seite. Es war erstaunlich, aber sie schien wirklich immer widerstandsfähiger und stärker seinen Strahlen gegenüber zu werden. Es war so, als ob sich ihr Körper mehr und mehr darauf trainierte eine kleine Abwehr aufzubauen. Immer länger konnte sie in seiner Nähe bleiben, ohne gleich Schwindel, Atemlosigkeit oder Ohnmacht erwarten zu müssen. Das gab ihnen die Gelegenheit, sich sogar mehrmals am Tag zu verabreden, wenn Adrien fürs Erste alle Seelenführungen erledigt hatte. Wenn er fort war, fuhr sie mit Jerome in die Stadt, sie aßen etwas oder besuchten gute Irish Pubs, in denen sehr oft Live-Musik angeboten wurde.

Eines Nachts wurde Emily von zwei aufgeregten Stimmen geweckt. Sie hörte Jerome und Adrien lautstark über etwas diskutieren. Leise erhob sie sich aus ihrem Bett und ging zum Flur. Die Stimmen kamen aus dem Wohnzimmer. Sie lehnte sich ans Treppengeländer und lauschte.

»Sieh es doch endlich ein, Adrien«, sagte Jerome, »du kannst Nicholas nicht umstimmen! Er sieht in ihr eine Bedrohung.«

Eine Bedrohung? In mir?, dachte sie. Dieser Typ war nicht ganz dicht.

»Ich habe vor zwei Tagen endlich eine Audienz bei ihm bekommen. Ich habe ihm erklärt, dass Emily in Boston ein neues Leben beginnen will und dass ich niemals meinen Bezirk verlassen werde. Nicholas ließ allerdings nicht mit sich reden«, erklärte Adrien frustriert. »Ich muss mittlerweile wirklich sehr vorsichtig sein um zu euch zu gelangen. Es wird immer schwerer. Nicholas scheint mich bewachen zu lassen.«

Jerome horchte auf. »Sei bloß vorsichtig, Junge. Wenn er das wüsste … Ich weiß nicht, wozu dieser Teufel als nächstes fähig wäre!«

Einige Sekunden war nichts als Schweigen zu hören, dann sagte Adrien: »Ich muss einen Weg finden,

Jerome. Sie hat nur noch sechs Tage! Ich habe solche Angst!« Verzweifelt und gepeinigt hörte er sich an.

Emily versetzte das einen heftigen Stich. Zuerst dachte sie daran zu den beiden nach unten zu laufen um Adrien in die Arme zu nehmen, doch dann hielt sie es für besser sich nicht einzumischen und beschloss sich wieder in ihr Bett zu legen, obgleich sie kein Auge mehr zu tun konnte. Sie hatte wirklich nur noch sechs Tage zu leben. An diesem Ort, an dem sie danach landen würde, könnte sie Adrien nie wiedersehen. Sie würde überhaupt niemanden je wiedersehen; weder Jerome noch Marvin, geschweige denn Elise. Noch nicht einmal ihren Eltern würde sie begegnen. In der Regel sagte man ja, dass man nach dem Tod in den Himmel gelange, wo man seine Lieben wiedersehen würde. Sie jedoch wäre für immer verdammt.

Nach einer gefühlten Ewigkeit schlief Emily endlich ein. Sie träumte von Okasis, wie sie wie durch einen Tunnel dort hineingesogen wurde, wo alles grau und schwarz war. Sie hörte quälende Schreie, die immer lauter wurden.

»Hey, Emily! Wach auf!« Adrien rüttelte sacht an ihrem Arm. »Hey, aufwachen!«

Zögerlich öffnete sie die Augen. »Du hattest einen Alptraum«, erkläre er und setzte sich zu ihr aufs Bett. Verängstigt kroch sie in seine Arme und er hielt sie ganz fest umschlungen.

»Ganz ruhig, alles ist gut«, flüsterte er ihr ins Ohr und strich ihr behutsam über den Kopf. Es schien sie zu beruhigen, denn ihre Atmung wurde wieder gleichmäßiger und friedlich.

Sachte berührte Emily mit den Fingerspitzen seinen Bauch. Ihre andere Hand war damit beschäftigt sein Hemd aufzuknöpfen. Zärtlich küsste sie dabei seinen Hals. Eine prickelnde Wärme, die sich von einer Sekunde auf die andere in ein unerträgliches Feuer verwandelte, wie er es noch nie zuvor erlebt hatte, kroch in Adrien hoch. Sie rieb ihren Körper an seinem und tastete gleichzeitig seine Muskeln. Es fühlte sich so gut an und er wollte mehr davon. Dennoch fand er die Kraft, sie galant zur Seite zu schieben. Rasch erhob er sich und knöpfte sein Hemd wieder zu.

»Emily, was ist nur in dich gefahren?«

»Ich will dir ganz nahe sein. Was ist so schlimm

daran?«

Er stieß einen tiefen Seufzer aus. »Das weißt du genau! Auch wenn du dich meinen Strahlen gegenüber widerstandsfähiger zeigst, würde dich zu viel Nähe zu mir umbringen!« Nun bebte seine Stimme regelrecht.

»Adrien«, sagte sie und drehte sich so zu ihm herum, dass sie in seine Augen sehen konnte, »ich habe nur noch wenig Zeit mit dir. Ich ... Ich will mit dir schlafen!«

Er riss verständnislos seine Augen auf. »Nein, das geht nicht, Emily! Das wäre dein sicherer Tod!«

Sie biss sich auf die Unterlippe und sah ihn eingehend und flehend an. »Der Tod ist mir so oder so sicher. Ich könnte mir jedoch keine schönere Art vorstellen aus dem Leben zu gehen.«

Adrien schüttelte kaum merklich den Kopf. Mit beiden Händen hielt er ihr Gesicht fest und schaute sie eindringlich an. »Ich verspreche dir, dass du leben wirst, meine Liebste!«

Adrien musste noch einmal los um einige Seelen

zu holen. Er versprach gegen Abend wiederzukommen. Emily beschloss sich zunächst zu duschen und anzuziehen um anschließend mit Jerome eine Kleinigkeit zu essen. In ihrem Kopf hallten Adriens Worte nach: *Ich verspreche dir, dass du leben wirst!* Er machte sich etwas vor, dachte sie. Niemals würde er sie retten können, das wusste sie. Es gab keine Hoffnung. Sich etwas anderes einzureden wäre töricht gewesen.

Emily versuchte ihre dunklen Gedanken halbwegs beiseite zu schieben um den Tag richtig auskosten zu können. Nach ihrem gemeinsamen Frühstück fuhren Jerome und sie nach Bantry. Dort verbrachten sie den Vormittag. In den Einkaufsstraßen gab es eine Menge zu sehen. Die Stadt war wirklich riesengroß. Und warum sollte sie mit ihrem Geld noch sonderlich sparsam umgehen? Den Erbanteil ihrer Eltern gedachte sie Marvins und Claires Kindern zu vermachen. Und was den Rest ihrer Ersparnisse anging, so war Emily versucht alles mit vollen Händen auszugeben. Das hatte sie ja auch teilweise schon getan: Zehn Paar Schuhe hatte sie gekauft, seit sie wusste, dass sie dem Tode geweiht war. Von Wildlederstiefeln bis Pumps war alles vertreten gewesen.

Doch bevor sie wieder richtig zuschlagen würde, wollte Jerome mit ihr noch das Bantry House besichtigen. Dabei handelte es sich um ein prunkvolles Landhaus, das im 17. Jahrhundert entstanden war. Die Innenräume waren mit Kunstgegenständen aus ganz Europa bestückt. Jerome interessierte sich von jeher für Kunstgeschichte und saugte alle Informationen auf wie ein Schwamm. Ganz begeistert war er vom Esszimmer, dem sogenannten Rosa Salon. Vom Balkon aus hatte man einen wundervollen Ausblick über den prachtvollen italienischen Garten, wie auch über ganz Bantry Bay.

Nach der Führung aßen sie in einem der Restaurants eine Kleinigkeit. Im Schaufenster einer Boutique entdeckte Emily ein pastellfarbenes, trägerloses Abendkleid aus feinem Chiffon. Es wirkte geradezu perfekt. Schnell probierte sie es an und kaufte es. Bereits heute Abend würde sie es tragen.

KAPITEL 22 – EIN RICHTIGES DATE

Es war früher Abend, als Jerome das Haus verließ um einen kleinen Spaziergang an der Bucht zu unternehmen. Das passte Emily ganz gut, denn jetzt konnte sie sich in aller Ruhe für ihre Verabredung mit Adrien zurechtmachen. Rasch schlüpfte sie in ihr feines Abendkleid. Ihr krauses Haar bearbeitete sie mit einem Glätteisen. Nun kramte sie noch Make-up, einen Kajalstift, Wimperntusche sowie einen Lippen- und Augenbrauenstift hervor. Im Grunde hielt sie ja nicht viel vom Schminken, doch heute wollte sie einfach nur perfekt und wunderschön sein für ihn. Die ganzen Schmink-Utensilien hatte sie sich erst hier in Glengarriff besorgt. Nachdem sie das Make-up gleichmäßig in ihrem Gesicht verteilt hatte, malte Emily vorsichtig ihre Augenbrauen nach und tuschte ihre Wimpern, die danach dreimal so lang erschienen. Sie entschied sich den Kajal wegzulassen. Ganz genau beäugte sie sich im Spiegel, während sie ihre Lippen mit einem purpurroten Lippenstift bemalte. Sie war zufrieden mit dem Ergebnis.

Dann schrieb sie Jerome einen Zettel: *Ich leihe mir*

für heute Abend den Wagen um mit Adrien in die Stadt zu fahren. Bis später! Emily

Dann stieg sie ins Auto und fuhr los nach Glanish Court. Dort angelangt, betrat sie das Restaurant Martello. Zuvor hatte sie dort sogar einen Tisch reservieren lassen. Es würde ihr erstes romantisches Date mit Adrien werden. Der Kellner führte sie an ihren Tisch, der sich ein bisschen versteckt in der hintersten Ecke des Restaurants befand.

»Hier, bitte sehr, Miss Walsh«, sagte er vornehm und rückte ihr den Stuhl zurecht, damit sie Platz nehmen konnte.

»Darf es schon etwas zu trinken sein?«, fragte er.

»Eine Flasche Merlot, bitte«, antwortete Emily.

»Sehr wohl, Madame«, entgegnete er und zog sich dann zurück.

Adrien würde sicher bald kommen. Wie würde er wohl auf ihren Plan reagieren? Sie konnte sich noch sehr gut an ihren letzten Restaurantbesuch mit ihm erinnern. Damals hatten alle Gäste sie für verrückt gehalten, er war urplötzlich verschwunden und der Restaurantleiter hatte sie flehend gebeten, zu gehen.

Doch dieses Mal würde es anders verlaufen.

Gedankenverloren starrte sie auf die Kerze, die in der Mitte ihres Tisches brannte. Die Flamme wurde immer unruhiger, bis sie plötzlich ausging. Irritiert roch sie den Duft von heruntergebranntem Kerzenwachs, bis Adrien vor ihr erschien.

Ein wenig ungläubig schaute er sich im Raum um. »Hier willst du also den Abend mit mir verbringen?«, fragte er grinsend. Er hatte so ein wunderbares Lächeln, an dem sie sich wohl nie satt sehen könnte.

»Ja, nachdem unsere letzte Verabredung in so einem Restaurant kläglich gescheitert ist, dachte ich, brauchen wir einen neuen Versuch«, erwiderte sie kess.

Er nahm auf dem Stuhl gegenüber Platz. »Du hast mir damals richtig leidgetan. Ich war so abweisend zu dir. Dann bin ich einfach verschwunden«, gestand er reumütig. »Was ist mit den anderen Leuten? Stört es dich nicht, dass sie dich für verrückt halten werden? Wie du weißt, kannst nur du mich sehen.«

In diesem Moment brachte der Kellner eine Flasche Merlot und ein Weinglas an ihren Tisch. Emily ließ sich davon nicht beirren. »Nein, das stört mich nicht mehr im Geringsten«, sagte sie selbstsicher und ignorierte den verdutzten Blick des Kellners.

»Wenn du willst, kann ich alle Leute hier im Raum glauben lassen, dass noch jemand bei dir sitzt«, schlug er ihr vor.

»Nein, das ist nicht nötig. Es stört mich wirklich nicht. Sollen ein paar Leute doch schief gucken. Rauschmeißen können sie mich dieses Mal nicht. Wir sitzen in der hintersten, abgelegensten Ecke, die dieses Lokal zu bieten hat. Allzu viele Leute werden es also gar nicht mitbekommen.«

Ihr war nicht entgangen, wie Adrien sie unentwegt anschaute, irgendwie ein bisschen anders als sonst, so kam es ihr vor. Genau das hatte sie sich erhofft.

»Du siehst wunderschön aus«, hauchte er schließlich.

Angetan schmunzelte Emily vor sich hin. Dann griff er über den Tisch nach ihrer Hand um sie fest zuhalten. Mit einer Millionen Schmetterlinge im Bauch ließ sie es geschehen. Dieser Abend war wie ein richtiges Rendezvous. Natürlich war ihr bewusst, dass Adrien weder etwas essen noch trinken konnte, außerdem ließen seine Todesstrahlen es nicht zu, dass er sich sonderlich lange an diesem Ort aufhalten konnte. Dennoch genoss sie jede Minute.

»Hörst du wirklich sämtliche Gedanken der Leute hier?«, fragte sie ihn, während sie gerade eine Portion Tortellini verspeiste.

»Jeden einzelnen Gedanken. Leider ...«

»Wow! Und was denkt der Typ mit dem grauen Jackett, der ganz vorne?« Sie zeigte auf einen glatzköpfigen Herrn, der sich an einem Tisch weiter vorne befand.

»Er denkt gerade darüber nach, ob er später noch seine Tochter besuchen soll. Die beiden haben sich gestritten«, gab der Todesbote knapp zurück.

»Was denkt der Kellner gerade über mich?« Mit einer Kopfbewegung deutete Emily auf den Mann, der sie bedient hatte und es sich nicht verkneifen konnte, immer wieder zu ihr zu schauen. Diese Frage konnte sie sich eigentlich selbst beantworten.

Adrien musste grinsen. »Okay, wenn du es wirklich wissen willst ... Er denkt, dass du geisteskrank und womöglich aus irgendeinem Heim entlaufen bist.«

Nun musste auch sie lachen. »Adrien«, flüsterte sie beinahe schon und blickte ihm dabei tief in die Augen. »Warum kannst du meine Gedanken nicht lesen und mich nicht manipulieren?«

Diese Frage war bisher unbeantwortet geblieben. Er atmete aus. »Ich habe darüber mit Jerome gesprochen. Wir wissen keine Antwort darauf«, gestand er achselzuckend.

Nachdem Emily aufgegessen hatte, bezahlte sie ihre Rechnung und verließ mit Adrien das Lokal. Sie beschlossen noch ein Stück am Straßenrand spazieren zu gehen. Es war ein lauer Sommerabend. Jetzt, wo sie sich in ihrem Kleid fortbewegte, das wie eine zweite Haut saß, kam er nicht umhin, sie immer wieder anzustarren. Das gefiel ihr sehr und innerlich begann sie zu jubilieren.

»Das war ein sehr schöner Abend«, sagte er plötzlich ohne seine Augen von ihr zu nehmen.

»Ja, das finde ich auch.«

Dann blieb er stehen, zog sie in seine Arme und gab ihr einen zögerlichen, sanften Kuss. Sofort überkam sie ein warmer Schauer. Nach nur wenigen Sekunden löste er sich von ihr, nahm ihre Hand und lief weiter.

Ihre Knie waren so weich wie Pudding und ihr Herz raste wie ein Schnellzug. Es tat so gut seine Lippen auf ihren zu spüren, auch wenn es noch so kurz war. Jeder Tag mit Adrien war ein Geschenk, atemberaubend und schön, doch bald würden ihre Tage gezählt sein. Mehr und mehr Angst kroch täglich in ihr hoch. Und mehr als genug Fragen hatte sie noch an ihn, hatte bis jetzt jedoch nicht den Mut gefunden sie zu stellen. Aber irgendwann musste sie es tun.

»Darf ich dich etwas fragen?«, sprach Emily schließlich mit belegter Stimme.

»Ja, natürlich.«

Ernst ließ sie seine Hand los und blieb vor ihm stehen. »Woran werde ich sterben?«

Augenblicklich zuckte er zusammen. Die Frage traf ihn wie ein Schlag. Entsetzt sah er sie an. »Emily! Nein ...«, war alles, was er herausbekam.

Ihre Miene wurde noch ernster. »Adrien, beantworte bitte meine Frage! Woran werde ich sterben?« Ihr

Tonfall hatte einen drohenden, aber auch flehenden Charakter angenommen.

Er seufzte tief. »Ich habe dir schon einmal gesagt, dass ich nicht zulassen werde, dass dir etwas zustößt. Koste es, was es wolle!«

Immer noch fordernd schaute sie den Todesboten an. »Ich möchte wissen, was auf dieser dämlichen Liste steht. Bitte!«

Resigniert atmete er aus. »An Herzversagen.«

Nun konnte sie die pure Angst in seinem Gesicht lesen. »Wie ist das möglich? Ich meine, ich bin kerngesund und keine 93 Jahre alt.«

Sachte zog er sie in seine Arme. »Später würde alles auf einen Herzfehler hindeuten. Sie würden deinen Körper so verändern, dass es einfach danach aussehen würde«, erklärte er ihr.

Emily nickte verstehend. »Kannst du mir in etwa die Uhrzeit nennen, wann es geschehen soll?«

Adrien schluckte und hielt sie noch fester. »Noch kann man das schlecht bestimmen«, erklärte er, dann löste er seinen Griff um sie und ließ mit nur einem Fingerschnippen die Sanduhr, ihre Sanduhr, in seiner

Hand erscheinen. »Wenn ich mein Stundenglas jetzt ansehe, zeigt es noch so viel Sand an«, sagte er und deutete auf das Glas.

Der Blick auf die Sanduhr zeigte Emily, dass mehr als die Hälfte des Sandes schon zerronnen war.

»Ich weiß, für euch Menschen ist das eine sehr ungenaue Art, die Zeit festzulegen, doch wir Todesboten kennen es nicht anders.« Ein erneutes Schnippen ließ das Stundenglas wieder verschwinden. Sofort fing Adrien Emilys besorgten Blick auf. »Ich versuche alles um einen Weg zu finden, dir das zu ersparen, Emily. Und ich werde ihn finden, das verspreche ich dir.« Ganz fest nahm er sie nun wieder in seine Arme.

»Adrien, ich habe Angst«, flüsterte sie ihm ins Ohr und konnte dabei ihre Tränen nicht unterdrücken, obwohl sie sich eigentlich fest vorgenommen hatte nicht zu weinen. Sie wollte stark sein – für ihn.

KAPITEL 23 – PAKT

Es war der 23. August. Emily lag an diesem frühen Morgen in ihrem Bett, starrte an die Decke und kniff die Augen zusammen. Heute würde ihr letzter Tag auf Erden sein. Sie hatte in der Nacht von ihren Eltern geträumt. Es war ein wunderschöner Traum gewesen:

Ihre Mom und ihr Dad standen an der Himmelspforte um ihre Tochter in die Arme zu schließen. Sie dachte, dass ihre Eltern sie abholen würden und sie so doch noch ins Jenseits gelangen könnte. Doch dann, als ihre Mutter sie in den Armen hielt, flüsterte diese ihr ins Ohr: »Emily, Schatz, es ist noch nicht soweit für dich. Deine Zeit ist noch nicht gekommen. Fürchte dich nicht, mein kleines Mädchen!«

Dann war sie aufgewacht. Mit einer Handbewegung griff sie nun nach ihrem Medaillon, das auf dem Nachttisch lag. Sie öffnete es und betrachtete die beiden kleinen Fotos ihrer Eltern. Dann schloss sie es wieder, küsste es und legte es sich um ihren Hals. Sie glaubte nicht daran, dass Adrien etwas ausrichten könnte. Was sollte er schon tun, um zu verhindern, was sein Boss unbedingt wollte? Sie liebte ihn so sehr. Nie würde Emily ihre kostbare Zeit mit ihm vergessen, selbst wenn sie in diesem Folterloch festsitzen würde. Unwiderruflich war Adrien in ihrem Herzen, überallhin würde sie ihn mitnehmen, selbst nach Okasis. Keine Macht der Welt würde je etwas daran ändern können.

Ein wenig schwermütig ging sie die Treppen hinunter, wohlwissend, dass sie Jerome, den Frühaufsteher, in der Küche oder im Wohnzimmer vorfinden würde.

»Es nützt nichts«, sagte Emily zu sich selbst und beschloss sich zusammenzureißen und ihren allerletzten Tag des irdischen Daseins zu genießen, und zwar in vollen Zügen.

Vor den letzten drei Stufen machte sie Halt. Sie sah Adrien im Flur stehen, er redete mit Jerome. Über irgendetwas schienen sie sich nicht ganz einig zu sein, denn auf einmal sagte Adrien: »Ich weiß genau, was ich tue. Es ist die einzige Möglichkeit für Emily! Heute werde ich alles klären, Jerome!«

Absichtlich stampfte sie die letzten Stufen hinunter und ging auf die beiden zu, die sie erschrocken ansahen. Es wirkte beinahe so, als fühlten sie sich bei irgendetwas ertappt.

»Was ist die einzige Möglichkeit? Wisst ihr, dass es hier um mich geht?« Verärgert blinzelte sie die beiden an. »Wieso redet ihr heimlich über mich, ohne mich überhaupt einzubeziehen?«

Die beiden schwiegen. Wie immer, wenn sie nicht mehr weiter wussten, stierten sie zu Boden.

»Na, toll!«, murmelte Emily und wollte gerade auf dem Absatz kehrt machen, als sie am Arm festgehalten wurde.

Es war Adrien, der sie reumütig anschaute. »Nein, Emily, es ist ja nicht so, dass wir dich ausschließen wollen.«

Die Angesprochene zog eine Augenbraue hoch und schaute nach wie vor ernst drein.

»Na gut, vielleicht ist es doch so, aber glaub mir, es hat seinen Grund. Vertrau mir einfach!«, bat er, nahm sogleich ihr Gesicht in seine Hände und gab ihr einen Kuss auf die Stirn.

»Was hast du vor?« Fragend und ängstlich sah sie ihn eindringlich an, doch der Todesbote strich nur sanft eine Haarsträhne aus ihrem Gesicht.

»Bitte, Emily, lass ihn! Er weiß, was er tut. Du wirst bald alles erfahren«, meldete sich nun Jerome zu Wort.

Sie seufzte, gab dann aber nach.

Adrien, der nun einige Seelenführungen vor sich hatte, würde gegen Mittag zurückkehren und versprach ihr eine kleine Überraschung. Während er sie sanft küsste, löste er sich auch schon in Rauch auf. Emily fächerte die dicken Schwaden aus ihrem Gesicht.

»Ich hasse es, wenn er das tut!«

Jerome lachte. »Oh Mann, das ist wohl das Einzige, was ich aus meinem damaligen Dasein vermisse«, gestand er fast schon nostalgisch.

Er schlug vor gleich mit Emily nach Bantry zu fahren um dort richtig groß frühstücken zu gehen. Das war eine gute Idee. Rasch ging sie nach oben um sich zu duschen und anzuziehen. Kurze Zeit darauf saßen sich die beiden im De Barra's Café gegenüber. Jeder von ihnen hatte das große Frühstück mit Rührei, Bacon, Würstchen sowie Toast mit Butter, Orangensaft und Kaffee bestellt.

»Jerome, bitte sag mir, was ihr heute Morgen besprochen habt! Adrien klang nicht gut«, bat Emily flehend.

Der Ex-Todesbote war gerade damit beschäftigt

den Milchschaum vom Kaffee aus seinen Bart zu putzen. Verständnisvoll schaute er sie an. »Ich musste ihm versprechen dir nichts zu sagen. Ich werde es dabei belassen. Tut mir leid, Emily.«

»Ich will doch nur nicht, dass er sich wegen mir in Gefahr begibt! Er soll sich nicht mit seinem Boss anlegen.«

Jerome strich ihr mit dem Finger über die Wange. »Schätzchen, du sollst wissen, egal, wie das hier ausgeht, du wirst immer wie eine Tochter für mich sein. In all dieser Zeit habe ich dich sehr ins Herz geschlossen und ich möchte genauso wenig wie Adrien, dass dir das gleiche Schicksal wie Sofia widerfährt.« Für einen kurzen Moment sah er sie einfach nur an, dann sprach er weiter: »Hör bitte auf ihn und vertrau ihm!«

Emily biss sich auf die Unterlippe und nickte kaum merklich. Wieso nur hörte sich das, was Jerome gerade gesagt hatte, alles andere als optimistisch an? Es würde wohl nichts bringen, sich den Kopf darüber zu zerbrechen. Vielleicht gab es ja doch noch einen kleinen Hoffnungsschimmer. Ihr Plan für heute war loszulassen und zu leben. Was blieb ihr auch anderes übrig?

Gegen ein Uhr mittags fuhr Jerome Emily an einen, wie er sagte, geheimen Ort. Ohne Widerrede musste sie sich von ihm die Augen verbinden lassen. Es ging um Adriens Überraschung, so viel stand fest. Aufgeregt tastete sie sich aus dem Wagen. Jerome führte sie über eine unebene Fläche. Sie hörte Vogelgezwitscher, es roch nach Moos und Blumen. Einige Minuten liefen sie, bis Jerome ihr schließlich einen Kuss auf die Wange gab.

»So, ich wünsche euch beiden viel Spaß! Ich komme nachher wieder um dich abzuholen«, entgegnete er und verschwand.

Emily, die immer noch mit verbundenen Augen irgendwo im Freien stand, drehte sich unsicher im Kreis. Plötzlich hielt eine Hand sie an der Taille fest, die andere zog ihr die Augenbinde aus dem Gesicht. Als sie sich endlich umschauen konnte, sah sie überall um sich herum Rosenblätter, es war ein ganzes Meer davon im Wald ausgebreitet und um diese Rosenblätter standen im Gras verteilt unzählige Vasen mit roten Rosen. Es duftete herrlich. Sie selbst fand sich mit

Adrien auf einer großen Decke stehend, inmitten dieser Pracht, wieder, direkt im Glengarriff Forest. Dieser, so wusste er, war ihr Lieblingsort in Irland. Sachte zog er sie zu Boden um sich mit ihr auf die Decke legen zu können.

Emily strahlte über das ganze Gesicht. »Es ist wunderschön!«, erklärte sie und schmiegte ihren Kopf an seine Brust.

»Auch, wenn es meine Idee war, so hat Jerome die ganze Arbeit gehabt«, gestand Adrien. »Er hat alle Blumen bestellt und herbringen lassen.«

Sie staunte nicht schlecht. Wie hatte er das nur heimlich in so kurzer Zeit schaffen können? Beide blickten in den blauen Sommerhimmel, in dem keine einzige Wolke zu sehen war. Die Sonnenstrahlen lugten durch die Baumkronen und schimmerten golden. Hier schien alles friedlich und im Reinen zu sein.

So könnte der Himmel aussehen, dachte sie sich.

»Als ich damals anfing als Rettungssanitäterin zu arbeiten, hätte ich nie für möglich gehalten, dass es eine Macht gibt, gegen die wir in unserem Job nicht die geringste Chance haben«, begann sie zu erzählen und durchbrach die Stille. »Ich habe immer gedacht, es liegt in unseren Händen, doch im Grunde macht diese Arbeit nicht so viel Sinn, wie ich immer angenommen hatte.«

»Nein, das stimmt so nicht«, sagte Adrien und strich ihr sanft über den Kopf. »Ihr tut in eurem Beruf so viel Gutes für Schwerverletzte und Kranke, ihr verhindert schwere Unglücke, bewahrt Menschen vor dem Freitod. Es ist eine Lebensaufgabe diesen Menschen zu dienen und das macht sehr wohl eine Menge Sinn, auch wenn sich das Schicksal seinen eigenen Weg bahnt«, meinte er entschieden und verschränkte seine Finger mit ihren.

»Ich hatte damals so viel Angst vor dem Tod, doch seit ich dich kennengelernt habe, weiß ich, dass man sich davor an und für sich nicht zu fürchten braucht. Du führst die Seelen in eine neue Welt.« Wenn sie doch nur ins Jenseits gelangen könnte – zu ihren Eltern und zu Becky, dann wäre alles nicht so schlimm und es gäbe auch keinen Grund sich zu fürchten, dachte Emily und war froh, dass Adrien ihre Gedanken nicht hören konnte, denn sie wollte vor ihm nicht jammern und klagen. Sie war dankbar jetzt gemeinsam mit ihm an diesem wunderschönen Ort liegen zu können.

»Du brauchst dich auch nicht zu fürchten«, sagte er, als ob er genau wüsste, was ihr in diesem Moment durch den Kopf ging. »Wenn alles so funktioniert, wie ich es mir vorstelle, bist du frei und sie werden dich in Ruhe lassen.«

Was hatte er nur vor? Ein unbehagliches Gefühl machte sich in ihr breit. »Ich weiß, dass du mir nichts sagen willst, Adrien, aber bitte versprich mir, dass du dich nicht mit deinem Boss anlegen und in Gefahr bringen wirst!« Nun setzte sie sich auf und schaute ihm eindringlich in die Augen. »Bitte versprich es mir!«

Ruhig sah er sie an. Dann zog er sie mit beiden Händen wieder näher an sich heran und küsste sie. Noch vor einer Woche hatte Adrien das nicht gewagt – aus Angst sie womöglich umzubringen. Aber die beiden konnten spüren, dass sie stärker und widerstandsfähiger wurde. So schnell wie noch vor ein paar Wochen würde sie nicht umfallen – im Gegenteil: Geradezu abgehärtet wirkte sie seinen Strahlen gegenüber.

Es war wie ein Wunder.

Dieser Kuss dauerte länger als die anderen Male zuvor, er fiel inniger und zärtlicher aus. Alles um sie herum verlor an Bedeutung. Es gab nur noch sie beide, sonst nichts. Auch Emilys Unbehagen verschwand in diesem Augenblick vollständig. Nachdem er es nach einer Weile endlich geschafft hatte sich von ihren Lippen zu lösen, stieß Adrien einen tiefen Seufzer aus.

»Was ist?«, fragte sie ihn.

»Ich wünsche mir so sehr, ein Mensch für dich zu sein«, antwortete er betrübt. »Wenn ich sterblich wäre und wir wären uns auf normalem Wege begegnet, gäbe es keine Grenzen und Schwierigkeiten für uns. Ich wünschte, ich könnte dir all das bieten, was du verdienst.«

Sanft strich sie mit den Fingerspitzen über sein Gesicht und lächelte. »Du hast mir längst das geboten und das gegeben, wonach ich mich mein Leben lang gesehnt habe. Die Zeit, die ich mit dir verbringen durfte, wird immer die schönste in meinem Leben sein.«

Das alles fühlte sich nach wie vor wie ein Traum an. Niemals hätte sie die Geschehnisse der letzten

Monate für möglich gehalten. Sie waren ein großes Geschenk, für das sie wirklich jeden Tag dankbar war. Als Jerome sie am späten Nachmittag abholte, sagte Adrien zu ihr, dass er noch etwas zu erledigen hatte und am Abend wiederkommen würde.

Etwas zu erledigen?, dachte Emily, als sie bereits neben Jerome im Auto saß. Er hatte nichts von Seelenführungen erwähnt. Er versuchte sicher, das durchzusetzen, was er heute Morgen mit Jerome besprochen hatte, was immer das auch war.

Noch als Emily mit Jerome in einem Restaurant in Bantry zu Abend aß, beschäftigte sie nach wie vor dieselbe Frage. Womit könnte Adrien seinen skrupellosen Boss überzeugen? Er schien sogar relativ sicher zu sein, dass er damit erfolgreich sein würde. Und niemand sagte ihr auch nur das Geringste.

»Mach dir keine Sorgen mehr!«, sagte Jerome zu ihr und setzte dabei ein gedrücktes Lächeln auf. Natürlich versuchte er sie zu beruhigen. Dennoch fiel ihr auf, wie seine Miene zunehmend ernster wurde und das machte ihr Angst. Sie hoffte so sehr, dass Adrien ihr später alles erzählen würde. Wieder zurück in ihrem Zimmer wartete Emily aufgeregt darauf, dass Adrien auftauchen würde. Unaufhörlich starrte sie auf die Wanduhr, die über dem Türrahmen angebracht war. Es war bereits nach acht Uhr. Todesboten hatten zwar nicht dasselbe Zeitgefühl wie Menschen, nichtsdestotrotz könnte er langsam aber sicher erscheinen. Was, wenn es Komplikationen mit Nicholas gegeben hatte? Vielleicht kam er ja überhaupt nicht mehr zurück, weil sein Boss herausbekommen hatte, dass sie sich heimlich trafen.

Nach einer weiteren halben Stunde war immer noch nichts von ihm zu sehen. Sie hielt es nicht mehr aus und wollte zu Jerome nach unten gehen um ihn ins Kreuzverhör zu nehmen. Jetzt würde er mit ihr sprechen müssen. Emily würde auf keinen Fall locker lassen. Gerade als sie sich aufmachen wollte, hörte sie Adriens Stimme.

»Du musst dich nicht sorgen, ich bin ja da.«

Wahrscheinlich beobachtete er sie schon seit einigen Sekunden aus der hinteren Ecke ihres Zimmers, von da, wo er sich gerade befand, und er hatte auch bemerkt, dass sie wie ein aufgescheuchtes Huhn auf und ab ging.

»Adrien!«, erleichtert fiel sie ihm um den Hals.

»Ist ja schon gut«, entgegnete er.

»Konntest du das mit deinem Boss klären?«

»Es wird sich morgen zeigen, ob ich Erfolg hatte. Ich weiß, dass du Angst hast, meine Liebste, aber du kannst mir vertrauen. Ich bin sicher, dass es klappen wird«, versprach der Todesbote und rang sich ein Lächeln ab.

Er wollte ihr partout nicht sagen, was genau er mit Nicholas besprochen hatte. Schon bald würde sie alles wissen, so versicherte er ihr.

Ernst starrte sie ins Leere, bis er mit zwei Fingern ihr Kinn anhob, so dass sie ihm in die Augen sehen musste. »Es wird alles gut werden, Emily! Bitte glaub mir«, bat er noch einmal siegessicher.

Was hat er nur vor?, hallte es in ihrem Kopf. Doch sie zwang sich dazu diesen Gedanken für heute Abend zu verbannen. Sie würde diesen vielleicht allerletzten Abend mit ihm genießen. Sorgen konnte sie sich morgen immer noch genug.

Sie beschloss die restlichen Stunden mit Adrien hier oben in ihrem Zimmer zu verbringen. Entschieden nahm sie seine Hand und deutete auf ihr Bett. Beide lagen sich dort nach wenigen Sekunden kuschelnd in den Armen. So könnte es jeden Tag sein, dachte Emily gerade, als sie Adrien einen innigen Kuss gab. Währenddessen versuchte sie einmal wieder sein Hemd aufzuknöpfen um seinen Körper besser fühlen zu können. Zu ihrem Erstaunen ließ er sie gewähren und zog sie sogar noch ein Stück näher an sich heran. Erneut stieg eine sengende und prickelnde Hitze durch ihren Körper.

Seine Küsse wurden plötzlich immer fordernder. Gierig streifte er ihr die Bluse vom Körper und küsste leidenschaftlich ihren Hals. Voller Erregung stöhnte sie auf. Dann plötzlich wurden seine Küsse wieder sanfter, bis Adrien schließlich damit aufhörte und sich vor Emily aufsetzte. Wie konnte er jetzt nur aufhören? Sie wollte mehr, sie wollte einfach alles von ihm.

»Ich schwöre dir, dass ich nichts auf der Welt lieber täte als mit dir zu schlafen«, sagte er noch immer ein wenig kurzatmig, »doch es wäre zu riskant. Es ist mir gerade wirklich enorm schwer gefallen mich von dir zu lösen, Emily, aber ich werde dein Leben nicht aufs Spiel setzen!«, stellte er klar.

Vorsichtig gab sie ihm einen Kuss auf die Schulter. »Ist schon gut. Wir werden einfach nebeneinander liegen, sonst nichts.« Sachte zog sie ihn in ihre Arme und streichelte seinen Kopf. Beide wurden wieder ruhiger. »Selbst, wenn morgen mein Herz aufhören wird zu schlagen, werde ich dennoch niemals aufhören dich zu lieben!«

Er atmete lange aus. »Dein Herz wird weiter schlagen, das verspreche ich dir, meine Liebste!«, flüsterte er sanft. »Egal, was geschieht, Emily, du musst mir versprechen, dass du dein Leben genießen wirst und all die Dinge tun wirst, die du schon immer tun wolltest. Geh nach Boston und fang ganz von vorne an, beginne ein neues Leben!«

Seine Worte jagten ihr einen Schauer über den Rücken, keinen guten. Das klang nach Abschied. »Wieso sagst du das? Ohne dich möchte ich nicht sein!«

Erneut setzte Adrien sich auf und sah sie eingehend an. »Wenn du überlebst, dürfen wir uns nicht wiedersehen.«

Seine Worte zerschnitten die Luft wie ein Messer. Sie versetzten Emily einen unerträglichen Stich und schnürten ihr die Luft ab. »Nein, Adrien, bitte! Es muss doch einen Weg geben, wie wir uns wiedersehen können. Wenn erst einmal ein bisschen Zeit verstrichen ist …«

Er fiel ihr ins Wort. »Falls mein Vorhaben wirklich funktioniert, werden wir uns nicht wiedersehen«, entgegnete er bitter. »Bitte versprich mir, dass du das Beste aus deinem Leben machen wirst!«

Tränen kullerten über Emilys Wangen. Mit einem Finger wischte Adrien diese aus ihrem Gesicht und zog sie in seine Arme.

»Versprich es!«, bat er.

»Na gut, ich verspreche es«, willigte sie ein und griff nach seiner Hand. »Werde ich dich morgen noch einmal sehen?«, fragte Emily mit einem dicken Kloß im Hals.

»Ich weiß es nicht. Ich hoffe, dass es so sein wird«, antwortete er.

»Adrien?« Emilys Stimme war nicht mehr als ein Flüstern.

»Ja?«, fragte er ruhig und strich ihr zärtlich über die Stirn.

»Bitte bleib so lange bei mir, bis ich eingeschlafen bin.«

KAPITEL 24 – DAS VERSPRECHEN

Emily tastete unsicher die andere Seite ihres Bettes ab. Sie war kalt und leer. Nun schlug sie die Augen auf und blickte sich ein wenig verloren im Raum um. Er war fort. Adrien war gegangen und alles, was er zurückgelassen hatte, waren Erinnerungen, die jedoch wärmender und strahlender nicht sein konnten. Der Gedanke ihn nie wieder zu sehen, brannte wie Feuer auf ihrer Seele. Vielleicht, so hoffte sie, würde er ein letztes Mal zu ihr kommen um sich von ihr zu verabschieden. Emily hatte die ganze Nacht wach bleiben wollen, sie wollte ihn so lange wie möglich bei sich wissen, doch dann musste sie irgendwie und irgendwann eingeschlafen sein.

Würde sie nun getötet werden? Adrien hatte zwar optimistisch geklungen, doch genau sagen konnte man das nicht. Der heutige Tag würde es zeigen, es galt ihn zu überstehen. Der einzige Strohhalm, an den sie sich noch klammern konnte, war die Möglichkeit Adrien noch ein letztes Mal zu sehen. Dieser Gedanke war es, der sie aufrecht hielt.

Schnell zog sie sich um und suchte Jerome. Er saß mit zusammengefalteten Händen unten im Wohnzimmer, als hätte er nur auf sie gewartet.

»Guten Morgen«, sagte Emily betrübt und nahm neben ihm auf der Couch Platz.

»Guten Morgen, mein Engel«, antwortete er und schenkte ihr eine Umarmung.

Sie konnte ihre Tränen nicht länger unterdrücken und fing augenblicklich an zu weinen.

»Ist ja schon gut«, tröstete Jerome sie.

»Nichts ist gut. Werde ich heute sterben? Ja oder nein? Werde ich Adrien noch einmal wiedersehen? Ja oder nein? Alles ist auf den Kopf gestellt!« Ihre Stimme überschlug sich und brach dann am Ende des Satzes.

Behutsam hielt er ihren Kopf. »Wenn du noch lebst,

wenn es Abend wird, dann hat Adrien es geschafft.«

Emily schniefte.

»Er hat gesagt, dass es laut Plan allerspätestens nachmittags geschehen würde«, fügte Jerome rasch hinzu.

»Ich muss ihn noch einmal sehen!«

»Jetzt ist erst einmal wichtig, dass du heil aus dieser ganzen Sache herauskommst!«

Dies würde ein langer, quälender Tag werden, so viel stand fest. Beide beschlossen die Zeit bis zum Abend im Haus zu bleiben. Emily hatte nicht den Nerv dazu nach draußen zu gehen. In ihrem Kopf spukten immer wieder dieselben Fragen umher und ließen ihr keine Ruhe. Ihr Magen verknotete sich eigenartig und schmerzte vor lauter Kummer. Aus diesem Leben scheiden, ohne Adrien noch ein allerletztes Mal gesehen zu haben, das wollte sie einfach nicht. Wenn er ihren Tod nicht verhindern könnte, würde er es nicht sein, der sie töten und dann einfach sich selbst überlassen würde. Das hatte er immer wieder gesagt. Es würde jemand anderes kommen, den sie nicht sehen könnte. Wahrscheinlich würde es schnell gehen und halbwegs schmerzlos verlaufen, das hoffte sie wenigstens.

Jerome kümmerte sich rührend um Emily. Er ließ sie keine Sekunde aus den Augen. Zusammengerollt auf seiner Couch lag sie wie ein Häuflein Elend. Er deckte sie mit einer Wolldecke zu, denn sie fröstelte. Unsägliche Kälte und Leere, das war es, was sie verspürte. Er kochte ihr sogar einen Pfefferminztee, den sie auch trank. Aber essen wollte sie nichts. Keinen Bissen bekam sie herunter. Die Ungewissheit legte sich wie eine Schlinge um ihren Hals, schnürte ihre Kehle zu und ließ sie kaum noch atmen.

Immer wieder wagte Emily einen Blick auf die Digitaluhr auf dem Wohnzimmertisch. 10:03 a.m., 10:40 a.m., 11:10 a.m.,12:01 p.m., 01:07 p.m. ... Es schien der längste Tag ihres Lebens zu werden. Vielleicht sogar ihr letzter. Aber das alles wirkte nicht so schlimm verglichen damit, dass sie Adrien nie wieder sehen würde. Diese Tatsache machte ihr mehr Angst als der Tod.

Im Sessel am Kopfende des Sofas saß Jerome und beobachtete sie ruhig. Immer wieder strich er ihr über den Kopf oder hielt ihre Hand fest. Keiner der beiden sprach in all den Stunden ein Wort. Es gab nichts mehr zu sagen. Seine schweigenden, mitfühlenden Blicke gaben ihr mehr als tausend Worte.

Es war bereits 04:06 p.m. Immer noch schlug ihr Herz und mit jedem Schlag wuchs ihre Angst. Ab und an schaute sie zum Terrassenfenster, welches den Ausblick auf den Garten freigab. Der Himmel war bewölkt und grau. Es war diesig und regnerisch draußen und so windig, dass die Bäume sich bogen.

Nun war es bereits nach fünf Uhr und Emily durchbrach die Stille. »Was, meinst du, ist da los? Und was genau habt du und Adrien gestern besprochen? Kannst du mir nun endlich erzählen, worum es da genau geht?«, flehte sie regelrecht. Ihre Nerven lagen blank.

»Eine Stunde noch, Emily«, sagte Jerome, »in einer Stunde werde ich dir alles erzählen, dann haben wir es überstanden.«

Wieso erst in einer Stunde? Was genau ging hier vor sich? Erneut begann sie zu weinen. Jerome setzte sich zu ihr und hielt sie fest im Arm. Diese letzte Stunde war die unerträglichste von allen. Die unterschiedlichsten Gefühle krochen in ihr hoch: angefangen bei der Todesangst, über die Panik vor Okasis, bis hin zum Kummer wegen Adrien und der Hoffnung darauf ihn doch noch einmal zu sehen.

Auch Jerome wurde immer unruhiger, war aber darum bemüht sich nichts anmerken lassen. Immerhin wollte er der Fels in der Brandung für Emily bleiben, doch es war nicht zu übersehen, dass er alle zwei Minuten zur Uhr hinübersah und mit seinem Bein auf und ab wippte. Als es dann endlich sechs Uhr war, stieß er einen lauten und befreiten Seufzer aus. Erleichtert fiel er ihr um den Hals.

»Er hat es wirklich geschafft! Emily, du lebst! Du bist in Sicherheit!«

Eine tonnenschwere Last rutschte von ihren Schultern. Allerdings blieb ihr Schmerz darüber, dass Adrien nicht gekommen war. »Bitte sag mir jetzt, was du weißt!«

Jerome löste sich nun aus ihrer Umarmung und blickte sie ernst an. Unbehaglich schluckte er, ehe er sprach. »Emily, was ich dir jetzt sagen werde, wird ein schwerer Schlag für dich sein«, bedeutete er ihr beklommen.

Wie gebannt hing sie an seinen Lippen.

»Adrien hat mit Nicholas etwas aushandeln können«, fuhr er fort. »Er geht an deiner Stelle nach Okasis.«

Wie ein Donnerschlag erklangen seine Worte. Emily fühlte sich gerade wie erschlagen, für einige Sekunden war sie unfähig etwas darauf zu erwidern. Ihr fehlten die Worte. Wie erstarrt hielt sie eine Hand vor den Mund. »Nein! Nein, das kann nicht sein! Nein! Wieso?«, stammelte sie schließlich.

Jerome griff nach ihrer Hand. Geradezu geistesabwesend entzog sie ihm diese.

»Emily, hör mir zu!«, beschwor er sie. »Er hat das alles für dich getan, weil er dich liebt! Ich hätte kaum für möglich gehalten, dass er es durchboxen kann, aber er hat die entscheidenden Argumente vor Nicholas anbringen können. Er hat offengelegt, dass er in den Augen seines Chefs als Todesbote versagt habe, dass er seine Emotionen nicht abstellen könne und dass er bereits einen Nachfolger gefunden und angelernt habe. Außerdem versprach er deine Erinnerungen zu löschen. Nicholas ist im Glauben, dass du nicht mehr das Geringste über die Todesboten weißt und er dir angeordnet habe, oder vielmehr dich dazu manipuliert habe, in Boston ein neues Leben zu beginnen.« Eindringlich sah er Emily an. »Verstehst du, Liebes? Du musst nach Boston, außerhalb seines Bezirks. Seine Gefährten, die Nicholas schon einmal auf dich losgelassen hat, kennen dich und könnten unter Umständen hellhörig werden, wenn du auch nur irgendetwas über Adrien denkst. In Boston bist du sicherer.«

Kraftlos schüttelte Emily ihren Kopf. »Das darf alles nicht wahr sein! Er darf nicht wegen mir in diesem Höllenloch festsitzen! NEIN!«

Adrien hatte sich für sie geopfert. Er hatte Kopf und Kragen riskiert und auch Kopf und Kragen verloren.

»Er musste nicht sterben, weil er überhaupt nicht sterblich ist, Emily«, teilte Jerome ihr mit. »Er und Nicholas haben den Einstieg in Okasis mit einem Händedruck festigen und besiegeln müssen. Er ist unwiderruflich und bedeutet deine Freiheit.«

Sie schnaubte verächtlich. »Soll mich etwa trösten,

dass er dafür nicht sterben musste oder dass ich jetzt frei bin und er dafür gefangen?« Ihre Stimme bebte vor Schmerz.

»Emily«, versuchte Jerome es erneut, »er hat es so gewollt. Er wollte, dass du das Leben leben kannst, das dir zusteht. Du sollst ganz von vorne anfangen. Erfüll bitte seinen letzten Wunsch und sorge dafür, dass er sich nicht umsonst geopfert hat.«

Nun brach aller Schmerz aus ihr heraus. Emily heulte wie ein Schlosshund, sie schrie, so laut sie nur konnte, all ihre Qualen heraus. Es zerriss Jerome sie so leiden zu sehen und dass Adrien das alles auf sich nehmen musste. Er beschloss sein Versprechen ihm gegenüber einzuhalten und auf Emily aufzupassen.

Völlig erschöpft schlief diese nach Stunden ein. Er trug sie in ihr Bett. Schon am nächsten Tag wollte er mit ihr nach Boston aufbrechen. Hier in Glengarriff würde sie ohnehin alles an Adrien erinnern. Jerome würde für eine Zeit in Boston wohnen um in ihrer Nähe bleiben zu können. Dringend brauchte sie eine Person, mit der sie reden konnte. Und so würde er auch sein Versprechen wahr machen können. Tief in der

Nacht hörte er Emilys Schreie, die ihm durch Mark und Bein gingen:

»Adrien, nein! Bitte nicht! Adrien!«

KAPITEL 25 – EIN NEUES LEBEN

Emily trug die zwei vollen Einkaufstüten mit beiden Händen in ihre Parterre-Wohnung. Seit fast acht Wochen lebte sie nun schon in Boston. Ihr Umzug war zugegebenermaßen ein wenig schleppend über die Bühne gegangen, doch jetzt, da die Wände gestrichen waren, all ihre Möbel standen und sämtliche Kabel verlegt waren, befand ihre neue Bleibe sich in einem halbwegs guten Zustand. Es war eine kleine Dreizimmerwohnung; die Holzdielen am Boden knarrten ein wenig, alles war mit Teppichen und Läufern ausgelegt und bot eine warme und gemütliche Atmosphäre.

Wenn sie Jerome nicht an ihrer Seite gehabt hätte, der einige Leute als Umzugshelfer engagiert hatte, so hätte Emily allein bestimmt ewig gebraucht um richtig einzuziehen. Sie zwang sich ihr Leben wieder halbwegs in den Griff zu bekommen. Sie wollte Adriens letzten Wunsch erfüllen und ein neues Leben beginnen. Aber das musste ohne ihn stattfinden. Jerome sagte immer zu ihr, dass sie ohnehin keine gemeinsame Zukunft gehabt hätten und dass dieser Neuanfang ein Geschenk für sie war. Es fühlte sich aber mehr wie eine Strafe an. Immer wieder sah sie sein wunderschönes, engelsgleiches Gesicht vor Augen und es verging keine Nacht, in der sie nicht von ihm träumte.

Im Traum sah sie Bilder davon, wie er in einem quälend engen Loch gefangen war und furchtbare Schmerzen erleiden musste. Das war die schreckliche Wahrheit. Wie könnte sie das jemals vergessen? Gar nicht, war die sichere Antwort darauf.

Zu ihrer Großmutter fuhr Emily nach wie vor wöchentlich. Elise war schon alt und ihre Enkelin war ihre einzige Verwandte. Die Haydens allerdings besuchte sie erst seit letzter Woche wieder. Marvin hatte ihr regelmäßig auf den Anrufbeantworter gesprochen und hatte sich offenbar Sorgen gemacht, weil seine Ex-Kollegin anfangs nicht reagiert hatte. Auf die Frage hin, was denn mit ihr los sei, konnte sie nicht ehrlich antworten. Hätte sie etwa sagen sollen: »Tut mir leid,

Marvin, dass ich all deine Anrufe ignoriert habe, aber ich wollte mit niemandem darüber reden, dass ich mich in den am meisten gefürchteten Gegner des Rettungsdienstes, den Tod, verliebt habe, dass ich die schönsten Tage meines Lebens mit ihm verbringen durfte, er jetzt aber in einer anderen Dimension festsitzt nur um mich zu retten, weil eigentlich mir dieses Schicksal zuteilwerden sollte.« Sie stellte sich seinen überforderten Gesichtsausdruck vor. Also hatte sie behauptet, dass sie sehr viel Stress gehabt habe und es ihr leid tat nicht zurückgerufen zu haben. Etwas Besseres war ihr einfach nicht eingefallen.

Mit beiden Händen packte Emily nun die Milch, den Orangensaft und den Joghurt in den Kühlschrank. Teebeutel und Kaffee räumte sie in einen der Küchenschränke. Die Paprika, Tomaten und Honigmelonen blieben auf der Arbeitsplatte liegen. Sie musste sich endlich einen Job suchen, das wusste sie. Auch dabei bot Jerome wieder seine Hilfe an, doch auf einen Job wollte und konnte sie sich momentan noch nicht konzentrieren. Sie nutzte ihre Zeit lieber für Recherchen. Jeromes Buch über andere Dimensionen und Zwischenwelten hatte sie mittlerweile vollständig gelesen. Dort fand sie nützliche Informationen über Okasis, wobei natürlich der Name der Dimension in seinem Buch nicht erwähnt wurde. Er schrieb *Fegefeuer*, einen der geläufigsten Begriffe.

Okasis war eine der schlimmsten Dimensionen für beispielweise Selbstmörder oder, wie es Jerome ausdrücken würde, die Nicht-Todgeweihten. Eine noch schlimmere Dimension war nur die Hölle selbst, die für Mörder bestimmt war. Dennoch war Okasis schon unerträglich und peinigend genug. Es war dunkel und kalt dort, überall waren qualvolle Schreie zu hören, Seelen wurde ausgepeitscht und geschunden, bis sie langsam, aber sicher den Verstand verloren. Sie stellte sich die Frage, wie es dann wohl in der Hölle zugehen musste. Davon berichtete Jerome jedoch nicht.

Ein Stapel Bücher über Nahtoderfahrungen lag auf ihrem Sekretär. In einem von Jeromes anderen Büchern, das Emily mittlerweile auch besaß, waren sämtliche Versuche aufgeführt, die er durchgeführt hatte: Stromschläge, Giftcocktails etc. Er ließ sich lebensbedrohliche Injektionen spritzen, die seine Atmung und sein Herz lahm legten, damit er als vorrübergehend Toter hinüber in eine andere Welt gelangen konnte, so schrieb er. Es war immer ein Arzt an seiner Seite gewesen, der ihn rechtzeitig hatte wiederbeleben können. Mit genauester Sorgfalt beschrieb er, was er dabei empfunden und wahrgenommen hatte, als er die Zwischenwelt betrat.

Emily hatte auch das Internet nach Erfahrungen dieser Art abgegrast. Alles saugte sie wie ein Schwamm auf und musste feststellen, dass Okasis von jedem anders beschrieben wurde. Für einige war es dort eisig kalt, für andere war es sengend heiß, einige sahen nichts als Leere, wieder andere nahmen verdorrte und verkohlte Bäume wahr.

Jerome hatte sie nichts von ihren Nachforschungen erzählt und ließ ihn vorrübergehend auch im Glauben sie in die richtigen Bahnen gelenkt zu haben, doch das musste sich jetzt ändern, denn Emily musste mit ihm über Okasis sprechen. Sicher hatte er noch mehr Erfahrungen gemacht, die er nicht niedergeschrieben hatte. Auch andere Informationen fanden sich nicht im Buch: Welche Injektionen hatte er sich spritzen lassen? Wie lange in etwa war er tot gewesen? Was genau hatte er von Okasis gesehen? Sie musste alles erfahren!

Adrien war nicht gestorben, denn er hatte im Grunde nicht gelebt. Er war ein unsterbliches Wesen und würde seine Form in der Zwischenwelt nicht verlieren. Er könnte so zurückkommen, wie er in diese Welt gegangen war. Das war der Plan: Emily wollte Adrien zurückholen.

KAPITEL 26 – NUR EIN VERSUCH

»Hallo Emily! Wie geht es dir?«, begrüßte Jerome sie, als dieser gerade ihre Wohnung betrat.

»Ich kann nicht klagen«, antwortete sie. Das war eine glatte Lüge.

»Du wolltest mit mir über irgendetwas sprechen, Schatz«, meinte er und ließ sich auf ihrem Sofa nieder. »Vorhin am Telefon klang es dringend«, fügte er noch hinzu.

»Ich habe gerade eine Kanne Hagebuttentee gemacht. Möchtest du welchen?« Auf keinen Fall durfte sie mit der Tür ins Haus fallen.

»Ja, gern.«

Sie ging in die Küche um wenige Sekunden später mit zwei dampfenden Teebechern zurückzukehren. Diese stellte sie auf dem Wohnzimmertisch ab und nahm neben Jerome Platz.

»Ich finde es großartig, wie schnell du dich hier in Boston eingelebt hast. Und das mit dem neuen Job kriegen wir auch noch hin. Ich bin stolz auf dich«, sagte er und schenkte ihr ein aufrichtiges Lächeln.

Emily nickte und setzte ebenfalls ein Lächeln auf.

»Hast du dir schon überlegt, ob du nicht vielleicht doch in den Sanitätsdienst zurückkehren willst? Da hättest du die besten Chancen!« Ihr Trauma mit dem Tod hatte sie ja bekanntlich überwunden. »Oder stellst du dir etwas ganz anderes vor?«, fragte er, während er vorsichtig an dem heißen Becher nippte.

Sie atmete tief ein. »Ich weiß es noch nicht. Ich möchte gern mit dir über etwas anderes sprechen«, gestand Emily. Seit etwa drei Wochen hatte sie weder den Namen Adrien noch Okasis vor Jerome erwähnt. »Was kannst du mir noch über Okasis sagen, was ich nicht schon aus deinen Büchern weiß?«, kam sie zum Punkt.

Jeromes Augen wurden groß und dann ziemlich ernst. »Emily ich habe wirklich gedacht, dass du langsam damit abschließen kannst und nach vorn schaust!«, gab er enttäuscht zurück.

Sie schnaubte. »Wie soll ich jemals damit abschließen? Er ist wegen mir da gefangen!«

»Er ist nicht wegen dir da gefangen! Adrien hat in Nicholas' Augen einfach zu viele Regeln gebrochen. Das war nicht deine Schuld. Er hat es so gewollt!«, entgegnete Jerome barsch.

»Er wollte mich immer nur beschützen. Du selbst warst einmal in fast derselben Situation«, erinnerte ihn Emily.

»Liebes«, nun wurde seine Stimme wieder ruhiger, »in meinen Augen hat er ja auch im Grunde alles richtig gemacht. Aber er musste mit Konsequenzen aus seiner Welt rechnen, so leid es mir auch für ihn tut. Oder glaubst du etwa, mich hätte die ganze Sache kalt gelassen?« Seine Gesichtszüge wurden bitter, traurig blickte er zu Boden. »Adrien hat gewollt, dass du dein

Leben genießt, genau wie ich mir das für dich wünsche!«

Emilys Unterlippe begann zu zittern. »Ich kann mein Leben aber nicht genießen, nicht ohne ihn!« Sie schrie schon fast und musste gegen die Tränen ankämpfen.

»Du wirst es eines Tages schaffen, genauso wie ich es geschafft habe«, erwiderte Jerome und legte tröstend einen Arm um sie.

Seit Adrien fort war, existierte in ihr nur noch ein riesengroßes schwarzes Loch. Wie könnte man das jemals wieder schließen? »Nein!«

Augenblicklich löste Emily sich aus der Umarmung und sprang auf. Verletzlich wie ein kleines Kind schaute sie ihn an. »Es geht mir nicht von Tag zu Tag besser, sondern immer schlechter. Ich weiß, dass er genau jetzt furchtbare Qualen ertragen muss. Und nicht nur in diesem Moment, sondern in jedem einzelnen bis in alle Ewigkeit und das wäre eigentlich mein Schicksal gewesen!« Mit beiden Händen wischte sie sich die Tränen aus dem Gesicht und schaute Jerome an. »Ich werde ihn da rausholen! Entweder du hilfst mir oder ich mache es allein!«

Jerome brachte das Kunststück seinen Mund zu schließen kaum fertig. Das nackte Grauen packte ihn. »Nein, Emily! Das ist schier unmöglich. Ich weiß, wovon ich rede. Außerdem ist es zu gefährlich für dich!«, tadelte er und bedachte sie mit einem verzweifelten Blick. »Mein ganzes sterbliches Dasein habe ich damit verbracht Sofia zu finden und zu befreien. Du hast ja keine Ahnung, wie es dort ist, welche Gefahren dort lauern!« Jeromes Stimme überschlug sich. »Jedes Mal habe ich mehr Zeit gebraucht, bin länger dort geblieben, bis mich jemand wiederbelebt hat und bei jedem Versuch bin ich an einer andere Stelle gelandet, immer an einem anderen Ort. Diese Welt ist fast so groß wie unser Universum«, fuhr er fort. »Selbst, wenn ich mich umgebracht hätte, und glaub mir, Emily, das hatte ich schon oft vor, denn ich konnte mir ein Leben ohne sie nicht vorstellen, wäre keine Sicherheit da gewesen Sofia jemals wiederzufinden, noch nicht einmal in der Unendlichkeit des Todes.« Er schluckte schwer und vergrub das Gesicht in seinen Händen.

Emily hatte Mitleid, also setzte sie sich wieder neben ihn und strich mit der Hand über seine Schulter.

»Es ist so gut wie unmöglich. Ich habe schon alles versucht.«

Obwohl seine Worte eigentlich keine Hoffnung ließen, war Emily nicht bereit Adrien einfach so aufzugeben. »Bitte, Jerome«, flehte sie, »hilf mir dabei einen Versuch zu starten. Ich passe auf und halte mich genau an deine Anweisungen.«

Er stieß einen langen, gequälten Seufzer aus. »Das kann ich nicht! Ich habe Adrien versprochen auf dich aufzupassen. Wenn du nicht mehr zurückkommst, hat er sich umsonst geopfert. Außerdem könnte ich es mir nie verzeihen, wenn dir etwas zustößt!«

Sie schürzte die Lippen und sah ihn aus großen Augen entschlossen an.

»Ich werde an deiner Stelle gehen«, sagte er kurzentschlossen.

»Nein Jerome, das wiederum kann ich nicht zulassen«, protestierte sie, »du hast eine Herzschwäche.«

Verdutzt schaute er sie an. »Woher weißt du davon? Ich habe dir nie etwas darüber erzählt«, fragte er erstaunt.

»Als du Tag und Nacht wegen des Umzugs in meiner Wohnung warst, kam ich nicht umhin zu sehen, wie du heimlich Betablocker eingenommen hast. Einmal fiel mir auf, wie du etwas geschluckt hast, dann habe ich dich genauer beobachtet«, erklärte Emily. »Außerdem habe ich einen leeren Tablettenstreifen in meinem Mülleimer gefunden. Ich weiß nicht, wie lange du sie schon nehmen musst, aber ich vermute, diese ganzen Todessprünge und waghalsigen Versuche haben dazu beigetragen.«

Jerome gefiel das ganz und gar nicht. »Jetzt spionierst du mir auch noch hinterher!«

Sie tätschelte versöhnlich seinen Arm. »Es tut mir leid, aber ich habe mir nur Sorgen um dich gemacht. Deshalb konntest du auch keine weiteren Versuche unternehmen, stimmt's? Der letzte Bericht über einen deiner Nahtodversuche liegt jetzt etwa drei Jahre zurück. Ich habe höhere Chancen da lebend wieder rauszukommen, also werde ich es tun«, beschloss Emily und wusste, dass sie Jerome nun Schachmatt gesetzt hatte.

»Also gut, du hast einen Versuch, verstanden?

Nicht unzählige wie ich. Nur einen! Ist das klar, Emily Walsh?«

Aufmerksam nickte sie.

»Wir brauchen aber jemanden, der medizinische Kenntnisse besitzt, im besten Falle natürlich einen Arzt, jemanden, dem wir vertrauen können und der den ganzen Wahnsinn mitmacht«, gab er zu bedenken.

»Was ist mit dem, der dich jedes Mal zurückgeholt hat?«, wollte Emily wissen.

»Dr. Wallace war Wissenschaftler und ein guter Freund von mir. Diese ganzen Versuche haben ihn damals brennend interessiert. Er wusste, was er tat, nur leider ist er vor etwa zwei Jahren verstorben.«

Emily kannte zwar keinen Arzt, aber dafür eine kompetente Person, der sie ihr Leben anvertrauen würde. Nur wusste sie noch nicht so ganz, wie sie Marvin überzeugen könnte, bei diesem Spiel mitzuspielen.

KAPITEL 27 – BITTE

Mit einem unguten Gefühl im Bauch fuhr Emily mit Jerome zusammen nach Wearville. Sie war dort mit Marvin verabredet. Heute war sein freier Tag und Claire und die Kinder würden bei ihrer Mutter sein, also bot sich die perfekte Gelegenheit in aller Ruhe mit ihm zu sprechen und ihm die Situation zu schildern. Emily konnte sich bildlich vorstellen, wie er reagieren würde. Zu gut erinnerte sie sich daran, wie er damals an ihrem Verstand gezweifelt hatte, als sie ihm mitgeteilt hatte, dass sie mit einem Mann kommunizieren konnte, den außer ihr niemand sah. Er hatte ihr sogar einen Checkup empfohlen um ihre Hirnströme messen zu lassen. Er hatte sich wirklich ernsthafte Sorgen um sie gemacht. Und jetzt würde sie wieder mit dieser Geschichte ankommen. Doch dieses Mal wäre Jerome als Verstärkung an ihrer Seite. Zusammen mussten sie es einfach schaffen, Marvin davon zu überzeugen, dass es mehr zwischen Himmel und Erde gab, als der normale Menschenverstand verstehen konnte. Doch selbst, wenn sie das schaffen würden, so wäre er sicherlich nicht dazu bereit, seine Freundin solch einer

Gefahr auszusetzen und dabei selbst Kopf und Kragen zu riskieren.

Jerome war alles andere als begeistert gewesen, doch er war der Überzeugung, dass diese sture Göre auch ohne seine Hilfe ihren Willen durchsetzen würde. Er fühlte sich für Emily verantwortlich. Was blieb ihm also übrig?

»Er wird uns nicht glauben. Wahrscheinlich ruft er sofort die Jungs mit der Zwangsjacke an, nachdem ich ihm alles erzählt habe«, jammerte sie, als sie gerade in die Steenstreet einbog, die Straße, die zu Marvins Haus führte.

»Wir müssen es trotzdem versuchen. Er ist immerhin dein Freund. Deine Freundin Becky hat dir damals auch geglaubt«, erinnerte Jerome sie.

Emily nickte, während sie sich die Schläfen rieb und aus dem Auto stieg. Nun standen sie vor Marvins Haustür. Ein letztes Mal schaute sie Jerome noch unsicher an und seufzte. Dann klingelte sie. Einige Sekunden später öffnete sich die Tür und ein gut gelaunt lächelnder Marvin stand vor ihnen.

»Hallo Emily, Kleines!«, sagte er mit warmer Stimme und nahm sie in den Arm. Ein wenig überrascht schien er darüber zu sein, dass sie noch jemanden mitgebracht hatte.

»Guten Tag! Ich bin Marvin Hayden«, begrüßte er Jerome freundlich und schüttelte ihm die Hand.

»Mein Name ist Jerome Baker«, gab dieser zurück.

»Er ist ein Freund aus Boston«, fügte Emily hinzu.

»Kommt herein! Kommt herein!«, forderte Marvin die beiden grinsend auf und bot ihnen an, im Wohnzimmer Platz zu nehmen.

Während er schnell in die Küche marschierte um seinen Gästen ein Glas Eistee zu servieren, warfen sich Emily und Jerome ernste Blicke zu.

»Hier, bitte sehr«, sagte Marvin, nachdem er die zwei Gläser Eistee auf dem Tisch abgestellt hatte und sich zu ihnen aufs Sofa gesellte. »Nun erzähl mal, Kleines, was hast du auf dem Herzen? Am Telefon klang es ja beinahe so, als ob es um Leben und Tod ginge.«

Besser hätte sie es auch nicht ausdrücken können. Zögerlich schaute Emily ihn an. Dann begann sie die ganze Geschichte zu erzählen, angefangen bei Adriens Erscheinungen in ihrem Sanitäterdienst bis zu ihrer Begegnung mit ihm auf dem Parkhausdach, als er sie rettete, als er ihr eröffnete hatte, dass sie auf seiner Todesliste stand. Sie erzählte einfach alles. Marvins Augen wurden mit jedem Wort größer.

Er hatte einige Male versucht, sie zu unterbrechen, doch Emily bat ihn erst etwas zu sagen, wenn sie fertig sei. Sie erzählte davon, wie sie herausbekommen hatte, dass Jerome auch einst ein Todesbote gewesen war, wie sie alle zusammen nach Irland gereist waren um ihren Lebensabend dort zu verbringen, wie sie und Adrien sich mehr und mehr ineinander verliebt hatten und wie dieser schlussendlich fortgegangen war, um Emilys Strafe in Okasis abzusitzen. Abschließend erklärte Jerome noch einmal genau, was Okasis eigentlich war.

»Ihr wollt mich auf den Arm nehmen!«, war alles, was Marvin sagte.

»Nein, keineswegs«, entgegnete Jerome ernst.

Ungläubig schaute der Sanitäter die beiden an.

»Wenn das ein Scherz sein soll, ist es ein schlechter.«

»Es ist wirklich wahr, Marvin«, beteuerte sie. »Ich

konnte nicht mehr als Sanitäterin arbeiten, weil wir uns oft in Einsätzen begegneten und ich anfangs nicht ertragen und einsehen konnte, was er da tat ...« Sie ließ ihren Satz abreißen.

»Es gibt wirklich Todesboten. Ich weiß, dass es jetzt schwer für Sie ist, das zu begreifen. Das war es für Emily auch«, meldete sich nun Jerome zu Wort und sah Marvin eindringlich an.

Dieser stieß ein sarkastisches Lachen aus und schüttelte überfordert seinen Kopf. »Ihr wollt mir allen Ernstes erzählen, dass Emily sich in einen Sensenmann verliebt hat, der sie dazu auch noch umbringen sollte, weil sein Boss es so angeordnet hatte? Dass Sie auch mal so einer waren?« Mit einem Finger zeigte er auf Jerome. »Und dass dieses Oka.. Oka... Okay Dingsbums ...«

»Okasis«, verbesserte ihn Jerome.

»... dieses Okasis eine Dimension zwischen Himmel und Hölle ist, in der Emily hätte landen sollen und wo jetzt dieser Typ feststeckt?«

»Genau«, antwortete sie.

»Ihr seid ja beide komplett wahnsinnig! Das ist der

größte Blödsinn, den ich je gehört habe!« Mit einem drohenden Gesichtsausdruck bedachte er nun Jerome. »Sie sind für all diesen Wahnsinn hier verantwortlich!«, fuhr er ihn an. »Sie sind irgendsoein Esoterik-Heini, der Emily einer Gehirnwäsche unterzogen hat. Sicherlich gehören Sie einer Sekte an und suchen neue Anhänger. Aber da muss ich Sie leider enttäuschen, Freundchen. Sie sollten sich schämen, meiner Freundin, die unter Burnout und stressbedingten Halluzinationen leidet, so etwas einzureden!« Seine Augen blitzten vor Wut.

Emily hatte das Gefühl, dass Marvin Jerome jeden Moment eine Ohrfeige verpassen würde. »Nein! Bitte, Marvin! Es ist wirklich alles wahr! Bitte, ich brauche deine Hilfe!« Sie nahm Marvins Hand und sah ihn eindringlich an. »Ich bin nicht geisteskrank. Wir haben uns einmal blind vertraut. Weißt du nicht mehr? Ich bitte dich, vertrau mir einfach!«

„Emily, das ist jetzt alles ein bisschen viel auf einmal. Gib mir ein paar Minuten, damit ich meine Gedanken ein bisschen sortieren kann. Ich muss erst einmal hier raus!« Mit diesen Worten verließ er den Raum.

Emily und Jerome sahen sich schweigend an.

Wenige Minuten später kam Marvin zurück. »Na gut, Emily, für mich ist das schwer nachzuvollziehen, doch ich werde dir, so gut es geht, versuchen zu glauben, auch wenn es schwierig ist. Du hast recht, Freunde sollten einander vertrauen und ich hätte dich damals nicht einfach zu einem Psychologen weiterschicken dürfen, sondern dir zuerst richtig zuhören müssen!«, räumte er ein wenig reumütig ein und rieb mit seiner Hand über ihre.

Emily war erleichtert. »Ich brauche deine Hilfe, Marvin«, begann sie, schluckte schwer und bedachte ihren Freund mit einem ernsten Blick. Dies hier würde der schwierigste Teil dieser ganzen Unterredung sein. »Ich muss Adrien aus Okasis befreien.«

»Ja, und wie kann ich dir da helfen?« Aufmerksam sah er sie an.

»Um nach Okasis zu gelangen, muss ich sozusagen vorrübergehend tot sein.«

Marvin riss schockiert seine Augen weit auf. »Was? Bist du jetzt von allen guten Geistern verlassen?« Das Entsetzen stand ihm ins Gesicht geschrieben.

»Jerome hat das vor seiner Herzerkrankung ziemlich oft getan. Er hat sich in einen Zustand versetzen lassen, in dem seine Atmung versagte, genau wie sein Herz. Doch es war immer jemand da, um ihn rechtzeitig wiederzubeleben«, eröffnete Emily Marvin mit zusammengebissenen Zähnen.

»Ach, und ich soll dich also zuerst umbringen, um dich danach wiederzubeleben? Du tickst ja wohl nicht mehr ganz richtig!« Jetzt wurde seine Stimme lauter.

»Ich habe das schon ziemlich oft gemacht«, redete Jerome dazwischen. »Sie braucht allerhöchstens ein paar Minuten. Eine Minute in unserer Welt ist wie einige Stunden in Okasis. Dort verläuft die Zeit vollkommen anders.«

»Sie sagen jetzt am besten überhaupt nichts mehr!«, fuhr Marvin Jerome erneut an. »Sie mit Ihren komischen wahnsinnigen Versuchen sind ein schlechtes Beispiel für Emily!«

»Marvin", flehte die Genannte, »wir brauchen nur vier Einheiten Insulin. Sie sorgen im richtigen Maß für Herzversagen und Atemstillstand. Mit einer Glukoselösung bin ich rechtzeitig wieder in Ordnung und das Insulin ist im schlimmsten Fall, falls ich ins Krankenhaus muss, in meinem Blut nicht mehr nachweisbar. Das heißt, dir könnte niemand etwas anhaben«, erklärte sie, während sie in Gedanken anfügte: Falls ich nicht sterbe.

Marvin atmete lange aus, kam näher an Emily heran und nahm ihr Gesicht in beide Hände. Voller Sorge sah er sie an. »Weißt du, was du da von mir verlangst? Das ist Wahnsinn!« Entschieden schüttelte er den Kopf. »Das ist viel zu riskant! Ich werde dein Leben nicht aufs Spiel setzen. Das ist mein letztes Wort.«

Emily hatte alles versucht, doch ihr Freund ließ nicht mit sich reden. Sie konnte seine Sicht der Dinge natürlich verstehen. Marvin liebte sie wie eine kleine Schwester. Wenn sie in seiner Situation gewesen wäre, hätte sie womöglich auch so gehandelt, musste sie sich eingestehen und nahm es ihm nicht übel.

Immer wieder redete Marvin auf sie ein, dass sie sich diese Gedanken bitte alle aus dem Kopf schlagen solle. Wie könne er jetzt noch ruhig schlafen, hatte er sie gefragt. Er war fix und fertig, sein sonst so strahlendes Gesicht wirkte geradezu eingefallen. Es würde sie, wenn sie wieder in Boston wäre, sicherlich noch einige Telefonanrufe kosten, bis sie ihn wieder beruhigt hätte – wenn ihr das überhaupt gelang. Dennoch kam es Emily nicht in den Sinn einfach so aufzugeben. Sie würde einen Weg finden Adrien da raus zu holen, so viel war sicher.

KAPITEL 28 - TOT

Der Boden, auf den er blickte, war gesäumt mit totem Fleisch und Knochen. Unaufhörlich erklangen Schreie. Es kam ihm vor, als ob sie immer lauter und lauter wurden. Es schien unerträglich. Die Luft roch nach Verwesung. Der Himmel war grauer als nur grau. Von oben tropfte etwas. Er spürte erst einen Tropfen auf seiner Nase, dann einen in seinem Nacken und letztlich auch auf seiner Hand. Er bemerkte erst jetzt, dass es Blut war. Dieser Blutregen wurde immer stärker. Er würde sich einen Platz zum Unterstellen suchen müssen. Viel zu lange lief er schon umher. Einige Meter noch und er käme an einem Steinvorsprung vorbei. Erschöpft trat er näher und näher und sah eine kleine Mulde in den Steinwänden. Langsam kroch er hinein und ließ sich matt auf das raue Gestein fallen. Hier würde er eine Zeit lang bleiben. Zu seiner Enttäuschung musste er feststellen, dass die quälenden durchdringenden Schreie nicht verebbten. Ihm war, als ob diese Stimmen ihn von innen auffraßen.

»Doloribus affectum esse«, erklang es immer wieder. Der lateinische Ausdruck, das wusste Adrien, bedeutete: *Ich habe Schmerzen.*

Ungeduldig trat Emily von einem Bein auf das andere. Sie stand vor dem Paramedics- Centre und wartete auf Marvin. Seine Schicht würde gleich beginnen. Sie hatte also nicht viel Zeit und musste schnell handeln.

»Emily, was machst du denn hier?«, fragte sie Marvin, der gerade auf das Gebäude zulief.

»Mir ging unser Gespräch von gestern nicht mehr aus dem Kopf und ich wollte dir nur sagen, dass du recht hattest. Ich habe mich da in etwas verrannt«, erklärte sie ihm.

»Ich bin froh, dass du so denkst«, meinte er erleichtert. Ein warmes Lächeln umspielte seinen Mund. »Ich könnte es einfach nicht ertragen, wenn meiner Lieblings-Ex-Kollegin etwas zustoßen würde.«

Emily rang sich ein müdes Lächeln ab. Beide gingen ein paar Meter bis zu seinem Rettungswagen.

»Weißt du denn jetzt schon, wie es beruflich mit dir weitergeht?«, wollte Marvin nun von ihr wissen.

»Ich weiß noch nicht recht. Vielleicht studiere ich wirklich etwas in Boston und suche mir solange einen Nebenjob in einem Supermarkt oder so.«

»Das klingt doch ganz gut. Wir werden genauer darüber reden, wenn du mal wieder bei uns zu Besuch bist. So, ich muss meinen Kollegen abholen, Kleines. Sein Auto ist in der Werkstatt.« Mit diesem Satz schloss er die Fahrertür auf und setzte sich ans Steuer.

»In Ordnung, Marvin. Bis dann!«

Nachdem er zwei Meter gefahren war, hielt er an und stieg wieder aus. »Irgendetwas stimmt mit dem Wagen nicht«, stellte er fest.

»Du hast einen Platten«, rief Emily und zeigte auf

den zerstochenen, hinteren Reifen.

»Oh, Mist!«, fluchte er. »Ich muss mir einen Ersatzwagen organisieren. Könntest du solange hier warten? Ich bin gleich zurück.«

Kopfnickend willigte sie ein und wartete, bis er außer Reichweite war, um in den Rettungswagen zu steigen. Auf dem Beifahrersitz hatte Marvin seine Sanitätertasche abgestellt. Rasch nahm sie sich die Insulinlösungen heraus und verschwand dann in Windeseile.

»Okasis steckt voller Gefahren!«, hatte Jerome gesagt.

Daraufhin hatte Emily ihn gefragt, was denn so gefährlich für jemanden sei, der keinen Körper mehr habe.

»Du verlierst nach und nach den Verstand, du vergisst alles und jeden, auch dich selbst«, war Jeromes Antwort auf ihre Frage gewesen.

Erschrocken hatte sie ihn angesehen.

»Falls du Adrien wirklich finden solltest, kann es sein, dass er wahnsinnig geworden ist und dass er dich nicht mehr wiedererkennen wird ...«

Natürlich hatte es Emily große Überwindung gekostet ihren besten Freund anzulügen. Sie hatte seinen Reifen durchgestochen, hatte ihn beklaut und hatte sich danach einfach aus dem Staub gemacht. Aber sie konnte nicht warten, bis er wieder zurück war. Sie hätte es einfach nicht über sich gebracht ihm danach noch einmal in die Augen zu schauen. Man sagte ja, der Zweck heilige die Mittel. Hoffentlich stimmte das auch in diesem Fall.

Nach dem Gespräch mit Jerome war ihr klar geworden, dass sie keine Zeit mehr verlieren durfte. Sie hatte alles genau geplant: Zu Hause würde sie sich die vierfache Menge der Insulinlösung spritzen, die für einen gesunden Menschen tödlich enden könnte. Sie hatte Jerome gebeten, sie zu besuchen und plante ihre Nahtoderfahrung so zu beginnen, dass er sie rechtzeitig finden würde.

Jerome wusste nichts von ihrem Vorhaben. Er wusste nur, dass er später vorbeikommen sollte. Sie wollte und musste es allein durchziehen. Auf die Schnelle hätten sie keinen Arzt oder Sanitäter gefunden, der dieses Spielchen mitgespielt hätte. Niemals hätte Jerome sie ohne medizinische Begleitung gewähren lassen. Die Zeit lief ihr davon und Emily wollte nicht zulassen, dass Adrien in dieser grausigen Welt langsam aber sicher den Verstand verlieren würde. Also hatte sie Jerome angerufen und zu sich nach Hause bestellt, bevor sie Marvin besuchte.

Es war gegen drei Uhr nachmittags, als sie ihre Wohnung erreichte. Sie hatte Jerome gegen vier Uhr zu sich bestellt. Er besaß einen Schlüssel für ihre Wohnung. Nervös schloss sie die Tür hinter sich und packte das Insulin aus. Vorsichtig nahm sie die Spritzen aus der Verpackung und legte sie allesamt nebeneinander auf ihren Wohnzimmertisch. Einen Moment lang betrachtete sie diese noch und holte tief Luft. Dann nahm Emily die erste Injektion in die Hand. Sie musste sich zusammenreißen, denn sie zitterte. Ihr Herz schlug bis zum Hals.

»Es muss sein!«, sagte sie zu sich. Sie stellte sich Adriens Gesicht vor und erinnerte sich an ihren letzten gemeinsamen Abend. Das beruhigte sie und das Zittern ließ nach.

Emily setzte die Spritze an der Vene an. Sie wusste, dass die Verabreichung in die Vene eine höhere Wirkung erzielen würde, als wenn sie lediglich in den Muskel spritzen würde. Sie drückte das Insulin langsam aber stetig in ihren Körper ...

Als Marvin bemerkte, dass Emily längst verschwunden war, als er wieder auftauchte, hatte er einen bösen Verdacht. Schnell ging er an seine Sanitätertasche und überprüfte die Injektionslösungen. Sofort fiel ihm auf, dass vier Spritzen Insulin fehlten.

»Scheiße, Emily!« Angst kroch in ihm hoch. Augenblicklich kramte er sein Handy hervor und wählte ihre Nummer. »Geh ran, Emily! Bitte geh ran!«, flehte er. Er ließ es ganze zwei Minuten klingeln. Sie nahm einfach nicht ab. Unmöglich konnte er jetzt seinen Dienst antreten, nicht mit dem Wissen, dass sie sich wahrscheinlich in den nächsten Momenten eine tödliche Dosis Insulin verabreichen würde.

Wie konnte er nur so dumm sein? Er hatte sich austricksen lassen! Hätte er doch nur seine Tasche mitgenommen oder den Rettungswagen abgeschlossen! Alle Vorwürfe halfen jetzt nichts. Er musste sie so schnell wie möglich finden!

Emily wurde heiß. Ein starker Schwindel überkam sie, unbändige Übelkeit trat ein. Sie keuchte, denn sie bekam plötzlich keine Luft mehr. Geschwächt ließ sie sich auf den Boden fallen und verlor einige Sekunden darauf das Bewusstsein ...

Als Jerome die Tür aufschloss und die bewusstlose Emily auf dem Boden vorfand, fuhr ein unbändiger Schreck durch seine Knochen. Hastig eilte er zu ihr und tastete an ihrem Hals nach einem Puls. Dieser war nur noch sehr schwach zu erfühlen.

»Emily, was machst du denn für Sachen?«, sagte er verzweifelt und rief sogleich einen Notarzt an. »Kommen Sie bitte schnell in die Beacon Street 82 in Newtown. Meine Freundin hat kaum noch Puls!« In all der Hektik hatte er ganz vergessen die Tür zu schließen und erschrak für einen Moment, als er Marvin plötzlich panisch zu Emily hinüberhechten sah.

»Emily, nein!«, brüllte er und tastete ihren Puls.

»Ich habe bereits einen Notarzt gerufen. Er müsste

jeden Augenblick eintreffen.«

Marvin erwiderte nichts darauf. Er war damit beschäftigt Emily abzutasten und zu untersuchen. Angstschweiß lag auf seiner Stirn. »Sie hat einen glykämischen Schock! Einen Unterzuckerungsschock«, erklärte er. »Wenn sie nicht in den nächsten Minuten eine Glukoselösung injiziert bekommt, stirbt sie.«

KAPITEL 29 – OKASIS

Emily spürte eine angenehme Wärme in sich aufsteigen. Sie nahm noch Marvins und Jeromes Stimmen wahr, die zu ihr sprachen. Allerdings konnte sie nicht mehr hören, was sie sagten.

Sie war schon zu weit weg und wollte auch nicht zurückkehren. Sie fühlte sich so frei wie nie zuvor und so leicht wie eine Feder. Vor ihrem geistigen Auge sah sie ihr ganzes Leben im Zeitraffer an sich vorbeiziehen. Sie sah sich als kleines Mädchen, wie sie auf dem Schoß ihres Vaters gesessen hatte, um sie herum ein prächtig geschmückter Christbaum, wie ihre Mutter ihr abends Gutenachtgeschichten vorgelesen hatte,

Toben und Spiele im Garten mit ihren Großeltern, die Schulaufführungen ihrer Klasse, die gemeinsamen Nachmittage mit Becky, ihr erster Kuss, der Autounfall ihrer Eltern, ihr erster Einsatz als Rettungssanitäterin, die gemeinsamen Abendessen mit Marvin und seiner Familie, sie sah auch Adrien, wie sie beide in Glengarriff Wood gemeinsam auf der Decke kuschelten, nebeneinander lagen und sich küssten. Sein Gesicht war das letzte Bild, das an ihr vorbeizog.

Dann stand sie plötzlich in einen großen weißen Raum. Dieser hatte weder Fenster noch Türen. Er war vollkommen in Weiß gehalten, komplett steril und rein. Instinktiv hämmerte Emily mit beiden Händen an die Wände, so als würde sie Hilfe erbitten. Sofort öffnete sich ein langer schwarzer Tunnel, der aus der weißen Wand herausragte. Ein Sog erfasste Emily und nahm sie mit. Immer steiler rutschte sie hinab. Es war in etwa das gleiche Gefühl, als säße sie in einer Achterbahn, so kam es ihr vor.

Nach einer halben Ewigkeit nahm ihre Reise ein Ende und sie landete unsanft auf dem Boden. Als sie sich diesen genauer anschaute, erkannte sie, dass er matschig und mit Blut überzogen war. Ihre Hände waren über und über mit diesem Blut verschmiert. Emily konnte sich noch an alles erinnern, sie wusste, warum sie hier war. Sie wollte Adrien retten. Deshalb war sie gekommen. Sie sah sich die Umgebung an und bemerkte einen weißen Himmel, der gedämpftes Licht spendete, und auch eine schwarze Sonne, die alles dunkel überschattete. Nun ließ sie ihren Blick in die Ferne schweifen. Alles schien trostlos und leer, verdörrtes Geäst, so weit das Auge reichte. Jerome hatte gesagt, dass es in dieser Dimension sozusagen mehrere Welten gab. Also durfte sie keine Zeit verlieren und musste schleunigst weiterziehen.

Bisher hatte sie niemand anderen wahrgenommen. In einem unendlichen Raum war das wohl auch nicht weiter verwunderlich. Ein eisiger Wind fegte durch ihr Gesicht. Es schmerzte. Obwohl sie tot war, empfand sie Schmerzen. Aber so sollte es wohl auch sein, dachte sie. Dies war schließlich ein Ort der Qual. Mit zügigen Schritten passierte sie die Gegend, darauf bedacht alles um sich herum wahrzunehmen, nichts durfte ihr verborgen bleiben. Adrien konnte überall stecken. Immer wieder schrie sie seinen Namen. Die Kälte biss in ihren Hals, ließ ihn rau und wund werden.

Nach einiger Zeit erschien ein Mann vor ihren Augen. Er wirkte ziemlich alt. Seine Haut wies Narben auf, seine Arme waren vollständig damit bedeckt. An seinem Hals war ein Strick befestigt. Zweifelsohne war er ein Selbstmörder. Seine Augen starrten sie mit solch einer Intensität an, dass es Emily das Blut in den Adern gefrieren ließ. Sie zwang sich schleunigst an ihm vorbeizumarschieren. Zu ihrer Erleichterung verfolgte er sie nicht.

Je weiter sie sich fortbewegte, desto kälter schien es ihr zu werden. Der Wind peitschte gnadenlos über sie hinweg. Nach und nach tauchten immer wieder Gestalten wie aus dem Nichts vor ihr auf: eine Frau mit Stichwunden im Bauch, ein Mann mit einer Axt in seinem Kopf, ein Herr mit blutunterlaufenen Augen. Jede dieser Gestalten hätte sie fast zum Aufschreien gebracht. Sie musste Ruhe bewahren. Es waren gepeinigte Seelen, die außer Stande waren jemanden zu verletzen, sagte sie sich. Die Landschaft veränderte sich im Laufe der Zeit; überall waren schneebedeckte

Berge zu sehen. Daran allein war eigentlich nichts auszusetzen. Nur die Quellen, Flüsse und Seen, die mit Blut befüllt waren, wirkten makaber. Sie konnte aus der Ferne eine junge Frau erkennen, die sich in einem solchen See das Gesicht wusch. Sie schreckte kurz auf, als sie Emily Adriens Namen rufen hörte. Dann krempelte sie die Ärmel ihres Kleides hoch und sprang ins rote Wasser, tauchte darin ein und schwamm umher.

Es war schwer zu sagen, wie viel Zeit verstrichen war, denn hier in Okasis verstrich Zeit anders. Wie lange war Emily wohl schon tot? Was war, wenn man sie nicht wiederbeleben konnte? Was, wenn sie nun auf ewig an diesem Ort gefangen blieb? Sie hatte keine Zeit, sich mit diesen Gedanken lange zu beschäftigen. Sie musste irgendwie zu Adrien gelangen. Das war alles, was im Moment zählte.

Nach einer gefühlten Stunde erreichte sie einen Wald, der düster wirkte. Wohl oder übel musste sie diesen durchqueren. Die Bäume waren verschnörkelt und beinahe schon schwarz. Lange, knochige Äste ragten überall hervor und versperrten ihr den Weg. Mit aller Kraft kämpfte sie sich durch das Dickicht, bis sie endlich eine Lichtung erreichte. Emily näherte sich einer prächtigen grünen Wiese, die mit blauen Blumen übersät war. Schmetterlinge mit schwarzen, löchrigen Flügeln tanzten darauf. Nach einigen Metern musste sie schwer schlucken, denn da liefen zwei Tiere umher, deren Körper stark an die von Pferden erinnerten, mit der Ausnahme, dass diese Tiere keinen Kopf mehr besaßen. Wenn das also nicht die Hölle war, wollte sie sich nicht vorstellen, wie es dort wohl aussehen würde ...

Nach einer Weile erreichte sie eine kleine Siedlung. Mehrere Häuser, allesamt grau, standen in Reih und Glied nebeneinander. Sie steuerte noch ein paar Schritte weiter darauf zu, bis ein Junge, Emily schätzte sein Alter auf etwa acht Jahre, zu ihr gerannt kam. Er wirkte verängstigt und verstört. Mit beiden Händen umklammerte er ihr Bein. Vorsichtig ging sie vor ihm in die Hocke.

»Hallo, mein Kleiner! Ganz ruhig«, versuchte sie ihn zu besänftigen und strich mit der Hand über seinen Kopf. Sie stellte fest, dass er verwundet war. Bei genauerer Betrachtung konnte man erkennen, dass am hinteren Teil seines Schädels ein faustgroßes Loch zu sehen war. Wieder musste Emily einen Aufschrei unterdrücken. Dies war bisher das Grausamste, das sie hier gesehen hatte. Dennoch brachte es nichts den Jungen noch mehr zu verstören, dachte sie und sprach in ruhigem Tonfall weiter mit ihm. »Wie heißt du, mein Junge?«

Er antwortete nicht. Seine Augen starrten sie nur mit einer solchen Traurigkeit an, dass sie am liebsten losgeheult hätte. Dann verschwand er urplötzlich.

Ob sie sich wohl auch an einen anderen Ort teleportieren konnte? Es würde sicherlich hilfreich sein. Aber Jerome hatte nichts dergleichen erwähnt. Angestrengt versuchte Emily sich nun in eines der Häuser zu transportieren. Leider geschah nichts.

Wer hier wohl wohnte? Diese Gebäude sahen nicht gerade einladend aus. Der graue Putz fiel von den Wänden, die Dachplatten wirkten eingefallen und marode. Auch die Türen waren schief. Nichtsdestotrotz trat sie näher und klopfte an eine der Türen, was ihr im selben Moment auch schon schwachsinnig vorkam, immerhin war sie ein Geist und das hier kein reales Haus.

Eine dicke Frau mit lockigen roten Haaren öffnete die Tür. Mit unverhohlener Kälte blickte sie Emily an.

»Entschuldigung, ich bin auf der Suche nach jemandem.«

Missbilligend schaute die Rothaarige sie an. »Sind wir hier nicht alle auf der Suche nach jemandem oder irgendetwas?«, erwiderte sie.

»Er ist sehr groß, ganz in schwarz gekleidet und hat braunes Haar«, fuhr Emily unbeirrt fort.

»Du bist sicher noch nicht lange hier«, stellte die Frau nun mit ruhiger Stimme fest. »Ich kann dir nur raten, such dir ein halbwegs friedliches Plätzchen in dieser Gegend aus und versuche dort zu bleiben. Du wirst hier nie jemanden treffen, den du aus deinem sterblichen Dasein kennst. Das sind die Regeln in Okasis«, erklärte sie und schlug die Tür vor Emilys Nase zu.

Wie ein Faustschlag trafen Emily diese Worte. Seit Stunden war sie unterwegs. Oder waren es bereits Tage? Der kleine Hoffnungsschimmer Adrien jemals wiederzusehen, schwand immer mehr. Das waren also die Regeln dieses grausamen Ortes? Es war bloß ein Straflager für Personen, die gegen die Regeln des Schicksals verstoßen hatten. Keine Seele durfte so etwas wie Frieden, Glück oder Erlösung erfahren. Im Grunde gab es also doch keinen Unterschied zur Hölle, sinnierte sie. Hier empfand man nur Trauer und Schmerz.

Wie es Adrien jetzt wohl ging? Die Eindrücke, die die ganze Zeit schon auf sie einströmten, waren verstörend und traumatisierend gewesen. Dennoch durfte sie ihren Verstand nicht verlieren. Er war ihr wichtigstes Gut hier, ihr Werkzeug ihn zu finden.

Emily verließ die kleine Siedlung und marschierte weiter. Unendlich lange erstreckten sich Landschaften von schwarzen Gebirgen und Dornenhecken, an denen totes Fleisch hing. Der Verwesungsgestank war unerträglich. Angespornt vom Ekel wurden ihre Schritte schneller. Möglichst schnell musste sie raus aus diesem Bereich. Wenn das ein Alptraum gewesen wäre, wäre jetzt ein guter Zeitpunkt zum Aufwachen gewesen. Falls sie jemals hier herauskäme, war eine

Therapie wirklich notwendig.

Eine gefühlte Ewigkeit später waren der Gestank und die Dornenhecken endlich verschwunden und überall war plötzlich nur noch Wüstensand zu sehen. Weit und breit nichts als Sand. Aber da war noch etwas: Ein paar Meter weiter vorne erkannte sie einen Brunnen. Eine Tränke mitten in der Wüste. Wenn das nichts zu bedeuten hatte ... Eilig sprintete Emily darauf zu, doch auf halber Strecke blieb sie plötzlich im Sand stecken. Immer tiefer wurde sie nach unten gezogen. Es war Treibsand.

»Das Zappeln nützt dir nichts. Im Gegenteil«, hörte sie eine Stimme sagen. Emily blickte auf und sah eine junge Frau mit einem viel zu langen blauen Gewand am Leib. Außerdem versteckte sie ihr Haar unter einem Turban. Ihre Gesichtszüge wirkten freundlich. Obwohl diese Frau sich mehr oder weniger verschleiert hatte, ließ sich ihre Schönheit nicht verleugnen. Rasch streckte sie Emily ihre Hand entgegen. Dankend nahm diese die Hilfe an und ließ sich herausziehen. Die Frau hielt sie mit beiden Händen an den Schulterblättern fest. Einmal blinzelte sie und schon befanden sie sich auf einer ebenen Steinplatte inmitten eines großen Sees, der, wie es ihr mittlerweile schon vertraut war, rot schimmerte.

»Wo sind wir?« Erschrocken schaute Emily sich um.

»Das ist mein Zuhause«, antwortete die Frau, »hier bist du sicher.«

»Ich heiße Emily und bin noch nicht lange hier und hoffentlich auch nicht für immer. Ich suche jemanden. Aus diesem Grund bin ich hergekommen«, erklärte sie.

»Nun, ich will dir ja nicht deine Hoffnungen zerstören, aber diesen Ort kannst du nicht mehr verlassen, wenn du tot bist.«

»Meine Freunde sind wahrscheinlich gerade dabei mich wiederzubeleben, das hoffe ich wenigstens. Es war geplant, dass ich nur ein paar Minuten tot bin, damit ich ein paar Stunden oder Tage – ich weiß immer noch nicht, wie das hier gerechnet wird – hier zu verbringen um die Liebe meines Lebens zu finden.«

Nach wie vor bedachte die Frau sie mit einem skeptischen Gesichtsausdruck. »Du hast wirklich eine

Menge auf dich genommen um ihn zu finden. Aber kennst du nicht die Regeln in Okasis? Man kann hier niemanden finden. Dieser Ort arbeitet sozusagen gegen dich. Die mächtige Energie hier wird niemals zulassen, dass du ihn wiederfindest, weil du ihn liebst und er Glück bedeutet, was du hier nicht erfahren darfst.«

Emily seufzte. »Ja, die Regeln sind mir schon bekannt, aber ich musste es versuchen! Er ist wegen mir hier, er ist sozusagen an meiner Stelle hierhergekommen.«

»Das klingt sehr kompliziert und macht eigentlich keinen Sinn. Jetzt sitzt ihr beide hier fest und wenn du Pech hast, musst du auch bleiben und kannst nicht zurück«, sagte die Frau, während sie Emily mitleidig ansah.

»Nein, wenn ich es schaffe Adrien zu finden und rechtzeitig wiederbelebt werde, kann ich ihn mitnehmen. Er ist nie lebendig gewesen und somit auch nicht richtig tot«, erläuterte Emily.

»Das klingt verrückt, das muss ich schon zugeben. Ihr habt euch für den jeweils anderen geopfert. Eure

Liebe zueinander muss unendlich stark sein!« Ein Lächeln umspielte ihre Lippen. »Da ich hier sowieso nichts Besseres vorhabe, kann ich versuchen dir zu helfen, auch wenn es eigentlich aussichtslos erscheint. Mich fasziniert euer Schicksal.«

Emily war froh, eine Verbündete in dieser trostlosen Welt gefunden zu haben. »Wie heißt du?«, wollte sie von ihr wissen.

»Namen sind hier nur Schall und Rauch. Ob du es mir nun glaubst oder nicht, aber ich habe ihn vergessen. Kannst du dir das vorstellen?« Tränen kullerten nun über ihr Gesicht. »Ich habe mein gesamtes früheres Leben einfach im Laufe der langen Zeit, in der ich hier schon festsitze, vergessen. Ich denke, dass ist die logische Konsequenz. Jeder verliert hier irgendetwas. Entweder den Verstand, das Gedächtnis oder auch das Herz.« Sie schluckte schwer und biss sich dabei auf die Unterlippe.

Emily hatte großes Mitleid mit ihr. »Ich nenne dich von nun an Anna«, entschloss sie kurzerhand.

»Anna, das ist ein schöner Name. So könnte ich geheißen haben«, entgegnete die Frau lächelnd.

»Wie hast du das mit dem Teleportieren gemacht, Anna?«

»Dein Geist entwickelt mit der Zeit die nötige Kraft dazu. Immerhin bist du ja tot. Es dauert nur eine Weile, bis du dich selbst richtig steuern kannst.«

»Und du landest immer da, wo du hinwillst?«

»Ja, du musst dich nur genau darauf konzentrieren, dann bist du dort.«

»Bring es mir bitte bei! Wenn ich das schaffen sollte, kann ich zu Adrien gelangen.«

Anna schaute Emily ruhig an. »Wenn du auf normale Art und Weise nicht zu ihm gelangen kannst, wirst du es sicher auf mentalem Wege auch nicht schaffen«, schlussfolgerte sie.

»Es ist einen Versuch wert. Das ist meine letzte Chance!« Eindringlich sah sie Anna an. »Bitte hilf mir!«

KAPITEL 30 – ABGRUND

»Gut, stell dir jetzt diesen Steinvorsprung da drüben vor. Sieh ihn vor deinem inneren Auge. Du willst jetzt dort sein. Sei dort!«

Optimistisch und einfach klangen Annas Worte, doch Emily schaffte es einfach nicht mit Hilfe purer Gedankenkraft dorthin zu gelangen. Nach etwa zwanzig Versuchen ließ sie sich resigniert zu Boden fallen.

»Es klappt einfach nicht«, jammerte sie enttäuscht und schaute Anna hilfesuchend an.

Diese half ihr sogleich wieder auf die Beine. »Es braucht alles seine Zeit. Du musst erst die entsprechenden Fähigkeiten entwickeln. Sie schlummern in dir.«

Emily seufzte verzweifelt. »Ich habe aber keine Zeit mehr. Falls ich wirklich wiederbelebt werde oder vorrübergehend im Koma liege, muss ich Adrien gefunden haben, ehe sie mich zurückholen!« Gerade stellte sie sich Jerome vor, wie er um ihr Leben bangte. Wahrscheinlich hatte Marvin längst herausbekommen, was sie getan hatte, und würde halb durchdrehen vor Sorge um sie. Die Menschen, die ihr etwas bedeuteten, waren von ihr hintergangen und belogen worden. Was, wenn sie die beiden nie wiedersehen würde?

Daran durfte sie gar nicht denken. Das alles hier musste einfach gut ausgehen. Sie rappelte sich auf und versuchte es erneut. »Na schön, ich möchte jetzt da drüben sein«, murmelte Emily und visierte gedanklich den kleinen Felsvorsprung auf der anderen Seite des Sees an. Sie schloss die Augen und konzentrierte sich. »Ich will zum Felsvorsprung. Ich will zum Felsvorsprung!«

Als sie ihre Augen öffnete, stand sie tatsächlich auf dem steinernen Vorsprung. Begeistert winkte sie Anna zu. »Ich habe es geschafft!«, rief sie.

Diese bedachte Emily mit einem breiten Grinsen. »Ja, sieht ganz so aus. So, jetzt komm wieder zurück zu mir!«

Mit einem Satz war Emily wieder bei ihr. »Ich kann es, Anna! Ich kann es!«

Jetzt stellte sich nur noch eine Frage und vor der Antwort darauf hatten beide Angst.

»Los, Emily! Worauf wartest du noch?! Versuch es!«, bestärkte Anna sie.

Diese nickte nervös. »Ich danke dir für deine Hilfe, Anna! Ohne dich wäre ich aufgeschmissen gewesen«, sagte sie und nahm sie in den Arm. Diese Frau musste in ihrem früheren Leben eine großartige und starke

Person gewesen sein. Hatte sie sich wohl umgebracht oder war sie getötet worden? Sie war nicht verstört und wirkte nicht so, als wäre sie auf brutale Art und Weise hingerichtet worden. Anna erschien so klar, so aufrichtig und rein. Geradezu warmherzig, wie eine große Schwester war sie zu Emily. Zweifellos hatte sie eine Freundin gefunden.

Gut, jetzt war also die Stunde der Wahrheit gekommen. Konzentriert schloss Emily die Augen und stellte sich Adrien vor. So deutlich sie nur konnte, formte sie diesen Gedanken. »Adrien. Ich will jetzt bei Adrien sein!«, befahl sie.

Unsicher öffnete sie die Augen wieder und schaute in Annas enttäuschtes Gesicht. Verzweifelt ließ Emily sich erneut auf den Boden fallen Sie hatte keine Kraft mehr. Und auch keine Tränen mehr zum Weinen.

»Es tut mir leid für dich.« Annas Stimme war nicht mehr als ein Flüstern, als sie sich neben ihr auf den Boden setzte.

»Das war die einzige Chance, die ich noch hatte. Ich werde ihn nie wiedersehen.«

Einfühlsam legte Anna einen Arm um ihre Schulter.

»Ich denke, es gibt doch noch einen Weg.«

Ruckartig riss Emily ihre müden Augen auf und spitzte die Ohren.

»Es ging mir gerade durch den Kopf und es könnte sogar klappen: Wir werden uns gemeinsam zu ihm teleportieren«, erklärte sie kurzentschlossen. »Du stellst dir Adrien vor, denn ich weiß eben nicht, wie er aussieht. Wenn wir uns anfassen, haben wir sicher mehr Kraft. Ich werde den Gedanken äußern zu ihm zu wollen, denn für mich spielt er keine Rolle. Dein Wunsch wurde nur blockiert, weil es dich glücklich machen könnte ihn zu sehen.«

Sie hatte recht. Okasis widersprach natürlich ihrem Verlangen Adrien zu sehen. Irgendwie mussten sie dieses System überlisten.

»Also gut, dann lass es uns versuchen!«

Die beiden Frauen nahmen sich an den Händen. Emily lieferte Anna die Vorstellung von Adrien und diese äußerte dann den Wunsch, zu ihm zu gelangen. Wenige Sekunden später öffneten sie ihre Augen und fanden sich in einem dunklen Kellergewölbe wieder. Die Wände waren feucht und kalt, von der Decke tropfte es an mehreren Stellen. Eine kleine Öffnung verriet, dass draußen ein Sturm tobte, denn der Wind pfiff durch diesen Spalt und durch das gesamte Gebäude.

Sie hatten es scheinbar geschafft, dachte Emily. Aber wo war Adrien? Vor ihnen erstreckten sich Treppen, die nach oben führten. Das wäre aber sicher der falsche Weg gewesen. Umsonst waren sie sicher nicht hier gelandet.

Anna schaute sich fragend um. »Dort drüben!«, rief Emily plötzlich.

In der hintersten Ecke des Raumes lag ein Mann in einem zerfetzten schwarzen Hemd zusammengekauert auf dem Boden. Als sie sich der Gestalt näherte, konnte sie zu ihrer Erleichterung bestätigen, dass es Adrien war. Vorsichtig kniete sie sich vor ihn.

Anna beobachtete das Geschehen dezent aus dem Hintergrund.

»Adrien«, flüsterte Emily, doch er reagierte nicht.

Seine Augen wirkten hohl und stumpf. Er sah zur Decke hinauf.

Wieder versuchte sie es: »Adrien, kannst du mich

hören? Weißt du, wer ich bin?« Langsam näherte ihre Hand sich seinem Arm und berührte diesen.

Erschrocken und verstört zuckte er zusammen und wich zurück. Jetzt, als sie genauer hinsah, fielen ihr mehrere blutige Striemen an seinem Oberkörper auf, die deutlich durch die vielen offenen Stellen seines Hemdes blitzten.

»Oh, nein! Was hat man dir nur angetan, mein Adrien?« Mit aller Kraft kämpfte sie gegen die Tränen an. Es war schrecklich Adrien in solch einem Zustand wiederzufinden. »Ich bin es! Emily! Erinnerst du dich nicht mehr?«

Immer noch gab er keinen Mucks von sich, als ob er sich in einer Art Schockzustand befände. Es traf sie unendlich tief, zu sehen, wie sehr er litt. Fragend drehte sie sich zu Anna um.

»Er scheint alles und jeden vergessen zu haben. Es tut mir so leid!«, meinte diese.

Nein, das durfte nicht wahr sein! Er konnte sie nicht vergessen haben! Selbst wenn, sie würde ihn auf keinen Fall hier zurücklassen. Nach wie vor würde sie ihn mitnehmen, ihn dort herausholen.

Nun setzte Emily sich direkt vor seinen Kopf. »Ich weiß, dass du mich hören kannst! Du bist noch da, Adrien. Ich bin nicht so weit gekommen um jetzt aufzugeben. Ich werde dich niemals aufgeben, hörst du?« Ihre Stimme brach am Ende des Satzes, Tränen liefen ihr übers Gesicht. Sanft strich sie ihm über den Kopf. Diesmal zuckte er nicht zurück.

»Das ist gut!«, sagte Anna. »Deine Worte scheinen ihn irgendwie zu erreichen. Mach weiter!«

Emily holte tief Luft. »Adrien, mein Liebster«, flüsterte sie sanft und streichelte weiterhin zärtlich seinen Kopf.

Seine Augen bewegten sich. Er reagierte.

»Ich weiß, dass du noch da bist! Ich bin extra wegen dir gekommen, um dich zu retten«, erklärte sie und hob nun vorsichtig seinen Kopf auf ihren Schoß.

Er ließ es geschehen.

»Du kannst mich hören. Ich weiß es. Komm zu mir, Adrien! Bitte komm zurück! Ich liebe dich!«

Langsam hob er den Kopf an und setzte sich zu ihr auf. Sein Gesicht war schmerzverzerrt und sie erkannte Tränen darin. »Emily!«, sagte er nur und sah sie verzweifelt an.

»Adrien!« Sie fielen sich in die Arme.

»Wie konntest du das nur tun? Du hast dich umgebracht und jetzt bist du genauso verdammt wie ich!« Seine Hände zitterten.

»Nein, ich habe alles mit Jerome geplant. Jemand sollte mich rechtzeitig wiederbeleben, doch es fand sich niemand. Also habe ich es allein getan und mir eine hohe Dosis Insulin gespritzt. Jerome wusste zwar nichts davon, aber ich habe ihn rechtzeitig bestellt, damit er einen Arzt rufen kann«, erklärte Emily.

»Und was, wenn er nicht rechtzeitig gekommen ist? Was, wenn man dich nicht retten konnte?« In seiner Stimme schwang blanke Panik mit.

Überfragt zuckte sie mit den Schultern. »Ich weiß es nicht«, stammelte sie. Tränen bahnten sich den Weg über ihr Gesicht. »Ich weiß es einfach nicht!«, gestand Emily noch einmal mit zitternder Stimme und blickte den immer noch schwach aussehenden Adrien ängstlich an.

»Ist ja schon gut«, beschwichtigte er und nahm sie wieder in seine Arme.

Gleich wurde sie wieder ruhiger. Es tat so gut endlich wieder bei ihm sein zu können. Mit einem dezenten Räuspern erinnerte Anna daran, dass sie immer noch in ihrer Ecke stand.

»Oh, das habe ich völlig vergessen«, stellte Emily fest und löste sich nun wieder aus der Umarmung. »Das ist eine Freundin, die ich hier kennengelernt habe. Sie hat mich zu dir gebracht. Ohne ihre Hilfe hätte ich es nie geschafft.« Sie winkte Anna zu sich rüber.

Ein wenig zurückhaltend trat diese näher. Sofort streckte Adrien ihr zur Begrüßung seine Hand entgegen. »Hallo! Es freut mich dich kennenzulernen«, sagte er.

»Ganz meinerseits. Darf ich euch eine Frage stellen?«, sagte sie nun und schaute Emily und Adrien dabei wissbegierig an.

»Ja, natürlich.«

»Wenn du also, wie ich schon erfahren habe, kein Geist bist, dann bist du auch nie ein Mensch gewesen, oder?«

In all der Hektik und unter dem Zeitdruck hatte

Emily es versäumt ihre ganze Geschichte mit Adrien zu schildern. Das holte sie jetzt nach. Als sie an der Stelle angelangt war, als sie Jerome davon überzeugt hatte ihr bei dem Nahtodversuch zu helfen, stutzte Anna zum wiederholten Male. Auch schon zuvor, als Emily die Todesboten erwähnte, und immer, wenn der Name Jerome fiel, bemerkte sie bei Anna eine Reaktion.

»Was ist los, was hast du?«, wollte Emily von ihr wissen.

»Oh mein Gott! Wie konnte ich all das nur vergessen haben?«, jammerte Anna und seufzte betrübt. Emily sah Adrien an, der sofort wusste, wovon Anna sprach.

»Du bist Sofia!« Emily bekam den Mund nicht mehr zu. Es gab keinen Zweifel: Anna war Jeromes geliebte Sofia. Jahrelang hatte er verzweifelt und vergeblich nach ihr gesucht, immer wieder aufs Neue sein Leben riskiert. Und jetzt war sie hier.

»Ich erinnere mich langsam wieder«, verriet Sofia ernst. »Ich lernte Jerome im Krankenhaus kennen. Damals hatte ich gerade erfolgreich meine Chemotherapie abgeschlossen. Ich trug immer diesen Turban.«

Mit dem Finger zeigte sie auf den Stoff auf ihrem Kopf, der ihr Haar verbarg. Ein Lächeln huschte über ihr Gesicht. Mit einen Satz riss sie sich den Stofffetzen vom Kopf. Zum Vorschein trat seidiges schwarzes Haar, das ihr bis zu den Schultern ging.

»Ich weiß noch, wie er mich angesehen hat. Er fand mich immer wunderschön, auch ohne Haare.« Sie musste erneut schmunzeln. »Er sagte immer, ich sei sein Licht in der Dunkelheit gewesen. Ich wusste damals nicht, was er war und was genau er tat«, gestand sie. »Dann stand er plötzlich vor meiner Tür und ich war überrascht, dass er wusste, wo ich wohnte. Er küsste mich einfach ... Wenige Tage später sagte er mir dann die Wahrheit. Ich fiel aus allen Wolken. Im Nachhinein war seine Geschichte natürlich einleuchtend. Ich verstand seine Aufgabe und war mehr als überwältigt davon, dass er seine Unsterblichkeit aufgegeben hatte, nur um mit mir zusammen zu sein. Dann ging alles sehr schnell und ich starb.« Bitter klang das Ende ihrer Erzählung

»Jerome hat immer nur dich geliebt!«, warf Emily

nun ein. »Er hat sein ganzes Dasein damit verbracht dich aus dieser Welt zu befreien, damit du vielleicht eine Chance bekommst ins Jenseits zu gelangen, den Platz einzunehmen, der dir eigentlich zusteht. Du weißt gar nicht, wie sehr er darunter gelitten hat, dich nie gefunden zu haben. Er hat sich für all das hier immer die Schuld gegeben.«

In Sofias Augen standen Tränen. »Er kann nichts dafür, Emily! Bitte sag ihm das, falls du zurückkehren kannst. Er soll sich nicht mehr schuldig fühlen. Ich liebe ihn. Das sollte er wissen.«

Emily nickte. »Ja, ich werde ihm das alles Wort für Wort ausrichten«, versprach sie.

»Emily, ich möchte, dass du etwas versuchst«, bat Adrien.

Aufmerksam schaute sie ihn an.

»Versuche deinen Geist mit deinem Körper zu verbinden. Falls du wirklich in einem Koma liegst, kann es unter Umständen sein, dass dein Geist hier solange festsitzt, bis du aufwachst«, erklärte er.

In Emily kroch wieder Angst hoch. Vielleicht war sie schon längst in einem Leichenschauhaus gelandet oder schon begraben. Allein die Vorstellung war zu viel für sie. Mit einer Hand streichelte Adrien ihr Gesicht, als ob er ihre Angst spüren konnte.

»Vertrau mir!«, sagte er und sah ihr fest in die Augen.

»In Ordnung, ich werde allerdings nicht ohne dich gehen und auch nicht ohne Sofia!«

Überrascht sah diese Emily an. »Emily, ich finde das wirklich toll von dir, aber ich weiß nicht, ob man zwei Personen in die sterbliche Welt mitnehmen kann«, haderte sie. »Bis gerade eben wusste ich nicht, dass so etwas überhaupt möglich ist. Doch wenn ich richtig verstanden habe, was du da eben sagtest, hat Jerome, wenn überhaupt, immer nur eine Seele mitgenommen, bevor er wiederbelebt wurde.«

Genau wusste Emily es auch nicht, dennoch musste sie es versuchen. Sie konnte Sofia nicht einfach hier zurücklassen.

»Nein, Sofia«, meldete sich nun Adrien wieder zu Wort, »was Emily da vorhat, könnte klappen. Ich bin nach wie vor Todesbote und habe auch schon mehrere Seelen auf einmal holen können. Meine Fähigkeiten sind selbst hier noch intakt. Es dürfte kein Problem sein meine Kräfte mit euren gedanklichen Kräften zu verknüpfen.«

Mit großen Augen starrte Sofia die beiden an. »Wenn das so ist, dann nichts wie raus aus diesem Höllenloch, das eigentlich keine Hölle ist!«

Emily nahm Adrien und Sofia fest in den Arm, schloss die Augen und begann sich zu konzentrieren. Sie stellte sich vor, dass ihr Körper in einem Krankenbett lag, angeschlossen an Schläuche und ein Beatmungsgerät.

Als sie die Augen wieder öffnete, nahm sie immer noch dieses modrige Kellergewölbe wahr. Frustriert ließ sie den Kopf hängen.

»Versuch es noch einmal«, flüsterte Adrien ihr ruhig ins Ohr und strich ihr sanft über den Arm.

Aber der nächste Versuch zeigte immer noch keine Wirkung – auch der dritte nicht.

»Ich bin wirklich tot!«, stammelte Emily erschrocken und ließ sich in eine der Ecken fallen.

»Nein, das kannst du noch nicht genau wissen!«, versuchte Sofia ihr Mut zu machen.

»Sie hat recht«, meinte Adrien und setzte sich zu ihr in die Ecke, »nur weil du es nicht gleich nach drei Versuchen geschafft hast, heißt das noch gar nichts. Es kann beispielweise sein, dass dich deine Angst unterbewusst blockiert hat oder dass du gar nicht im Koma liegst.« Sachte nahm er ihre Hand und hielt sie fest.

»Ach, Adrien, ich bin schon eine halbe Ewigkeit durch Okasis gewandert, bis ich dich gefunden habe. Meinst du nicht, es ist wahrscheinlicher, dass ich längst tot bin?«

»Nein, das glaube ich nicht«, entgegnete er und er schien sich seiner Sache sehr sicher zu sein. »Du bist immer stark gewesen. Außerdem kannst du gar nicht genau bestimmen, wie viel Zeit bereits verstrichen ist. Hier herrschen zeitlich ganz andere Bedingungen. Es ist durchaus möglich, dass erst wenige Minuten vergangen sind«, versuchte Adrien sie zu besänftigen.

»Genau so ist es, Emily, gib nicht einfach auf!« Aufbauend erklangen auch Sofias Worte und so schöpfte sie wieder Mut.

Emily versuchte es sicherlich hundertmal, doch

nichts geschah. Erschöpft setzte sie sich nun wieder auf den Boden. Rasch gesellte sich Adrien zu ihr. Sofia wollte den beiden mehr Privatsphäre geben, also lief sie derweil einige Meter in Richtung der Treppenstufen.

»Selbst wenn ich jetzt hier auf ewig festsitzen würde, würde ich es nie bereuen, weil du hier bist«, sagte sie zu Adrien.

»Ach Emily, ich wollte immer nur, dass du endlich vollkommen leben kannst, ohne Ängste und ohne Traurigkeit. Ich wünsche mir nichts sehnlicher für dich! Und doch müsste ich lügen, wenn ich behaupten würde, dass ich nicht froh bin, dich zu sehen. Ich dachte, ich würde dich nie mehr zu Gesicht bekommen und das war meine ganz persönliche Hölle.« Langsam näherte er sich ihrem Gesicht und gab ihr einen sanften Kuss.

»Ich bin ein Geist, Adrien. Kannst du mich überhaupt richtig spüren?«, fragte sie durch den Kuss hindurch.

»Du bist hier bei mir. Das ist alles, was jetzt zählt«, sagte er und strich ihr zärtlich eine Haarsträhne aus dem Auge.

Dafür schenkte sie ihm ein Lächeln.

»Emily, sieh nur!«, rief er und bedeutete ihr, sich ihre Hand anzusehen.

Die Hand, genau wie auch ihr restlicher Körper, flackerten auf und sie verschwand dann für etwa eine Sekunde, ehe sie wieder auftauchte.

»Es ist soweit. Du steigst wieder in deinen Körper!«

Sofort rief sie Sofia dazu. Schleunigst umklammerten sich alle drei, so fest sie nur konnten. Emilys Aufflackern wurde immer intensiver und schneller, bis sie dann zu dritt vollkommen verschwanden.

KAPITEL 31 – ANGEKOMMEN

Langsam öffnete Emily ihre Augen. Sie lag in einem Bett und blickte auf eine beige Wand. Als sie ihren Blick weiter durch den Raum schweifen ließ, erkannte sie, dass sie sich in einem Krankenzimmer befand. Dann entdeckte sie Marvins Gesicht, wie er sie unentwegt anstarrte, darauf wartend, dass sie endlich aufwachen würde.

»Hallo Kleines, da bist du ja wieder!«, flüsterte er sanft und strich ihr mit dem Finger über die Wange. Sie war nicht mehr in Okasis, sie lebte.

Doch wo war Adrien? Und was war mit Sofia geschehen?

»Was ist passiert?«, fragte sie Marvin mit rauer Stimme. Ihr Hals fühlte sich ganz trocken und wund an.

»Jerome und ich haben dich bewusstlos in deiner Wohnung gefunden. Du hast aufgrund der Überdosis Insulin einen glykämischen Schock erlitten und dein Herz hat versagt. Weißt du eigentlich, was für eine Angst du mir eingejagt hast?« Gepeinigt und sorgenvoll schaute Marvin ihr in die Augen. Emily sah sogar Tränen darin.

»Es tut mir so leid, Marvin! Ich wollte dich nicht hintergehen und dich in so eine Situation bringen. Wirklich nicht! Das musst du mir glauben!« Sie schluckte den dicken Kloß herunter, der sich in ihrer Kehle breitzumachen drohte und wischte sich die Tränen aus den Augen.

Marvin rückte mitsamt dem Stuhl nun noch näher

an ihr Bett heran und streichelte ihr sachte über den Arm. »Ist schon gut. Mach dir jetzt keine Vorwürfe. Die Hauptsache ist, dass du lebst!« Ein warmes Lächeln umspielte seine Lippen und sie konnte auch schon wieder ruhiger atmen.

Dann klopfte es an der Tür und Jerome betrat den Raum. »Emily! Schön dich wieder lebendig und wach zu erleben!«, sagte er und seufzte erleichtert.

»Ich gehe jetzt«, meinte Marvin. »Ich komme später noch einmal und schaue nach dir!« Er gab ihr zum Abschied einen Kuss auf die Stirn und verließ den Raum.

Jerome nahm nun auf dem leeren Stuhl vor Emilys Bett Platz. Gerade wollte sie ihn fragen, ob er etwas von Adrien und Sofia gehört hatte. In dem Moment, als sie ansetzten wollte, schnitt er ihr das Wort ab.

»Ich muss dir jetzt noch eine zweite Standpauke halten. Da kommst du leider nicht drum herum«, sagte er ernst. »Als du da leblos in deiner Wohnung gelegen hast, habe ich einen ganz schönen Schrecken bekommen.« Streng zog er eine Augenbraue nach oben. »Wenn Marvin nicht gewesen wäre, hättest du bis zum

Eintreffen des Notarztes nicht überlebt. Er hatte, Gott sei Dank, die richtige Injektion bei sich. Dein Herz hat für einige Minuten aufgehört zu schlagen. Er hat dich wiederbelebt! Ich bin so froh, dass er so schnell geschaltet hat und vorbeikam, denn sonst ...« Er ließ den Satz abreißen und atmete tief durch. »Ich bin so wahnsinnig froh, dass du lebst! Außerdem muss ich dir noch danken!«, fuhr er lächelnd fort. »Du hast Sofia gefunden!« Seine Augen begannen zu leuchten. Noch nie zuvor hatte Emily ihn glücklicher erlebt.

»Was ist mit ihr und Adrien?«, drängte sie.

»Er bringt Sofia wohl gerade in diesem Moment ins Jenseits, zumindest versucht er es. Das Himmelreich ist voller gütiger Liebe. Sie werden dort niemanden abweisen, der es bis vor ihre Tür geschafft hat.«

»Ich soll dir von Sofia ausrichten, dass sie dir keine Vorwürfe macht, da dich keine Schuld trifft und dass sie dich immer lieben wird!«

Er stieß einen erleichterten und zufriedenen Seufzer aus. »Dafür werde ich dir auf ewig dankbar sein, Emily.«

Jetzt brannte ihr noch eine Frage unter den Nägeln: »Was ist mit Nicholas?« Sie wagte es kaum diese Frage auszusprechen.

Jerome grinste. »Er und Adrien haben ihren Pakt mit einem Händedruck besiegelt, schon vergessen? Wenn Adrien nach Okasis geht, muss Nicholas alle weiteren Maßnahmen gegen ihn und dich einstellen. Das war die Vereinbarung, an die auch er sich halten muss. Außerdem glaube ich nicht, dass er schon weiß, was geschehen ist. Und selbst wenn, Sofia wird dort oben alle Vorfälle schildern. Nicholas wird sich dafür verantworten müssen. Es verstößt gegen jegliche Ethik, unschuldige Seelen einfach zu verbannen.«

Einen Moment dachte Emily darüber nach, wie Nicholas' Bestrafung wohl aussehen und ob er dafür in die Hölle gehen würde. Dann fragte sie: »Hat Adrien noch etwas gesagt? Wann sehe ich ihn wieder?«

Jerome tätschelte beruhigend ihre Hand. »Schon bald. Sobald er alles erledigt hat, wird er zu dir kommen, versprochen«, antwortete er grinsend.

»Was muss er denn noch erledigen?«

»Genug jetzt mit der Fragerei! Du bist noch ziemlich erschöpft. Ich möchte, dass du dich erst einmal ausruhst und noch ein bisschen schläfst!«

Am nächsten Morgen, in aller Frühe, wurde Emily von einem Klopfen an ihrer Zimmertür geweckt. Wie spät es genau war, konnte sie nicht sagen. Auf jeden Fall war es noch sehr früh, da es draußen gerade erst dämmerte.

»Herein!«, rief sie, obwohl das Kommando für eine Schwester unnötig war, dachte sie gerade.

Die Tür wurde geöffnet und zwei Bernsteinaugen schauten sie an. Emily wurde von purem Glück erfasst. »Adrien!«

Er lächelte und trat neben sie ans Bett. Seine Gesichtszüge waren so schön und warm, dass sie allein von diesem Anblick noch Stunden hätte zehren können. Dann beugte er sich über sie und gab ihr einen innigen Kuss, einen lieblichen, nicht enden wollenden Kuss. Das intensive Kribbeln und Prickeln, das nur er hervorrufen konnte, war zurück. Das alles konnte sie nun wieder spüren, da sie kein Geist mehr war. Mit einer entschiedenen Handbewegung zog sie ihn zu sich ins Bett.

Adrien lachte. Es war ein unbeschwertes glückliches Lachen, das sie so von ihm noch nicht kannte. »Es ist so schön endlich bei dir zu sein!«, sagte er und setzte seinen Kuss fort. Mit einer Hand umfasste er ihre Taille, die andere fuhr ihr zärtlich durchs Haar.

»Was ist das denn hier?«, rief eine der Schwestern verärgert, als sie den Raum betrat. »Junger Mann, Sie können Ihre Freundin gern zu den vorgeschriebenen Besuchszeiten besuchen«, tadelte sie.

»Ich bin sofort weg, Schwester«, versprach Adrien. »Geben sie uns bitte noch eine Minute!«

Die Dame musste kurz schmunzeln, wurde dann aber wieder ernst. »Also gut, eine Minute«, stellte sie streng klar und schloss die Tür hinter sich.

»Adrien! Sie kann dich sehen! Bedeutet das etwa …?« Aufgeregt und fordernd schaute Emily ihn an.

»Ja, genau das!« Er strahlte über das ganze Gesicht. »Ich bin ein Mensch! Jetzt können wir endlich zusammen sein und nichts auf der Welt wird uns trennen können!«

Danksagung

Mein Dank gilt meiner Familie, die bei allem, was ich tue, immer hinter mir steht um mich zu unterstützen.

Besonders möchte ich meiner Schwester danken, die an diese Geschichte geglaubt und mir immer wieder Mut zugesprochen hat, diese Idee, die ich nun schon seit sechs Jahren mit mir herumtrage, endlich zu verwirklichen. Ich danke auch meiner Mutter, die mich in meinem Vorhaben ebenfalls bestärkt hat.

Ein besonderer Dank geht an meine Lektorin Jennifer Wagner. Ohne ihre Hilfe wäre dieses Buch nicht möglich gewesen und letztlich ist es nun genauso geworden, wie ich es mir vorgestellt habe.

Ein weiteres Dankeschön betrifft Gabriele Benz, die die Covergestaltung genauso umgesetzt und entworfen hat, wie ich es schon Wochen zuvor vor meinem geistigen Auge gesehen habe.

Inhaltsverzeichnis

KAPITEL 1 – ATEMLOS 9
KAPITEL 2 – TOTENHAUCH 22
KAPITEL 3 – FREUNDINNEN 33
KAPITEL 4 – SCHICKSALE 44
KAPITEL 5 – VERSCHLUNGENE PFADE 49
KAPITEL 6 – RETTUNG 58
KAPITEL 7 – UNGEREIMTHEITEN 69
KAPITEL 8 – FAST EIN DATE 83
KAPITEL 9 – LEBEN UND TOD 96
KAPITEL 10 - ERKENNTNISSE 111
KAPITEL 11 – TODESENGEL 122
KAPITEL 12 – DUNKLE GABE 134
KAPITEL 13 – SCHMERZ 146
KAPITEL 14 – ANGST 163
KAPITEL 15 – NICHOLAS 185
KAPITEL 16 – GEFÄHRLICHE NÄHE 195
KAPITEL 17 – GEFÄHRTEN 209
KAPITEL 18 – ES IST, WAS ES IST 217
KAPITEL 19 – SEHNSÜCHTE 230
KAPITEL 20 – GLENGARRIFF 241
KAPITEL 21 – HERZ AN HERZ 255
KAPITEL 22 – EIN RICHTIGES DATE 263
KAPITEL 23 – PAKT 271
KAPITEL 24 – DAS VERSPRECHEN 288
KAPITEL 25 – EIN NEUES LEBEN 297
KAPITEL 26 – NUR EIN VERSUCH 302
KAPITEL 27 – BITTE 310
KAPITEL 28 - TOT 319
KAPITEL 29 – OKASIS 327
KAPITEL 30 – ABGRUND 340

KAPITEL 31 – ANGEKOMMEN 357
Danksagung..364